dtv

In Straßburg steht am Bahnhofsausgang plötzlich dieser Mensch neben dem Erzähler (»Suchen Sie auch ein Hotel?«) und weicht ihm nicht mehr von der Seite. Von Stund an wird der Basler Philosoph und Spinoza-Experte von diesem Schwadroneur und angeblichen Musiker belagert, tyrannisiert, unter den Tisch getrunken und an die Wand geredet, so lange, bis es nur noch einen Ausweg gibt …
Ein wunderbar abgründiger Roman, dessen Komik aus dem Schrecken entspringt und dessen Musikalität die Ereignisse bis zuletzt in der Schwebe hält.

Karl-Heinz Ott wurde 1957 in Ehingen bei Ulm geboren. Er besuchte ein katholisches Internat und studierte Philosophie, Germanistik und Musikwissenschaft. Anschließend arbeitete er als Dramaturg in Freiburg, Basel und Zürich. 1998 erschien sein Romandebüt ›Ins Offene‹, das mit dem Förderpreis des Hölderlin-Preises und dem Thaddäus-Troll-Preis ausgezeichnet wurde. ›Endlich Stille‹ ist Otts zweiter Roman.

Karl-Heinz Ott

Endlich Stille

Roman

Deutscher Taschenbuch Verlag

Ungekürzte Ausgabe
April 2007
2. Auflage Oktober 2007
Deutscher Taschenbuch Verlag GmbH & Co. KG,
München
www.dtv.de
© 2005 Hoffmann und Campe Verlag, Hamburg
Umschlagkonzept: Balk & Brumshagen
Umschlaggestaltung: Stefanie Weischer unter Verwendung
eines Fotos von Corbis/Lawrence Manning
Satz: Dörlemann Satz, Lemförde
Druck und Bindung: Druckerei C. H. Beck, Nördlingen
Gedruckt auf säurefreiem, chlorfrei gebleichtem Papier
Printed in Germany · ISBN 978-3-423-13551-1

Endlich Stille

*E*ndlich Stille. Nur Bussarde über mir. Beim Hinabsteigen das Geräusch von Geröll. Es klang, als möchte es ihm nachfolgen.

Er redete an diesem Abend so viel davon, wie es nicht mehr weitergehen und wie es nicht mehr sein soll, und dieses viele Nicht fiel mir vermutlich mehr als sonst auf, weil ich morgens, vor der Abfahrt, in Amsterdam ein Buch mit dem Titel *Zestien manieren het neen te vermijden – Sechzehn Wege das Nein zu vermeiden* gekauft hatte, obwohl ich kaum Holländisch und das wenige vermutlich noch falsch verstehe. Soweit ich den Klappentext begreife, richtet sich der aus dem Japanischen übersetzte Ratgeber vor allem an Wirtschaftskräfte und Diplomaten, aber auch an alle, die sich höflicher durchs Leben bewegen und ihre Neins aus dem Reden und Denken tilgen wollen. Eine Puppenspielerin, die auf eine Japan-Tournee eingeladen worden war, erzählte mir einmal, ihr Stück mit dem Titel *Nirgendwo ist alles anders* sei dort als *Überall ist alles gleich* angekündigt worden, und als sie sich gegen diesen Widersinn gewehrt und eine genaue Übersetzung eingefordert habe, sei ihr von allen Seiten bestätigt worden, eine solche Verneinung, zumal sie auf verquere Weise eine doppelte sei, könne im Japanischen nur umständlich umschrieben werden und man fahre, wie ein dortiger Theaterleiter vorgeschlagen habe, überhaupt am besten damit, das Stück mit der Überschrift *Überall ist*

Zuckerland anzupreisen. Daran erinnerte ich mich an diesem Abend und ich fragte mich, wie es möglich sein soll, ein Nein zu meinen, ohne es in den Mund zu nehmen und so lange um es herumzuspielen, bis deutlich wird, worauf man hinauswill. Obwohl mir Seminardiskussionen in meiner Lage längst nichts mehr nützen, geht mir seither Spinozas Satz wie nie zuvor im Kopf herum: *omnis determinatio est negatio*, was heißt, daß alles, was wir begehren oder begreifen, sich einer Welt von Ausschließungen und Verwerfungen verdankt, ob es uns gefällt oder nicht, ob einer eher das Ja als das Nein bevorzugt, ob es laut oder leise, entschieden oder heimlich, zielstrebig oder absichtslos geschieht.

An all das dachte ich, während dieser andere über Schubert, über eine in Zürich lebende Prostituierte aus Kamerun, über den Berg Athos und seine Sehnsucht nach einem klösterlichen Leben und über Selbstmordphantasien redete. Oft sehnte ich mich an diesem Abend in das weiträumige *American Café* am Amsterdamer Leidseplein zurück, in dem ich die Tage zuvor stundenlang allein unter Leuten saß. Von meinem Platz am Fenster schaute ich vorbeischlendernden Frauen nach und stellte mir vor, wie mit dieser oder jener, die da auftauchte und gleich wieder aus dem Gesichtsfeld verschwand, mein Leben hätte endlich gelingen können. Mit solchen Wachträumen konnten halbe Tage vergehen und ich vermißte nichts dabei, obwohl die herbeigerufenen Bilder nur von verpaßten Gelegenheiten handelten. Jene Schattenlichtspiele an den Fassaden, die den aufgewühlten Aprilhimmel spiegelten, das Auf und Ab am Kiosk und an der Straßenbahnstation, die Möwen, die gewölbte Brücke über die Gracht und die Vorstellung, mit einem Schiff noch am frühen Abend das Meer erreichen zu können, all das genügte, und ich war in diesen Stunden mitten unter

Leuten, ohne irgendwem eine Verbindlichkeit erweisen zu müssen.

Aber dann war ich diesem Menschen am Ausgang des Straßburger Bahnhofs begegnet, genauer gesagt, wir waren bereits auf dem Bahnsteig nebeneinander hergegangen, die Treppen hinab, die Treppen hinauf und durch die Eingangshalle immer noch nebeneinanderher, als gehörten wir zusammen, und als wir am Portal vor dem weiten, kahlen, von keinem Baum gesäumten Platz standen und wie auf eine choreografische Anweisung hin die Koffer im gleichen Augenblick abstellten und geradeaus starrten, als müßte jeder von uns einen Plan fassen, fragte er mich: »Suchen Sie auch ein Hotel?« Jetzt, vier Monate danach, werde ich damit leben müssen, daß diese Begegnung sich als weitreichender als alle bisherigen in meinem Leben erweisen sollte und dieser Mensch sich weniger als jeder andere aus meinem Gedächtnis je ausradieren lassen wird. Niemandem, so nahe er mir auch sein mag, werde ich diese Geschichte je mitteilen können, doch die Last dieses Geheimnisses gibt mir vielleicht zum ersten Mal im Leben das Gefühl, erwachsen zu sein. Lange glaubte ich, nur Geständnisse und Beichten könnten mich vor einem unerträglichen Alleinsein bewahren, aber bereits jetzt, auf dem Rückweg, beim Blick auf das eindunkelnde Rheintal hinab, läßt mich der Gedanke, daß diese Ereignisse bis an mein Ende nur mir allein gehören dürfen, beinahe jauchzen.

Damals, an jenem Abend, färbte der Himmel über Straßburg die pastellfarbenen Prachtfassaden samtig ein, und es sah aus, als leuchteten sie von innen heraus und strahlten die tagsüber gesammelte Wärme zurück. Bis kurz vor Ostern hatte der Winter sich immer wieder mit Schneestürmen zurückgemeldet, aber dann war über Nacht ein bereits sommerlich wirkender

Frühling eingekehrt, so daß die Leute, was tags zuvor noch undenkbar gewesen wäre, jetzt bereits in den Straßencafés saßen. Kurz vor der Ankunft hatte die Sonne den Himmel vom Horizont her lodernd erhellt und die Baumkronen und Dächer des auf der anderen Seite gewitterig bewölkten, in ein violettes Dunkel getauchten Landes mit einem so feurigen Licht überstrahlt, wie man es nur aus Altorfers Alexanderschlacht kennt. Drüben, über dem Rhein, schien die Welt unterzugehen und im Westen kurz vor der Dämmerung noch ein Schöpfungstag anzubrechen.

Ich wolle hier nur zwei Tage bleiben, sozusagen auf dem Heimweg von Amsterdam nach Basel, um die Ankunft dort noch ein wenig hinauszuzögern. Das erklärte ich auf seine Frage, ob auch ich ein Hotel suche, und wunderte mich, warum ich das diesem Fremden überhaupt erzähle. Vielleicht lag es an seinem Lächeln, aus dem man einen Zug von Herablassung, aber auch eine Spur von Hilflosigkeit herauslesen konnte, und an seinem Blick, der etwas Taxierendes und Irritiertes zugleich ausdrückte. »Ich war noch nie hier«, sagte er mit einem verwunderten, wie über sich selbst staunenden Kopfschütteln, als wisse er in diesem Augenblick überhaupt nicht, was ihn an diesen Ort getrieben hat. Er müsse das Münster besichtigen, empfahl ich ihm und fand meinen Rat fast peinlich, aber vielleicht, so kommt es mir im nachhinein vor, wollte ich ihn mit dieser Bemerkung verabschieden. Doch dann überquerten wir im Gleichschritt den Paradeplatz, während unsere Koffer auf dem Kopfsteinpflaster klackten. Uns kam eine Handvoll Musikanten, denen die Hemden aus den Hosen hingen, mit zerdellten Blechinstrumenten entgegen, die plötzlich, mitten auf dem Platz, mit jäher Energie einen wilden, orientalisch angehauchten Marsch zu blasen anfingen, der ständig aus den Fugen zu geraten schien und aufjauchzend und traurig zugleich klang. Ich blieb stehen, um ihnen zuzuhören, aber mein Begleiter zerrte mich mit einem abschätzigen »Das sind Zigeuner aus Bulgarien« weiter. Anders als sonst, wenn mich eine Musik unwillkürlich zum Gleichschritt zwingt, schien diese mich aus dem Tritt zu bringen. »Es ist ein merkwürdiger Rhythmus«, rief ich meinem Begleiter zu, als wir an diesen ärmlich aussehenden Gestalten vorbeispazierten, aber als sei es der Rede nicht wert, schrie er mit einer wegwerfenden Handbewegung: »Fünfer- und Siebenermetren, das ist bei denen so üblich.« – »Sind Sie Musiker?« fragte ich, und er stöhnte: »Ja, aber vielleicht nicht mehr lange.« Es klang, als sage er es nur zu sich selbst, obwohl wir fast brüllen mußten, um die Musik zu übertönen. »Warum nicht mehr lange?« wollte ich wissen, aber er schien die Frage überhören zu wollen. Als die Kapelle nach einem einzigen Stück ebenso abrupt, wie sie angefangen hatte, wieder zu spielen aufhörte, wirkte der Platz trotz der Passanten wie verödet. Stumm gingen wir weiter und bogen in eine von arabischen Imbißbuden gesäumte Straße ein, als steuerten wir auf ein gemeinsames Ziel zu. »Endlich kommt der Frühling«, unterbrach ich nach einer Weile unser Schweigen, nur um etwas zu sagen. Vielleicht lag es an seinem mächtigen schwarzen Hut und seinem strikt geradeaus gerichteten Blick, daß ich mir neben ihm klein und sogar ein wenig ergeben vorkam und das Gefühl hatte, ihm hinterherzuhinken, obwohl unsere Ärmel sich auf dem schmalen Gehsteig immer wieder berührten.

Am Kanal angelangt, entschied er: »Am besten, wir nehmen das nächstbeste Hotel.« Er zeigte auf ein Eckhaus, dessen Fenster seit langem nicht mehr geputzt worden waren, dessen Verputz abgeblättert war und in dessen Aufschrift »Hotel« die mittlere Letter fehlte. Eigentlich hatte ich mir vorgenommen, im

Gerberviertel oder in der Nähe des Münsters ein Zimmer zu suchen, aber diesen Vorschlag wischte er mit der Bemerkung weg: »Bett ist Bett, und zum Schlafen werden wir heute nacht eh nicht viel kommen.« Als die Frau an der Rezeption fragte, ob wir zusammengehören, und ich mich zu betonen beeilte: »Nein, zwei Einzelzimmer bitte«, empfand ich ihm gegenüber beinahe ein schlechtes Gewissen.

Mein schwefelgelbes, seit Jahren nicht mehr gestrichenes Eckzimmer stank nach abgestandenem Rauch, und das Fenster ging auf einen Hinterhofschacht hinaus, in dem Mülleimer standen. Wir hatten verabredet, daß wir uns in einer halben Stunde wieder treffen, aber als ich mich, kaum den Mantel abgelegt und den Waschbeutel ausgepackt, gerade hinlegen wollte, klopfte es bereits, und er rief: »Ich bin soweit!« Auf den knarrenden Dielen schlich ich mich zum Bad, ließ die Dusche laufen und betätigte die Klospülung, um ihn glauben zu machen, man könne ihn von hier drinnen nicht hören.

Ich hatte in Straßburg Halt gemacht, um den Abend im Wintergarten eines Restaurants zu verbringen, in dem ich mit Marie bei unserem allerersten und dann wieder allerletzten gemeinsamen Elsaß-Ausflug eingekehrt war. Bevor sie sich endgültig von mir getrennt hatte, machten wir häufig Ausflüge, um nicht zu zweit zu Hause sitzen zu müssen. Draußen, so hatten wir wohl beide das Gefühl, ohne daß wir je darüber geredet hätten, fühlten wir uns unbefangener und gleichzeitig mußten wir uns in der Öffentlichkeit zusammenreißen. Wenn wir uns an manchen Tagen zwischen Küche, Schlafzimmer und Bad, soweit es möglich war, aus dem Weg zu gehen versuchten, sollte wenigstens ein Essen außer Haus noch eine Ahnung von ungetrübter Gemeinsamkeit aufkommen lassen. Dabei wäre Marie, vor allem wenn wir in feineren Lokalen einkehrten, in denen gedämpfte Töne die Atmosphäre prägen, manchmal am liebsten aufgesprungen und schreiend hinausgerannt. Um mir diese Ausbrüche und die Scham zu ersparen, vor allen Leuten wie ein halb bemitleideter, halb verabscheuter Aussätziger dazusitzen, nahm ich mich, wenn Maries Mund so eng wurde, daß die Lippen sich in nichts aufzulösen schienen, hündisch zurück, um mit keinem falschen Wort ihren Jähzorn zu reizen. Wenn, wie es nicht selten vorkam, die Kellner und die Gäste an den Nebentischen längst unsere Gereiztheit mitbekamen, übte ich mich verkrampft in einer ans Debile grenzenden Leichtigkeit und Freundlichkeit. Draußen, wenn wir es endlich hinter uns hatten – und ich mag mich am allerwenigsten an die mit verzerrtem Lächeln absolvierten Verabschiedungsfloskeln beim Zahlen erinnern –, draußen tobte ich dann umso maßloser, um nicht nur endlich den aufgestauten, vernichtungsgierig tobenden Zorn loszuwerden, sondern vor allem um Marie dafür zu bestrafen, mich wieder einmal in eine solche Lage gebracht zu haben. Trotzdem blieb uns gegen Ende, das heißt in den letzten anderthalb Jahren unseres verquälten Zusammenlebens, nichts anderes mehr übrig, als vor der häuslichen Enge so oft wie möglich in Restaurants zu flüchten, um Luft zum Atmen zu haben. Doch die Angst davor, alleine in eine stille Wohnung zurückzukehren, muß all diese Zeit über schlimmer als das Gefühl der Beengung gewesen sein.

Als mein unverhoffter Begleiter vorschlug, gleich unten an der Ecke in die Brasserie zu gehen, wehrte ich mich nicht, auch wenn man von weitem sehen konnte, daß für eine solche Küche kein Umweg über Straßburg nötig gewesen wäre und dort eher der Barbetrieb als die Speisekarte die Leute anzieht. Nun sagte ich mir, es sei vielleicht sogar besser, wenn mich wenig an früher erinnert, und stimmte derart eilfertig zu, als spräche geradezu Begeisterung aus mir. »Warum soll man sich in einen Gourmettempel begeben, wenn gleich nebenan eine gemütliche Stube auf uns wartet«, behauptete ich, als überlegten wir bereits seit Stunden, ob wir einen kulinarischen Pilgerhof oder einfach die nächstbeste Kneipe wählen sollten. Wie um meinen Aberwillen gegen eine solche Lokalität, für die ich nie und nimmer in Straßburg Halt machen würde, mit grotesken Selbstüberredungskünsten zu bekämpfen, ließ ich dieser beflissenen Beteuerung noch ein paar weitere solcher Floskeln folgen und hörte mir dabei zu, als spräche eine fremde Stimme aus mir. Der andere ging mir schweigend einen Schritt voraus, hielt mir die Tür auf, verneigte sich halb theatralisch, halb spöttisch vor mir, schob mich an der Schulter mit einem sanften Druck neben sich her zum einzigen noch freien, in der Mitte stehenden Tisch und legte auf ihm, wie zum Zeichen, daß er ab sofort besetzt ist, seinen Hut ab. Das an den getäferten Wänden ringsum mit Wimpeln und Pokalen dekorierte Lokal, das der Weiträumigkeit einer Brasserie nicht im geringsten entsprach, präsentierte sich als eine Mischung aus holzgemütlicher Stube und Sportvereinsheim. Auf den Fensterplätzen saßen nur ältere Leute, und am Tresen hing eine Schar von Soldaten herum, von denen ein paar bereits angetrunken waren. Der Kellner hängte den Hut an eine Stuhllehne, legte den Tisch mit einer rotweiß karierten Papierdecke aus und brachte mit den Speisekarten eine Flasche Riesling, die mein Begleiter noch im Stehen, gleich mit dem »Bonsoir Monsieur«, bestellt hatte.

Am Nebentisch saß ein junges arabisches Paar, das an diesen Ort schon deshalb nicht zu passen schien, weil das Gesicht der vermutlich erst Siebzehn- oder Achtzehnjährigen von einem

blütenweißen Tschador umhüllt war, der weniger wie eine Ver-
hüllung als ein Raffinement wirkte, das ihre makellose, kara-
melfarbene Haut und das Glänzen ihrer schwarzen Augen wie
in einem auratischen Oval engelgleich, rätselhaft und lasziv
in einem erscheinen ließ. Ich fragte mich, warum sich diese
beiden ausgerechnet in einer Tresenwirtschaft treffen, in der
sie von Rentnern, Soldaten und traditionsseligen Wahrzei-
chen, von Wappen, kinderstubenkitschigen Emaillefiguren und
Wandtellern mit alemannischen Sinnsprüchen umgeben sind.
»Denne vun Basel esch's egal wenn d' Strosburger in de Rhin
brunze«, stand über der Tür, die zu den Toiletten hinausging,
und über dem Ausschank prangte ein geschnitztes Holzbrett
mit der Aufschrift: »Wo e Wille isch, isch e Waj.« Die beiden
an unserem Nebentisch, das Mädchen und ihr älterer Freund,
saßen bei zwei Cola-Gläsern, und ich rätselte, ob das Kopftuch
noch eine religiöse Bedeutung hat oder aus einer Haute-Cou-
ture-Boutique stammt.

»Übrigens, ich heiße Friedrich Grävenich«, stellte sich mein
Tischgenosse vor und erklärte, ohne in die Karte zu schauen, er
nehme das gleiche wie ich, nur Fisch möge er nicht. Als ich anfing, ihm die Speisen vorzulesen, unterbrach er mich mit einem
brüsken »Wählen Sie, was Sie wollen« und fing unvermittelt
an, von weitreichenden Entscheidungen zu sprechen, die noch
heute nacht zu treffen seien. Während ich die Speisekarte überflog, erfuhr ich, daß er an der Mannheimer Musikhochschule
Klavier unterrichtet, daß er ein paar Monate in einem fast ausgestorbenen lothringischen Dorf gelebt hat und sich mit dem
Gedanken trägt, die Musik vollkommen aufzugeben. »Bis morgen muß ich wissen, ob ich weiterhin an der Akademie bleibe
oder alle Brücken hinter mir abbrechen will«, erklärte er, während ich zwischen Salat und Schnecken, Choucroute garnie

und Coq au vin abwägte und mich zwingen mußte, nicht ständig zu der Frau am Nebentisch, zu dieser Araberin oder Perserin, hinüberzuschielen, die – anders konnte ich mir es kaum vorstellen – ihre Lust daran haben mußte, alle, die sich hier aufhielten, durch ihr bloßes Äußeres zu irritieren. Als einziger in diesem Lokal, so kam es mir vor, schien sie nur mein Tischgenosse nicht wahrzunehmen. Halb an sich selbst, halb an mich gewandt, redete er über das abgelegene, nahezu verlassene Dorf, aus dem er vor wenigen Stunden abgereist war und in dem er sich ein Vierteljahr lang aufgehalten hatte. Vielleicht, so sinnierte er vor sich hin, werde er mit der in Zürich lebenden Afrikanerin nach Kamerun auswandern oder aber in ein Kloster gehen, wie er es sich schon früher als Schüler beim Lesen eines Buches über den Berg Athos ausgemalt habe, doch das wisse er noch nicht, es stehe in den Sternen, beides sei möglich, obwohl er sich bald entscheiden müsse, im Grunde noch heute nacht, zumindest was die Musik, die Dozentur, die Rückkehr nach Mannheim und all das betreffe, was damit zusammenhänge. Meine Frage, ob er mit Hähnchen in Riesling einverstanden sei oder nur einen Flammkuchen bestellen möchte, winkte er mit einer unwirschen Handbewegung ab. An seine Internatsjahre habe er zwar ungute Erinnerungen, redete er unablässig weiter, während ich immer noch in der Karte blätterte, aber seit langem fürchte er, bloß eine fremdbestimmte Ordnung könne ihn noch retten, gleichgültig, auf welche Regeln sie baue und welches Credo er dabei nachbeten müsse. Als der Kellner die Bestellung aufnehmen wollte, sagte ich, wir seien noch nicht so weit, weil ich nicht über den Kopf meines Gegenübers hinweg bestimmen wollte, was er essen sollte. In dem lothringischen Dorf, aus dem er gerade komme und das durchaus einer Eremitei zu vergleichen sei, höre er währenddessen gar nicht zu reden auf, habe er jeden Tag vier, fünf Stunden lang die Sonaten von Scarlatti gespielt, um mit diesen Exerzitien sich selbst einen Halt zu geben und der uferlos gewordenen, von keiner äußeren Notwendigkeit strukturierten Zeit eine Verbindlichkeit aufzuzwingen.

»Gab es denn niemanden, mit dem Sie reden konnten?« fragte ich ihn, immer noch in die Speisekarte vertieft. – »Es gab nicht einmal ein Telefon, das heißt, ich hätte eines anschließen lassen können, aber ich wollte es nicht. Übrigens«, sagte er dann in beinahe feierlichem Ton und hob das Glas dabei, »ich heiße Friedrich, wir können uns doch duzen!« Beim Zuprosten schaute ich der Orientalin im weißen Hosenanzug nach, wie sie, mit einer roten Schärpe um die Hüften, auf dem Weg zur Toilette durch die Tischreihen tänzelte. »Eigentlich blickt man sich bei einem solchen Anlaß in die Augen«, wies er mich zurecht, hob noch einmal das Glas und wiederholte sein nachdrückliches »Ich heiße Friedrich«, um die Prozedur diesmal angemessen zu begehen. Dann verschränkte er die Arme hinter der Stuhllehne, stülpte die Brust heraus und fragte mich merkwürdig gewunden, ob die Musik mir ein Anliegen sei. »In der Regel höre ich Musik nur nebenbei, und wenn sie vom Nachbarn kommt, stört sie mich meist«, sagte ich, »aber Scarlatti mag ich, auch wenn ich davon nicht allzuviel verstehe.« Er trank ein volles Glas in einem Zug leer, schaute eine Weile angespannt vor sich hin, reckte plötzlich den Arm, rief schnalzend den Kellner herbei, orderte eine neue Flasche, stützte sich mit verschränkten Armen auf den Tisch, blickte mir in die Augen und stöhnte mit leiser, rauchig klingender Stimme: »Die meisten wissen gar nicht, was Musik anrichten kann!«

»Hatten Sie auch keinen Fernseher?« hakte ich nach, um dem unversehens so bedeutsam gewordenen, an der Grenze zu einem vielsagenden Schweigen angesiedelten Ton auszuweichen. Er nahm meine Hand, streichelte sie mit seinen haarigen Pranken, die zu einem Pianisten gar nicht zu passen schienen, beugte sich herüber zu mir und flüsterte begütigend: »Hähnchen in Riesling ist vollkommen in Ordnung.« Sein Bart verdeckte eine pockennarbige Haut, und er schaute an mir ständig so schwirrend vorbei, daß ich nicht wußte, ob er schielt oder meinem Blick ausweicht. Um meine Hand frei zu bekommen, griff ich nach der Karte und schlug vor, eine gemeinsame Vorspeise zu nehmen. Er nickte entrückt und fragte mich, den Kopf zur Seite geneigt, beinahe pastoral, aber auch wie von oben herab: »Haben Sie schon einmal die Stille gehört?«, unterbrach jedoch die andachtsvolle Atmosphäre, die zu entstehen drohte, selbst mit einem jovialen, sich in die Banalität der Umgebung zurückschleudernden: »Eigentlich waren wir doch schon beim Du!« Nochmals stießen wir aufeinander an, wie um von vorn zu beginnen, und hielten die nachklingenden Gläser, uns zulächelnd, so lange in die Höhe, bis nur noch das Stimmengewirr um uns herum zu hören war. Unsere beiden Tischnachbarn redeten abwechselnd arabisch und französisch, während die älteren Leute, die in meinem Rücken saßen, oft innerhalb eines einzigen Satzes zwischen einem fränkisch klingenden Französisch und dem Alemannischen hin und her sprangen. Es sei der reinste Kammerton gewesen, stellte mir mein Gegenüber sein Gehör unter Beweis, nachdem er das Glas abgestellt hatte, und flüsterte mir, wiederum über den Tisch gebeugt, zu: »Die Stille hört man nicht, weil sie umso weniger existiert, je länger man sie wahrnimmt.«

Die vollendete Stille würde unerträglich oder gleichbedeutend mit dem Tod sein, gab ich zurück, aber er hörte nicht zu, sondern nahm unvermittelt den Faden einer seiner Geschichten wieder auf und erzählte, daß er einfach habe fliehen müssen, daß er Anfang des Jahres, von jetzt auf gleich sozusagen, mir nichts, dir nichts aufgebrochen sei, daß er alles habe stehen und liegen lassen und sich auf der Fahrt durch das verschneite, fast menschenleere Lothringen, nur mit dem Allernötigsten und Scarlattis Sonaten im Gepäck, befreit wie noch nie gefühlt habe. Das verrostete Ortsschild des Dorfes, in das er sich zurückgezogen habe, kündige jahrein, jahraus ein *Village fleuri* an, auch mitten im Winter, obwohl die Landflüchtigen diesen Flecken längst dem Verfall überlassen hätten. Aber gerade seine Leere habe diesem Weiler ein unverwechselbares Gepräge gegeben, und oft sei er sich, vor allem in nächtlichen Stunden, wenn die Kirchturmuhr nur noch wie für ihn geschlagen habe, wie der Hüter eines verschwundenen Lebens vorgekommen. Manchmal habe er von seinen Fenstern aus tagelang keine Menschenseele gesehen, außer einer alten Frau, die bei jedem Wetter, auch bei Regen und Wind, während des mittäglichen Angelusläutens am Zaun gestanden, mit den Händen Zeichen in die Luft gemalt und zum Himmel hinaufgewunken habe. Drei Monate lang sei das, Tag für Tag, so gegangen, und oft habe er stundenlang vom Sofa aus bloß dem Taubenpaar auf dem gegenüberliegenden Dach und dem Spiel der Wolken zugeschaut.

Von der Vorspeisenplatte, die ich uns bestellt hatte, dem Gemüseteller mit Preßkopf, rührte er nichts an. Während ich immer noch an meinem ersten Glas nippte, hatte er bereits die zweite Flasche halb leer getrunken, und nur wenn er, wie ich es sonst noch bei niemandem beobachten konnte, mit einem einzigen tiefen Zug von der Zigarette einen ganzen Fingerbreit wegrauchte, sein Brustkorb sich dabei wölbte und erst nach einem intensiven Innehalten der Qualm durch die Nasenlöcher

strömte, herrschte für eine Weile Stille an unserem Tisch. Ansonsten redete er ununterbrochen, als müßten sich seine durch
das monatelange Schweigen aufgestauten Gedanken alle auf
einmal Luft verschaffen. Nicht nur zwei- oder dreimal, sondern immer von neuem schilderte er seinen Aufbruch, oder genauer gesagt, seine winterliche Flucht, als könne er sich erst
jetzt, angesichts eines Zuhörers, vergegenwärtigen, was damals
überhaupt in ihm vorgegangen war. Kurz vor Weihnachten,
wiederholte er mit stets ähnlichen Worten, habe er, ohne lange
darüber nachzudenken, den Telefonhörer in die Hand genommen, wie in Trance die Nummer der Sekretärin gewählt und
sich dann einfach bei ihr krank gemeldet, einen Hörsturz erfunden, ihr seine Verwirrung, seine Ängste, sein Ohrensau-
sen geschildert und das entsetzte Bedauern dieser Frau, ihre
mitfühlende Klage, ihre Ermahnungen zu unbedingter Ruhe,
aber auch ihre kaum verhohlenen Hinweise auf seinen Lebenswandel entgegengenommen, worauf er ihr, wie außer sich vor
Verzweiflung und am Rande eines Zusammenbruchs, das Knirschen und Klirren in seinen Ohrgefäßen geradezu lautmale-
risch vorgeführt habe, um mit der abschließenden, mit einem
Seufzer unterlegten Befürchtung, in den nächsten Wochen oder
gar Monaten oder vielleicht nie mehr unterrichten zu können,
den Hörer aufzulegen.

In Wirklichkeit, was niemand wissen könne, habe er in diesem Historischen Kaufhaus nie mehr auftreten wollen, in dem
man bei jedem Konzert unter sich bleibe, unter Professoren und
Studenten, deren Freunden, Bekannten und Verwandten, und
sich dabei wie bei einem Wettbewerb während des Spielens
verkrampfe und ständig überlege, was die Kollegen über einen
denken könnten. Schuberts *Wandererfantasie* sei auf dem Pro-
gramm gestanden, aber diesen jähen Gewalten, mit denen das

Klavier sich selbst zu übertrumpfen suche, habe er sich plötzlich nicht mehr gewachsen gefühlt, obwohl die Finger das Stück, wie früher schon so oft, mühelos hätten absolvieren können. Dieser gehetzten, endlos weitertreibenden und dabei wie auf der Stelle tretenden Musik mit ihren brüsken, zwischen Befriedung und Getriebensein hin- und hergerissenen Stimmungswechseln habe er sich nicht mehr aussetzen können und sich für immer vor diesen aufwühlenden, tagelang im Kopf wie im Kreis drehenden Klangballungen schützen müssen. Auf einmal sei ihm dieses Werk als früher Ausdruck all jener nach Schubert sich häufenden und in die vielfältigsten Irritationen sich verzweigenden Musik vorgekommen, die in ihrer Erregung heimlich zu rufen scheine: »Erlöse mich!« Diese Hast durch allerlei Tonarten, dieses harte Neben- und Ineinander aus Schroffem und Sanftem, aus überbordender Kraft und friedloser Erschöpfung, Aufbegehren und Ergebung könne man, wenn man es ernst nehme, auf Dauer nicht ertragen.

Wenn er in seinem Redefluß gelegentlich innehielt und mich anschaute, nickte ich und aß weiter. Mich ekelte sein Hut, den er wieder von der Stuhllehne genommen und neben dem Brotkorb abgelegt hatte, aber ich wagte mein Gegenüber nicht zu unterbrechen und zu bitten, ihn wegzulegen oder am Mantelständer aufzuhängen, obwohl ich in meiner Phantasie Läuse aus ihm hervorkriechen und in unsere Teller krabbeln sah. Doch trotz seines ein wenig verwilderten Äußeren, seiner borstigen Lockenhaare und seines vom vielen Rauchen an den Oberlippen bräunlich gefärbten Barts konnte man ihm einen verwegenen Charme nicht absprechen. Wie er mit der Zigarette am äußersten Rand der Finger spielte, wie er jeden einzelnen Zug, als sei er der allererste am Tag, voller Verlangen genoß, indem er sich dabei, wie um die Zeit anzuhalten und die

Lungen zu weiten, stets ein wenig zurücklehnte, wie er den Kellner mit schwungvollen Dirigierbewegungen halb gebieterisch, halb elegant an den Tisch zitierte und dabei die Lippen beinahe zum Kußmund spitzte, wie er den Kopf leicht zur Seite neigen, ein Lächeln andeuten und einen dabei ansehen konnte, als wollte er sich für sein unablässiges Reden entschuldigen, all das hatte auch etwas Entwaffnendes. »Du mußt sagen, wenn dich meine Geschichte nicht interessiert«, munterte er mich ein paarmal auf, aber es klang zu beiläufig, um ernst gemeint zu sein.

Wie um von vorne zu beginnen oder einen neuen Erzählstrang einzufädeln oder einen längst verlassenen wiederaufzunehmen, setzte er nach seinen kurzen Rauchpausen, tief Luft holend, mit einem stoßseufzergroßen »Also« seine auseinanderlaufenden und sich überkreuzenden Geschichten fort, und jedesmal klang es aus seinem Mund, als wartete ich bereits ungeduldig auf immer neue Details und Lebenskapitel, die mir nicht vorenthalten bleiben sollten. Sein litaneiartig repetiertes »Verstehst du?« war nie als Frage gemeint, sondern dazu da, sich meiner Aufmerksamkeit zu versichern. Nur einmal unterbrach er sich mitten im Satz und wollte ohne ersichtlichen Zusammenhang von mir wissen, ob ich ins Bordell gehe, aber die überraschende Frage diente ihm nur als Auftakt, um mir seine Zürcher Begegnungen mit der Prostituierten aus Kamerun zu schildern, mit der er nächtelang im Bett Tierfilme angeschaut habe. Morgens seien sie stumm nebeneinanderher durch die Niederdorfgasse geschlendert, seien, als ein so ungleiches Paar, von den Müllmännern angestarrt worden, hätten sich an der Hand gehalten, dann wieder Fremdeln miteinander gespielt, und manchmal habe sie zu ihm gesagt: »Tu es bizarre«, was nichts bedeutet habe, sondern bloß eine ihrer Redensarten gewesen sei, mit denen sie das Schweigen habe unterbrechen und ihm allenfalls sagen wollen, wie seltsam sie es finde, sich in einen Kunden, dazu noch in einen Deutschen zu verlieben, in einen Sohn Hitlers, wie sie sich ein paarmal ausgedrückt habe, um zu sehen, ob er sich damit provozieren lasse.

Er zückte den Geldbeutel und kramte zwischen Scheinen, Kärtchen und Zettelchen ein Foto hervor, das er mir über den Tisch reichte: »Das bin ich, vor zwanzig Jahren«, zeigte er auf das Bild, und es klang ein wenig Stolz dabei mit. Mit brustlangen, fülligen, nach hinten geschwenkten Haaren saß er an einem von Mikrofonen umstellten Flügel, ins Spiel versenkt und sich doch auch dessen bewußt – so jedenfalls konnte man es dem unmerklich der Kamera zugewandten Blick entnehmen –, daß er beim Überkreuzspiel fotografiert wird. Damit das matte, körnige Schwarzweißbild ins Portemonnaie paßt, hatte er es in der Mitte geknickt, so daß darauf seine Nase amputiert war. Friedrich zog noch ein weiteres, kleineres Bild hervor, dessen gezackte Ränder auf die Zeit vor unserer Geburt zurückzuweisen schienen. Es zeigte einen schlohweißen Pater mit einem ausfransenden Flusenbart, der neben einem kurzgeschorenen, ihn von der Seite anlachenden Buben auf einer Orgelbank sitzt und mit zwei gespreizten Fingern wie ein Augenausstecher scheinbar die Noten hypnotisiert.

Dieser Pater, ein ehemaliger Missionar, der über seine Zeit in China ein Buch mit dem Titel *Sie nannten mich Drachen* geschrieben habe, sei sein erster Musiklehrer gewesen, erklärte Friedrich und er erzählte mir von einem Erlebnis, das mir heute, auf dem Weg zurück ins Tal hinab, wie der Anfang einer jetzt erst zum Abschluß gekommenen Geschichte erscheint. Dieser Pater habe die schlechte Musik ausmerzen wollen, wozu in seinen Augen fast alles gehört habe, was nicht in die Zeit zwi-

schen Bach und Bruckner falle. Wäre es nach diesem verbitterten, in Maos Gefängnissen von Todesängsten gepeinigten
ehemaligen Heidenbekehrer – so titulierte Friedrich ihn –
gegangen, hätte man ein Gesetz erlassen müssen, das jede auf-
reizende Musik, jedes aufwühlende Getön, jedes wollüstige
Gekreische verbietet. Ich wollte einstreuen, daß dieser Gedanke eine lange Tradition besitzt, daß vom janusköpfigen Wesen mancher Gesänge bereits Homers Sirenen erzählen und
daß sowohl Platon als auch Augustinus nur eine Musik hatten
gelten lassen wollen, die keine Leidenschaften aufwühlt und
keine sündigen Gedanken schürt. Aber er ließ mir keinen Raum
für Zwischenreden, und ich dachte dann auch, daß meine Bil-
dungsrückgriffe nur akademische Klugheiten hätten ausbreiten
wollen und zu seiner Geschichte hätten nichts Wichtiges bei-
tragen können. Und doch war es mir, je länger er redete, zunehmend danach, auch einmal zu Wort zu kommen, und sei es
weniger aus der Kränkung heraus, sich überfahren zu fühlen,
als aus dem viel schlichteren Grund, meine Gedanken nicht ab-
schweifen zu lassen, sondern durch eigene Einwürfe bei der Sache zu bleiben. Natürlich müsse man nicht gleich mit Homer
und Platon und Augustinus kommen, wenn einer eine Bege-
benheit aus seinem Leben zum besten geben wolle, warf ich mir
insgeheim vor, aber es war immerhin einen Versuch wert gewesen, dem anderen die Möglichkeit zu geben, endlich einmal
nachfragen zu können, ob ich mich etwa beruflich mit solchen
Fragen beschäftige. Doch meine zwei Halbsätze, mit denen ich
ihm bestätigen wollte, daß mir solche Dinge nicht unbekannt
sind, nahm er nur wie ein Räuspern wahr, das seinen Redefluß
stört. Der Säuberungswahn dieses Alten, redete Friedrich einfach weiter, habe zwar närrische Ausmaße angenommen, und
während der Predigten hätten sie, die Schüler, wegen seines

zitternden Barts ständig kichern müssen, aber jetzt, dreißig Jahre später, müsse er diesem Eiferer zugestehen, von den Gefahren der Musik mehr als all diejenigen gewußt zu haben, denen sie als etwas Natürliches, Unbedenkliches, Unverfängliches erscheine. »In der Abgeschiedenheit meines lothringischen Dorfes konnte ich täglich erleben, wie gewaltsam das Klavierspiel die Stille durchfurcht, obwohl ich nur die feinziselierten, lichtdurchfluteten Stücke von Scarlatti gespielt habe«, sagte er nicht nur ein einziges Mal und er folgerte daraus, daß die nach Musik Süchtigen erstaunlich abgestumpft sein müssen.

Ich wollte ihm entgegenhalten, ein und dieselbe Musik könne der eine als Stimulans, der andere als Nervengift empfinden, auf einen gemeinsamen Nenner ließen sich solche Erfahrungen nicht bringen. Als ich zum Widerspruch ansetzte, stand er auf und ging zur Toilette. Das Mädchen im Tschador schaute ihm nach und schien ihrem Freund mit einem rotierenden Zeigefinger, hochgezogenen Augenbrauen und einem schmunzelnden Mund zu erkennen zu geben, daß sie das endlose, erregte Reden dieses Menschen nicht nur penetrant, sondern auch amüsant findet. Plötzlich allein am Tisch, kam mir diese Unterbrechung nicht wie eine wohltuende Pause, sondern wie das Hereinbrechen einer durch nichts zu füllenden Leere vor. Obwohl es mich längst zu ärgern anfing, daß nur der andere zu Wort kam, fühlte ich mich während seiner kurzen Abwesenheit wie verloren in dem Lokal, als gäbe es nicht den geringsten Grund, ohne diesen Menschen auch nur einen einzigen Augenblick an diesem Ort zu verbringen. Während das Mädchen am Nebentisch mich nahezu barmherzig anschaute, hätte ich mich am liebsten davongeschlichen, um nicht bemitleidet werden zu müssen.

Als Friedrich wieder zu der Tür hereinkam, über der die alemannischen Brunz-Verse prangten, stand ihm, absichtslos und ohne es zu bemerken, in der Nähe des Tresens einer der Soldaten im Weg. Friedrich drückte ihn von hinten brüsk zur Seite, so daß er auf einen Kameraden kippte, der mit dem Rücken zu ihm auf einem Barhocker saß und der reflexartig, ohne sich umzuschauen, den Ellbogen so heftig zurückstieß, daß der Getroffene aufschrie, sich vor Schmerzen krümmte, nach zwei Schrecksekunden Friedrich hinterherlief, ihn, als er sich setzen wollte, am Arm zurückriß und schrie: »Qu'est-que tu veux, sale boche?« Einen Moment lang stand der Soldat, seinen anderen Arm zum Zuschlagen angewinkelt, bebend vor ihm, unentschieden zwischen dem Drang, es ihm heimzuzahlen, und der Angst zu unterliegen, und später dachte ich, es habe ihn in diesem Augenblick nicht nur das beschwichtigende Rufen vom Tresen herüber, sondern Friedrichs aus dem mächtigen Bartgesicht gleichgültig auf ihn herabschauender Blick innehalten lassen. Friedrich vermittelte dabei eine Souveränität, die sich nicht seiner Körperkraft verdanken konnte, sondern ihre Stärke aus ganz anderen Quellen beziehen mußte. Der Soldat ließ den Arm sinken und versuchte, bevor er umkehrte, eine angewiderte Miene zu ziehen, während Friedrich sich dandyhaft, wie man es aus Filmen kennt, den Ärmel abstreifte, bevor er sich setzte. Aber gerade das Theatralische dieser Geste ließ dann auch jene Gelassenheit, die er eben noch glaubhaft ausgestrahlt hatte, wie inszeniert erscheinen. Er beugte sich über den Tisch, griff wieder nach meiner Hand und sagte, diesmal mit lauter Stimme, in die rundum herrschende Stille hinein: »Wir waren bei Pater Cölestin stehengeblieben.« Wie ein Schauspieler, der um seine Wirkung weiß, drehte er sich noch einmal zum Tresen hinüber und rief: »Une autre bouteille, s'il vous plaît!«, obwohl die Flasche im Kühler noch halb voll war.

Als sei nichts vorgefallen, knüpfte er wieder an seine Geschichte an, und ohne daß ich meinen Einwand gegen seine Behauptung, die Musiksüchtigen müßten allesamt abgestumpft sein, vorbringen konnte, fuhr er fort, man müßte vor den allgegenwärtigen Klangkaskaden fliehen und jede Musik für eine Weile aus dem Leben verbannen, um endlich zu sehen, was sich dann abspielen werde. »Was stellen Sie sich vor?« wollte ich wissen und verbesserte mich mit einem: »Was stellst du dir vor?«, wobei mir dieses erstmalige Du kaum über die Lippen kommen wollte, da es eine Nähe zu ihm zu behaupten schien, die ich mir gar nicht herbeiwünschte. Anstatt zu antworten, schilderte er, in eine fast ermattete Haltung zurückgesunken, wie er während der letzten Monate an manchen Tagen außer der Kirchturmuhr und gelegentlichem Hundegebell oft nur den einzelnen Ruf eines Vogels oder das Flügelschlagen von Tauben gehört habe. Bei seinem allerersten Besuch in diesem Dorf, einige Monate zuvor, hätten im Oktoberlicht zwischen den Efeublättern überall Spinnweben geglänzt, und das Summen jeder müden Herbstfliege sei ihm wie eine Verzweiflungstat gegen das Alleinsein und das weite Schweigen vorgekommen.

So redete und predigte er von den Wohltaten der Stille, allein, ich vermochte die beseligende Wirkung, die sie auf ihn ausüben sollte, nicht an ihm zu entdecken. Alles, was er in seiner Abgeschiedenheit keinem mitteilen konnte, schien er an diesem Abend mit mir nachholen zu müssen. »Für viele wäre es wahrscheinlich die Hölle, wenn sie keine Musik mehr um sich hätten«, wandte ich ein, doch wieder stand er dabei auf und holte sich, die Soldatenschar ignorierend, am Tresen Zigaretten. Wie zur Entschuldigung schlug ich, als er zurück war, vor: »Wir müssen die Sache nicht vertiefen, ich verstehe, was Sie meinen.« Als hätte ich ihn beleidigt, wies er mich schroff auf das bereits mehrfach bekräftigte Du hin, griff zum Glas, prostete mir zu, trank es in einem Zug leer, starrte an mir vorbei in ferne Weiten, rülpste so laut, daß die Frau im Tschador zu kichern anfing, schenkte sich nach, trank ein paar Schluck, fixierte mich und sagte nach einer beklemmenden Weile, wie von seiner eigenen, endlich erlangten Einsicht ergriffen: »Inzwischen verstehe ich den alten, ungeliebten Cölestin. Die meisten wissen gar nicht, wie die Musik einen aufwühlen und die Seele zerfleddern kann!« Und wie ein Bekehrter, der sich zum Prediger berufen fühlt und von der Kanzel herab die Widerspenstigen verflucht, schrie er auf einmal: »Ja, die meisten wissen das nicht, sie haben nicht die geringste Ahnung davon!«, wobei er mit der Faust derart auf den Tisch schlug, daß die Gläser zu tanzen begannen.

Das Kichern am Nebentisch, das Gelächter der Soldaten und das Stimmengeschwirr der Alten an den Fenstertischen hatten im Nu aufgehört. Alle starrten zu uns herüber und dachten wahrscheinlich, ich hätte meinem Freund, für den sie ihn wohl halten mußten, einen Grund geliefert, mir böse zu sein. Mit einer kaum merklichen und dennoch unmißverständlichen Miene, einem winzigen Achselzucken und bloß angedeuteten Hochziehen der Augenbrauen wollte ich der Frau im Tschador zu verstehen geben, daß mein Tischgenosse mir ebenso fremd ist wie ihr. Dabei fühlte ich mich für ihn mitverantwortlich, weil wir, von außen gesehen, durchaus zusammengehörten. Gleichzeitig kam ich mir wegen meines Distanzierungsbedürfnisses schmählich vor, fragte mich aber auch, ob das Mädchen von den jähen Aufwallungen dieses Menschen, von seinem Rü-

bezahlbart, seinen stahlblauen Augen und prächtigen Locken-
haaren vielleicht sogar so gebannt sein könnte, wie wir es von
gewaltigen Naturerscheinungen kennen, die in uns Furcht und
Staunen zugleich erregen.

Die beiden nebenan redeten jetzt nur noch arabisch miteinander, und ich wunderte mich, warum sie dabei flüstern. Spätе-
stens am Kanal hätte ich mich von diesem Menschen verabschieden müssen, warf ich mir seit den Tätlichkeiten am Tresen
vor und grübelte nur noch darüber nach, wie man sich dieser
Situation entwinden könnte und welche Gründe sich für einen
Aufbruch finden ließen. Doch ich hätte ihn mitten im Satz unterbrechen müssen und damit zum Ausdruck gebracht, daß
seine Geschichten mich nicht mehr interessieren und ich meine
Ruhe vor ihm haben will. Je länger ich mit diesem Menschen
zusammensaß und ihm das Gefühl gab, ein guter Zuhörer zu
sein, desto kränkender hätte es für ihn sein müssen, wenn ich
einfach aufgestanden wäre, ihm eine gute Nacht gewünscht
und ihn schlichtweg sitzengelassen hätte. Drei-, viermal flüchtete ich auf die Toilette, inspizierte dort jedesmal die Fenster
und Türen, um Fluchtwege zu erkunden, und jedesmal nahm
ich mir vor, mich auf dem Rückweg hinter den Soldaten zu verstecken, dem Kellner ein paar Scheine in die Hand zu drücken
und das Lokal überstürzt zu verlassen. Den Kopf nach hinten gereckt, erwartete Friedrich mich stets mit einem jovialen
»Ça va?«, um – offensichtlich schon ungeduldig – mit den
Geschichten von seiner Zürcher Afrikanerin, seiner lothringischen Eremitei, dem greisen Pater Cölestin oder mit Schubert
und Scarlatti fortzufahren.

Bereits bei unserem Gang über den Bahnhofsplatz war es mir
vorgekommen, als schaue mein Begleiter auf mich herab. Mit

seinem Hut und dem abgewetzten, beinahe bis zu den Schuhen reichenden schwarzen Mantel, dessen hüftbetonter Rücken an einen maßgeschneiderten, aus längst vergangenen Zeiten stammenden Frack erinnerte, sah er wie ein verwilderter Aristokrat aus. Als ich den Musikanten zuhören und er keine Sekunde auf mich warten wollte, schien er sich bereits sicher zu sein, daß ich mich seinem Willen füge. Daß derselbe Mensch sich eine halbe Stunde später in ein redebedürftiges Wesen verwandeln würde, wäre mir in diesem Augenblick nie in den Sinn gekommen. Bei jedem anderen hätte ich das Gefühl gehabt, er verliere mit einer derart ungebremsten Monomanie jenes Minimum an Würde, das sich nichts anderem als einem bescheidenen Maß an Distanzgefühl verdankt. Doch obwohl seine Mitteilungsgier – trotz und wegen ihrer Penetranz – fast etwas Kümmerliches an sich hatte, kam ich mir ihm gegenüber zunehmend kleiner vor und fühlte mich, je länger sich dieses Spiel fortsetzte, wie sein Gefangener.

Während ich die Hähnchenknochen abnagte, stocherte er mit der Gabel in den Nudeln herum und ließ sein Essen kalt werden. Ständig blies er mir den Qualm ins Gesicht und trank immer schneller, wirkte beim Reden aber trotzdem nüchtern, während ich meinen wenigen Wein längst zu spüren glaubte. Hätte Friedrich nicht ohne ersichtlichen Grund manchmal vor sich hin gelacht oder den Kopf in die Hand gestützt und dabei den Denker gemimt, wobei ihm ein paarmal der Arm über die Tischkante hinabrutschte, wäre einem nicht aufgefallen, daß er bereits zwei Flaschen alleine getrunken hatte. Wenn er in den seltenen stillen Momenten seine Grüblerpose aufsetzte, rätselte ich, ob er mich stumm auffordern wollte, ihn zu fragen, was ihm durch den Kopf gehe, aber meist beendete er sein Sinnieren mit dem Satz: »Entschuldige, die vielen Erinnerungen, man weiß gar nicht, wohin mit ihnen«, um seine immergleichen Geschichten mit neuen Varianten anzureichern.

Ich bestellte, ohne den geringsten Appetit, noch einen Käseteller, nur um nicht untätig dasitzen und bloß zuhören zu müssen. Wieder beugte er sich so nah zu mir herüber, daß ich seinen säuerlichen Atem roch, und flüsterte: »Weißt du, was es bedeutet, täglich an den Tod zu denken, ihn keine vierundzwanzig Stunden lang aus dem Kopf verscheuchen zu können, ihn ständig umkreisen zu müssen, und sei es nur, um sich damit zu beruhigen, daß man jederzeit, vom einen auf den anderen Augenblick, vor noch Schlimmerem für immer fliehen kann?« Er schaute mich an, als hätte ich ihn bisher nicht ernst genommen. »Ich sage nur: Aufpassen!« murmelte er, wieder zurückgelehnt, vor sich hin. Halb klang es wie eine Drohung, halb hörte es sich wie ein Selbstgespräch an, gleichzeitig aber auch wie ein beklemmender Versuch, mich zu einer gemeinsamen Gedankenreise zu drängen, die Zuneigung, Vertrauen und ein beinahe verschwörerisches Einvernehmen erfordert. »Wenn ich jetzt sterben würde, müßtest du dich um mich kümmern«, kicherte er, und dieses anfangs nur angedeutete, immer konvulsivischer werdende Gelächter ging in ein so schmerzhaftes Husten über, daß wir beide wieder alle Aufmerksamkeit auf uns zogen. »War nicht so gemeint! Wir verstehen uns!« winkte er ab, als der Anfall nachließ. Ich nickte dem Kellner und gab ihm mit einer stummen Mundbewegung zu verstehen, daß wir zahlen wollen.

»Une autre bouteille!« rief Friedrich ihm über die Tische hinweg zu, als er auf dem Weg zu uns war. »Mein Zug fährt früh«, behauptete ich, um anzudeuten, daß man meinetwegen nicht noch eine weitere Flasche trinken muß. Aber Friedrich fing bereits wieder mit einer Internatsgeschichte an und erzählte, Pater Cölestin habe ihn eines Tages an der Orgel mit Mozarts *Alla turca* erwischt, die Noten zerfetzt, sie über das Geländer zur Empore hinabgeworfen, ihm mit der knochigen Außenhand links und rechts, hin und her, ins Gesicht geschlagen und geschrien, eine solche Musik sei kein Gotteslob, das Orgelspielen sei ihm ab sofort und für immer verboten. Dabei habe sein schütterer Bart gezittert, und während dieser Tobsucht sei aus seiner schwarzen Kutte ein nach Verwesung riechender Schweißgestank geströmt. »Ich bin davongerannt!« schrie Friedrich, vom Stuhl auffahrend, als wollte er die Szene nachspielen, wobei er derart wild mit dem Arm ausholte, daß die Frau im Tschador mit dem Kopf zurückwich. »Ich bin davongerannt«, brüllte er, »und habe im Flur zur Sakristei meinen Arm durch eine Fensterscheibe geschlagen, um mit diesem Verbot ernst zu machen, um mich selbst zu zerstören und um allen zu zeigen, was der Alte mir angetan hat.« Er riß den Hemdsärmel zurück und zeigte mir die Narben, von denen kaum noch Spuren übriggeblieben waren. »Hier«, rief er, »hier steckten die Splitter, und noch heute spüre ich, wenn das Wetter umkippt, die Schmerzen. Mein Lebtag lang sollten die Wunden sichtbar bleiben.«

Die Soldaten schüttelten den Kopf, als sei da einer dem Wahnsinn nahe. Mich fing derweil die Vorstellung an zu beruhigen, sie könnten glauben, er greife jetzt auch mich an, so daß ich in ihren Augen nicht mehr auf seiner, sondern auf ihrer Seite stünde. Der Kellner brachte die neue Flasche und deutete mit dem Kopf auf die Uhr. In diesem Moment lachten alle am Tresen, doch es war nicht auf uns bezogen, sondern einer der Soldaten vom Hocker gefallen. Friedrich setzte sich wieder, grinste, den Kopf zur Seite geneigt, von unten frech den Kellner an, bedankte sich mit einem höhnisch-charmanten »Merci

Monsieur« und fuhr, noch während dieser die Gläser einschenkte, vollkommen ruhig fort: »Dabei habe ich Pater Cölestin alle paar Wochen stundenlang beim Orgelstimmen geholfen. Ganze Nachmittage saß ich auf der Orgelbank und habe, in Halbtonschritten auf und ab, die Tasten gedrückt, während aus der Pfeifenhöhle ein Rumpeln, Hämmern, Klopfen und regelmäßig der Ruf drang: ›Der nächste!‹« Beim Tremolieren der hohen Töne hätten die Ohren geschmerzt, und immer wieder habe er sich ausgemalt, die Tür zu diesem klingenden Kerker von außen abzuschließen und den Pater inmitten seiner tönenden Speere und Lanzen verzweifeln zu lassen. Seit dieser Zeit, stöhnte er mit einem Kopfschütteln, das allumfassend wirkte, seit dieser Zeit ertrage er das erbärmliche Fiepsen und Piepsen und das kalte majestätische Auftrumpfen der Orgeln nicht mehr, und nie werde er verstehen, warum ausgerechnet das seelenloseste aller Instrumente als deren Königin gelte. »Ich hasse diese Klänge«, unterstrich er seine Ansicht noch ein paarmal mit schmerzverzerrtem Gesicht, wobei in dem mit lustvollem Ekel animalisch gedehnten Vokal des Wortes Hassen, so kam es mir vor, ein Widerwille gegen die ganze Welt zum Ausdruck kam, ein Widerwille, der — so empfand ich es jedenfalls in diesem Augenblick — auch mir gelten sollte, und sei es, weil auch ich in seinen Augen einen Teil jener Menschheit darstellte, von der er sich nur noch abwenden möchte.

Wenige Wochen nach diesem Ereignis, fuhr er fort, nachdem sein Kopfschütteln wieder zur Ruhe gekommen war, wenige Wochen danach sei er von Cölestin für den Abend in dessen Klause bestellt worden, die mit asiatischen Schalen, Krügen und Vasen, Gipselefanten, Drachenköpfen und vielarmigen Göttern überfüllt gewesen sei. Ein heiterer Buddha habe das krasse Gegenbild zu diesem verbitterten Pater abgegeben, und man habe auf den Gedanken kommen können, insgeheim verehre dieser Christ jene heidnische Welt, die er als Missionar bekehren sollte. Wie ein Fremdkörper sei inmitten der mit chinesischen Kalligraphien geschmückten Wände eine Schwarzwälder Kuckucksuhr gehangen, aus deren Luke jede Viertelstunde gleich einem Spötter das immerfröhliche Tier herausgeschossen sei. »In diesem Zimmer haben tausend Geister gehaust, die sich alle wünschen mußten, daß endlich einmal gelüftet wird«, lachte Friedrich in seiner unfrohen Art, und wieder bekam er dabei einen Hustenanfall.

»Als ich klopfte, war ein Stöhnen zu hören, weil aber kein ›Herein!‹ zu vernehmen war, trat ich einfach ein, und da lag diese Gestalt auf dem Bett, die Kutte über der Brust aufgeknöpft, schwer atmend und wie betrunken lallend: ›Komm her zu mir!‹, während ich, einen Schritt von ihm entfernt, dastand, voller Angst, dieser zitternde, ausgemergelte Leib könnte auffahren und mich zu sich hinabziehen. Wie versteinert blieb ich stehen und hielt dem Modergeruch stand, der bereits schwer erträglich war, wenn er mir am Klavier sein eintöniges *leiser, lauter, langsamer, schneller* zuraunte und sich dabei seine gelben Zähne zwischen dem Bart und den bläulichen Lippen zeigten, während er jetzt ›Komm her zu mir!‹ stammelte und sich die Kutte noch weiter aufriß, so daß die Knöpfe in die Luft und auf den Boden flogen und nicht nur seine weißbehaarte Brust, sondern auch der flatterig atmende, zuckende Bauch offen dalag. In der Hoffnung, dieser Röchelnde habe bloß zuviel getrunken, suchte ich das Zimmer nach Flaschen ab, konnte aber keine einzige entdecken. Mein Herz klopfte und ich fühlte mich gefangen, als müßte ich abwarten und all das über mich ergehen lassen, bis diese lebende Mumie, in der sich eine unberechenbare Gewalt versteckte, plötzlich mit einem Arm nach mir griff, mich zu sich hinabzog und keuchte: ›Komm her zu mir!‹ und ich nur dachte: ›Warum haben sie ihn nicht in China behalten, warum muß er hier sein, warum muß ich diesen Menschen kennen?‹ Ich starrte auf die Schere, die auf dem Nachttisch lag, während der Keuchende zu wimmern und zu ächzen begann und auf einmal der Kuckuck rief, als sei all das ein Witz, und der Alte, wie um ihn zu übertönen, ›Komm her zu mir!‹ krächzte, und die Buddhafigur auf dem Tisch und der Gekreuzigte über dem Bett, der eine lächelnd, der andere leidend, diesem Geschehen zuzuschauen und sich gleichzeitig in ihre Stummheit zurückzuziehen schienen. Steif wie ein Brett«, erzählte er und kippte immer wieder ein halbes Glas Wein in sich hinein, »lag ich auf seinem Leib und war diesem schweißperligen Gesicht so nah wie noch nie und wehrte den offenen, stinkenden Mund mit seinen wulstigen Lippen ab, während er mich mit einer Kraft packte, der nur mit Gewalt zu entkommen war, wobei ich auf die Schere blickte, bis die Umklammerung nachließ, ich mich losreißen konnte, zum Zimmer hinausrannte, die Tür hinter mir zuschlug, den Flur hinab zum Schlafsaal lief, schließlich im Bett lag, fröstelte und kein Auge schließen konnte, während es rundherum schnaufte und schnarchte und die Matratzengitter knarrten, als sei dieser Ort noch in der Nacht voller Leben.«

Auch die beiden am Nebentisch hörten inzwischen zu, als verstünden sie alles, ja sie hatten sich auf ihren Stühlen sogar ein Stück zu uns herübergedreht, während Friedrich, wieder ruhiger geworden, aber nach wie vor mit ausufernden Handbewegungen, die seine Rede gleichsam dirigierten, schilderte: »In der Vollmondhelle zeigten die weißen Bettgestelle, die Decken und die mit den abgelegten Kleidern bedeckten Stühle fast klar wie am Tag ihre Konturen, während die Zeit stillzustehen schien und ich fürchtete, in der Tür erscheine gleich das Gespenst, um mich zu sich zu rufen, weshalb ich am liebsten die Tür verriegelt hätte, als sei ich ihm ausgeliefert und als könnten diese vierzig anderen um mich herum mir nicht einmal zu Hilfe kommen.«

Nach dieser Nacht, an einem hochsommerlichen Morgen, habe der Prior, was werktags selten vorgekommen sei, die Frühmesse selbst zelebriert. Noch vor dem *Introibo ad altare Dei* sei er ans Lesungspult getreten und dort schweigend, den Blick gesenkt, die Hände gefaltet, eine lange Weile stehen geblieben und habe schließlich, das Auge über die Schülerschar hinweg in die Weite gerichtet, verkündet: »Unser Bruder, Pater Cölestin, ist in dieser Nacht von uns gegangen.« Einen Tag nach der Beerdigung sei er, noch vor Beginn des Unterrichts, zum Prior bestellt worden, der hinter seinem Schreibtisch gethront, ihm mit stummer Geste einen Stuhl zugewiesen, sich in seinem Drehsessel von ihm abgewandt, zum Fenster hinausgeschaut und in die langgedehnte Stille hinein gesagt habe: »Man hat dich aus dem Zimmer von Pater Cölestin rennen gesehen. Was wolltest du von ihm?«

Auch am Nebentisch zogen die beiden die Brauen hoch, als seien sie wie ich auf die Antwort gespannt. Zum ersten Mal an diesem Abend, so kam es mir jedenfalls vor, schaute Friedrich zu ihnen hinüber, lächelte sogar und gab der Araberin, die ihre zwischen die Finger geklemmte Zigarette während des Zuhörens anzuzünden vergessen hatte, Feuer. »Was hast du ihm geantwortet?« wollte ich wissen. Friedrich legte die Arme übereinander, zog die Schultern ein und duckte sich ein wenig, als wollte er mir seine damalige Haltung vorspielen und mich in diesem Augenblick zum Prior machen. »Ich habe lange gar nichts gesagt, bis er mich angeschrien und das gleiche nochmals gefragt hat«, erklärte er und spielte dabei einen restlos Eingeschüchterten. »Er hat mich zu sich gebeten, ich weiß nicht, was er wollte«, habe er, den riesigen, unbewegten Rücken dieses Paters vor Augen, nach einigem Zögern so leise gesagt, daß es der Prior nicht verstanden zu haben schien, was aber nicht der Fall gewesen sei, denn nach einer weiteren, sich nochmals endlos hinziehenden Stille sei aus seinem beinahe kastratenhaft singenden Mund ebenso leise die Frage gekommen: »Warum hast du seinen Zustand nicht gemeldet?« – »Ich dachte, er sei vielleicht betrunken«, habe er mit einem kleinen Triumphgefühl geantwortet, als könnte er damit den Lebenswandel von Pater Cölestin noch im nachhinein ins Zwielicht rücken. »Ich will nicht wissen, was du gedacht hast, sondern was ihr geredet habt«, habe der Prior geschrien, und ihm, Friedrich, sei dann nur jener Satz eingefallen, den er fortan litaneiartig wiederholt habe: »Er hat bloß geatmet, bloß schwer geatmet, und was er gesagt hat, habe ich nicht verstanden.«

So sei es mit den immerähnlichen Fragen und immergleichen Antworten eine zähe Weile hin- und hergegangen, und der Prior habe sich während dieses einsilbigen Gesprächs kein einziges Mal nach ihm umgeschaut und ihn schließlich ohne Gruß weggeschickt. Zwei Tage später sei er wieder in seine Klause bestellt worden, in der, ohne daß man sie ihm angekündigt habe, schluchzend seine Mutter gesessen sei, auch sie grußlos, die Hände verkrampft, als möchte sie beben und ihre Erschütterung zugleich in die Gewalt bekommen, ein Häuflein Elend, das immer nur wimmernd die Sätze repetiert habe: »Ich muß dich mitnehmen. Warum hast du uns das angetan?« Während der ganzen Zugfahrt sei sie ihm mit sprachlosen Blicken gegenübergesessen, wie erschrocken darüber, ein Ungeheuer in die Welt gesetzt zu haben. Zu Hause angekommen, wo ihn auch die anderen, die Großmutter und die Tante, nicht gegrüßt hätten, habe er, weil diese Stille, dieses Verstummen, dieses Schweigen nicht mehr auszuhalten gewesen seien, geschrien: »Ich habe nichts getan, nichts und wieder nichts, ich weiß nicht, was er von mir wollte, ich habe ihn nicht umgebracht, was wollt ihr alle von mir?« Drei Tage lang habe er darauf sein Zimmer nicht verlassen dürfen, das Essen sei morgens und abends vor der Tür gestanden, und selbst nach Ablauf dieser Frist habe seine Mutter noch wochenlang nur das Nötigste mit ihm geredet.

Die Frau im Tschador schaute jetzt ständig zu uns herüber, das heißt, sie sah eher mich als ihn an, als wollte sie mich fragen, was sich hier eigentlich abspielt. Die meisten Tische waren bereits aufgestuhlt, und auch Friedrich verstummte nach dieser Geschichte. Er griff sich eine neue Zigarette und merkte, daß noch eine brennende in seinem Mundwinkel klemmte, zerdrückte dann beide im Aschenbecher, schüttete sich ein volles Glas über den Bart und wirkte auf einmal schwer betrunken. Der Kopf fiel ihm auf die Brust, die Arme hingen an ihm herab. So saß er ein paar Minuten da und fing leise an zu schnarchen. Während ihr Freund auf der Toilette war, strahlte die Araberin mich an und sagte: »C'est fini maintenant!«, als freue sie sich für mich, daß der Abend jetzt friedlich zu Ende geht. Aber so überrascht und dankbar ich dafür war, daß sie mich ansprach und gar nicht aus den Augen lassen wollte, so wenig mochte ich in diesem Augenblick bemitleidet werden, am allerwenigsten von ihr.

Als der Kellner kassieren wollte, wurde der Schnarchende wieder wach und verlangte eine weitere Flasche. Dabei wirkte er so weggetreten, daß ihm in diesem Augenblick kaum bewußt sein konnte, wo sich befindet. Der kurze Schlaf mußte ihn in ferne Weiten entrückt haben, denn er lächelte traumselig, als bewege er sich in einer ganz anderen, viel schöneren Geschichte. Ich bezahlte und entschuldigte mich beim Kellner dafür, daß es so spät geworden ist. Als er den Tisch abräumte und Friedrichs halbvolles Glas aufs Tablett stellte, drehte der scheinbar wieder Dösende, langsam die Augen öffnend, den Kopf zur Seite, ließ den Blick vom Bauch bis zum Kopf des Kellners hochgleiten und drohte beinahe unhörbar, aber desto gebieterischer: »Une autre bouteille, Monsieur!« Der Kellner mimte den Tauben, schaute den Gast nicht mehr an und ging zu seinem Tresen hinüber. Friedrich schwankte hinter ihm her, griff über der Theke nach irgendeiner Flasche, wurde von zwei Soldaten zurückgerissen, von ihnen durch den Raum geschleift und mit Tritten vor die Tür gesetzt. All das ging fast lautlos vor sich, nur daß sich ein verhaltenes Stöhnen und Keuchen mit dem Klappern von Tellern und dem Klirren von Gläsern vermengte. Als sei es das Selbstverständlichste der Welt, räumte der Kellner währenddessen die Aschenbecher ab, stellte die restlichen Stühle hoch und bedeutete meinen Tischnachbarn mit einem freundlichen Nicken, daß es Zeit sei zu gehen. Zum Abschied zeigte die Araberin auf den über eine Stuhllehne geworfenen Mantel und den Hut und sagte zu mir auf deutsch: »Vergessen Sie das nicht!«

Friedrich saß draußen hustend und fluchend am Boden und wischte sich das verschmutzte Jackett ab, wollte sich aber nicht aufhelfen lassen, als sei es beleidigend, ihn wie einen Unterlegenen zu behandeln. Noch während er aufstand und schwankte, winkte er ein langsam vorbeifahrendes Taxi herbei, das prompt anhielt und sogar zurücksetzte, um uns den Weg abzukürzen. Wie einen alten Kumpanen begrüßte Friedrich den Fahrer, während ich ihm Hut und Mantel hinterhertrug. Er nannte eine Adresse, die ich nicht verstehen konnte, hielt mir die hintere Türe auf, schubste mich hinein, setzte sich neben mich, legte seinen Kopf auf meine Schulter und stammelte: »Ich habe so viel geredet, jetzt mußt du von dir erzählen.« Wieder ging sein Atem in ein röchelndes Schnarchen über, und als der Fahrer mit quietschenden Reifen eine Kurve nahm, fiel Friedrichs Kopf auf meinen Schoß. »Voici, es ist im ersten Stock!« erklärte unser Chauffeur, und Friedrich fragte benommen: »Wo sind wir?« Um wach zu werden, schlug er sich links und rechts auf die Wangen und wiederholte ein paarmal unwirsch: »Wo sind wir?«, als seien wir betrogen worden und an einem anderen als von ihm angegebenen Ort gelandet.

Trotzdem stiegen wir aus, und als das Taxi mit aufheulendem Motor davongerast war, standen wir allein in einer ausgestorbenen Sackgasse, an deren nackten, verglasten Fassaden kein einziges Fenster erleuchtet war. Friedrich verschränkte die Arme, blickte um sich, spuckte aus, räusperte sich, spitzte den Mund, als gingen ihm Gedanken durch den Kopf, steckte sich eine Zigarette an, maulte Unverständliches vor sich hin und verfluchte die Taxifahrer der ganzen Stadt. Hilflos stand ich daneben und blickte wie Friedrich um mich, als gäbe es in diesem Nichts etwas zu entdecken, während ich mich wie ein Kind fühlte, das abwartet, wie die Erwachsenen sich verhalten, und die Frage unterdrückt, was man jetzt machen soll, weil es fürchtet, damit einen Zornausbruch zu provozieren. Friedrich schaute gereizt auf mich herab, als hätte nicht er, sondern ich uns diese Situation eingebrockt, und je nervöser er an seiner Zigarette zog, desto angestrengter versuchte ich meinen Ärger mit einem scheinbar unbekümmerten Achselzucken zu überspielen. »Warum sagst du nichts!?« fuhr er mich an, während er mit dem Fuß seine Kippe wie ein widerliches Insekt, das nicht verrecken will, zermalmte. Wäre nicht ein zielstrebiges, putzmunteres Paar in die Straße eingebogen, dem wir in eine von

40

fahlem Neonlicht erhellte Parkhauseinfahrt folgten, hätten wir vermutlich nie entdeckt, daß dort eine Stahltür in ein kahles Treppenhaus führt, in dem dann bereits Musik zu hören war, die aus einem Lokal dröhnte, das in dem von außen wie tot wirkenden Bürobunker versteckt war.

Friedrich zog mich an der Hand hinter sich her durch das Gedränge und erkämpfte sich an der Bar eine Lücke. Die nur aus drei Leuten bestehende Combo war so laut verstärkt, daß der Boden bebte und man sich nur kreischend verständigen konnte. »Es ist schön, sich mit dir zu unterhalten«, brüllte Friedrich, die Hände zum Trichter geformt, in mein Ohr, zog eine Streichholzschachtel und einen Kuli aus seiner Jackentasche und verlangte meine Adresse. »Was machst du eigentlich?« wollte er von mir wissen, während ich ihm eine falsche Telefonnummer aufschrieb und einen abwegigen Straßennamen erfand. Auf meine gekreischte Antwort, ich lehre in Basel Philosophie, grölte er zurück: »Warum sagst du das nicht gleich?« Mit theatralischer Bewunderungsmiene legte er sich ein paar Runzeln in die Stirn, nickte vielsagend und schrie, mir auf den Rücken klopfend, als zitiere er – ohne jede Ironie – das Ende von *Casablanca*: »Ich glaube, das ist der Beginn einer wunderbaren Freundschaft.« Noch bevor wir ein Getränk bestellt hatten, ließ er den Barkeeper ein Taxi rufen, hakte sich bei mir unter, schubste die Leute beiseite, riß mich hinter sich her und brachte uns, als wir – immer noch wie aneinandergekettet – im Treppenhaus die Stufen hinabeilten, beinahe zu Fall. Draußen lallte er etwas vom falschen Lokal, in das wir geraten seien, verdammte wieder die ganze Sippschaft der Straßburger Taxifahrer und all dieses Barvolk, das bei einem solchen Krach, den es für Musik halte, die Leiber aneinanderreibe und sich in grotesken Bewegungen ergehe.

Es war kühl geworden, und als Friedrich merkte, wie ich in meinem Jackett zu schlottern anfing, zog er mich unter seinen Mantel und massierte mir den Rücken. Er rieb mich nicht nur mit seinen Knöcheln, sondern knetete die Haut vom Hals bis zu den Hüften, als stünden wir uns seltsam nah. Sein mit einem stechendherben Parfüm vermischter Nikotin- und Weingeruch ekelte mich, und auf einmal kam mir dieser Mensch, an dessen Bauch ich gedrückt war, nur noch schmuddelig vor. Ohne meinen Widerwillen zeigen zu wollen, versuchte ich mich ihm vorsichtig zu entwinden, aber in einem Anfall zudringlicher Fürsorglichkeit, die von Aggression nicht frei war, ließ er nicht ab, mich noch fester an sich zu pressen, so daß mir nur die Ausrede blieb, dringend auf die Toilette zu müssen.

Wieder oben angekommen, trank ich an der Theke ein Bier und schaute dem Barkeeper zu, wie er seinen Shaker über dem Kopf kreisen und hinter dem Rücken verschwinden ließ, ihn vor der Brust wie eine Rumbakugel schüttelte, mit der einen Hand in die Höhe warf und mit der anderen auffing. Zum ersten Mal seit den fünf Monaten, in denen ich nicht mehr rauchte, steckte ich mir wieder eine Zigarette an, und beim ersten Zug wurde mir beinahe schwindlig. Der Alkohol zeigte jetzt seine Wirkung, doch durch den sanften Taumel und das Eingepferchtsein zwischen diesen vielen Leuten fühlte ich mich wie befreit. Mit vernebeltem Kopf lehnte ich erschöpft am Tresen, bestellte gleich noch ein zweites Bier und malte mir aus, wie der andere bereits im Taxi sitzt und wieder einzuschlafen beginnt. Untergetaucht in dieser Menschenenge, hin- und hergeschubst, doch unbehelligt, mir selbst überlassen und erlöst von dem ermüdenden Zwang, zuhören zu müssen, umhüllt von Stimmenlärm und betäubender Musik, durfte ich endlich allein sein und mich im Gedröhne dieses vom Blitzen zahlloser Licht-

orgeln flirrenden Orts dem eigenen Gedankenrauschen überlassen. »Endlich Ruhe!« murmelte ich gebetsartig vor mich hin
und wußte auf einmal, daß sie keiner Stille bedarf, sondern inmitten eines solchen Gewühls zu erleben ist.

Vermutlich waren noch keine fünf Minuten vergangen, vielleicht war aber auch schon eine Viertelstunde vorüber, als ich
von hinten am Arm gerissen und mir das Bierglas aus der Hand
geschlagen wurde. Zu gorgonischer Größe entstellt, starrte
Friedrich mich wortlos an, bevor ich wieder mit Gewalt durch
die Menge gezerrt wurde. »Wie kannst du uns bloß so lange
warten lassen?« herrschte mein Verfolger mich im Treppenhaus an, »der Taxifahrer glaubt schon gar nicht mehr, daß wir
zu zweit sind.« Wie ein Abhängiger trottete ich hinter ihm her,
während sein Geschimpfe und unsere Schritte in dem kahlen, von Musikschwaden durchrieselten Gehäuse nachhallten.
Drunten schubste er mich ins Auto, und wieder verstand ich
nicht, was er dem Chauffeur anwies. »Wo sonst in dieser toten
Stadt könnten wir noch etwas erleben?« flüsterte er mir ins Ohr
und fing zu singen an: »Zu Straßburg auf der Schanz, da ging
mein Trauren an«, wobei er sich unterbrach, dem Fahrer auf
die Schulter tatschte und rief: »Kennt ihr dieses Lied? Es ist
von Brahms!« Wir reagierten beide nicht, weder der Chauffeur
noch ich, bis Friedrich von neuem mit seiner wuchtigen, tiefen,
tatsächlich beeindruckenden Stimme das Lied intonierte, gleich
mehrere Strophen hintereinander, bis hin zu den Versen: »Ihr
Brüder alle drei, was ich Euch bitt, erschießt mich gleich, ver-
schont mein junges Leben nicht, schießt zu, daß mir das Blut
rausspritzt, das bitt ich Euch.« Diese Schlußwendung wiederholte er einige Male so innig, als wollte er seine Gesangs-
schlaufe gar nicht mehr verlassen, und es schwang dabei ein
Schmerzenston mit, der an klagende Tierlaute erinnerte. Ob-

wohl ich mich vor dem Fahrer, der uns im Rückspiegel beobachtete, schämte, wollte es mir vorkommen, als sei an dieser
Gestalt ein Sänger verlorengegangen.

Kurz darauf saßen wir in einem Séparée mit zwei halbnackten
Frauen auf einem abgesackten Sofa und tranken aus Tulpen-
gläsern Champagner. Friedrich saß breitbeinig da, mit auf-
geknöpfter Hose, und knetete die Brüste der beiden zu seiner Rechten und Linken, deren eine, die sich zwischen ihn
und mich gezwängt hatte, meine Innenschenkel streichelte und
ständig wissen wollte, woher ich komme, ob mir Straßburg
gefalle, wie lange ich hierbleibe, ob ich verheiratet sei, ob ich
Kinder, welchen Beruf und welche Hobbies ich habe, welche
Musik ich möge, ob ich mit ihr nach nebenan gehen und mit
ihr allein eine Flasche trinken wolle. Dabei rührte sie mit
ihrem Plastikröhrchen ständig im Schampus herum, wie um
die Kohlensäure und den Alkohol zu verscheuchen, und nach
jedem Schluck drängte sie mich, gleich nochmals mit ihr an-
zustoßen, wobei sie, anstatt zu trinken, bloß ins Glas zu blasen
schien. Ihr rechtes Netzstrumpfbein hatte sie über meine
Schenkel gelegt, während Friedrich, der seine Hose bald bis zu
den Waden hinuntergelassen und sich das Hemd aufgeknöpft
hatte, sie – solange er nicht die Brüste der anderen massierte –
immer wieder am Hintern packte, zu sich hinüberzerrte, mit der
einen Hand ihre Schenkel bearbeitete und sich mit der anderen
an seinem Gemächte zu schaffen machte. »Oh là là, ton ami est
pressé«, zwinkerte sie dann zu mir herüber und klapste ihm,
kichernd und scheinbar entrüstet zugleich, wie einem unge-
horsamen Kind auf die Finger. Weil die beiden Damen sich
weigerten, ihre Lackhüllen abzustreifen, wurde Friedrich zunehmend harscher, bis er der Blonden, Dralleren, ganz mit

ihm Beschäftigten so heftig in den Schritt griff, daß sie aufschrie und ihm eine knallte, wobei sie ihren ersten, unwillkür-
lichen Impuls während des Ausholens hemmte und der Schlag
dadurch ein wenig spielerisch wirkte, worauf jedoch der Vor-
hang aufging, eine Matrone sich vor uns aufrichtete und uns
drohte, das Etablissement unverzüglich verlassen zu müssen,
sollten wir uns nicht zu benehmen wissen. Friedrich zog rülp-
send seine Hose hoch, die Blonde lächelte, als sei nicht wirklich etwas vorgefallen, und schlug vor, eine weitere Flasche zu
bestellen, obwohl die zweite, die Friedrich gleich mit der ersten geordert hatte, noch so gut wie voll war. Weil ich mich
weigerte, erneut den Schatzmeister zu spielen und eine weitere
Unsumme zu bezahlen, drohten die beiden uns sitzenzulassen,
worauf Friedrich lallend gleich zwei weitere Flaschen verlangte. Ich stopfte mein Hemd in die Hose, fragte nach der
Toilette, entschuldigte mich für einen kurzen Moment, zog
den Séparée-Vorhang hinter mir zu, ging mit der Matrone zum
Tresen, behauptete, ein paar Minuten an die frische Luft zu
müssen, rannte dann die Straße hinab, einfach nur weg, ohne
zu wissen wohin. Weder das Münster noch der Fluß noch
einer der großen Plätze waren in der Nähe, und nach einer
Weile stand ich keuchend und schweißnaß wieder vor dieser
Bar und rannte weiter, um nicht entdeckt zu werden, schien
mich aber, auf welchen Wegen auch immer, im Kreis zu bewegen, obwohl das Fachwerk-Viertel und eine der Hauptstraßen
mit ihren Tramgleisen nicht weit sein konnten. Alles wirkte zu
dieser Nachtzeit labyrinthisch, jeder Giebel, jeder Turm-
bogen, jedes Balkengemäuer ähnelte sich auf einmal bis zum
Verwechseln, und ich wollte diesem musealen Mittelalter, das
keinen Ausgang gewährte, nur noch entkommen. Von meinen
Ausflügen mit Marie glaubte ich die Boulevards, die bekann-

ten Brücken, die berühmten Bauten zwar zu kennen, aber es hatte mich nicht nur meine Orientierung verlassen, sondern die Stadt selbst, ihre Flußläufe und Straßen, schienen durcheinandergeraten zu sein. Um durchzuatmen, ruhte ich mich auf einem Steinpfosten aus, ohne während des schweren Schnaufens gleich zu bemerken, daß drüben, über der Kreuzung, der *Place Kléber* sich öffnet, von dem es, wie ich wußte, bis zum Bahnhof nicht mehr weit sein konnte. Hinter dem Kanal verlor ich mich in einer toten Zone, deren Betonmauern, wie einige Schilder anzeigten, Autowerkstätten und Schlossereien verbargen, doch weit und breit kein Restaurant, kein Geschäft, kein Bistro, geschweige denn ein Hotel erahnen ließen. In der Hoffnung, Übersicht zu gewinnen, rannte ich eine Rampe hinauf, die zu einem Parkplatz führte, auf dem zwei Schwarze rauchend und schweigend an einem Auto lehnten. Ich konnte sie nicht einmal fragen, ob sie wüssten, wo mein Hotel liegt, weil mir sein Name entfallen war und ich inzwischen sogar daran zu zweifeln begann, ob es sich überhaupt in der Nähe des Bahnhofs befindet. Außer dem Münster- und einem Brauereiturm bot der Blick von dort oben keine Anhaltspunkte, und als die beiden langsam auf mich zukamen, machte ich kehrt und schlenderte, als sei ich ziellos unterwegs, scheinbar gelassen wieder die Auffahrt hinab, um drunten in jene Richtung zurückzulaufen, aus der ich gekommen war. Daß ich an meinem Hotel mit der fehlenden Letter bereits vorbeigerannt sein mußte, wurde mir erst klar, als ich vor einer Apotheke stand, deren grün blinkendes Kreuz zwar nichts Besonderes an sich hatte, an deren Fassade mir aber das rostige, an den Kanten abgeblätterte Emailleschild mit dem Straßennamen *Rue de la Course* aufgefallen war, als ich mit Friedrich den Weg zu unserer Brasserie eingeschlagen hatte.

Kaum in meinem Zimmer, mußte ich mich übergeben und kniete, würgend und am ganzen Leib zitternd, vor der Klo-schüssel. Obwohl restlos erschöpft, schwitzend und fröstelnd zugleich, wagte ich, aus Angst einzuschlafen, mich auch nicht für kurze Zeit aufs Bett zu legen. Mit dem Koffer, dessen klak-kende Rädchen in der nächtlichen Stille wie Verfolger hinter mir herhallten, schleppte ich mich über den verwaisten Parade-platz zum Taxistand am Bahnhof und ließ mich über die Grenze bringen. Der Chauffeur weckte mich mit einem offensichtlich schon mehrfach gesteigerten, am Ende fast verzweifelt lauten »Allô«, das anfangs wie ein ferner Ruf in einem Traum klang, der schroff zu Ende ging, als meine Knie geschüttelt wurden. Gekrümmt lag ich auf dem Rücksitz und mußte bereits in Straßburg eingeschlafen sein, denn nicht einmal an die Über-querung der Grenze konnte ich mich erinnern. Es war mir rät-selhaft, warum ich mich in einem Taxi vorfand, das vor einem Bahnhof stand, der die Aufschrift Offenburg trug. Drei Stun-den später fuhr mein Zug im morgenfrischen Frühlingslicht über die Basler Rheinbrücke. Friedrich Grävenich besaß eine Adresse und eine Telefonnummer, die mit mir nichts zu tun hatten.

Das Semester verlief ruhig, und ich traf Marie wieder regelmä-ßig. Wenn ihr Freund, ein Bühnenbildner, sich wochenweise in anderen Städten aufhielt, gingen wir wie früher hin und wieder essen, und meist blieb sie danach auch über Nacht bei mir. Ohne es zu wissen, sorgte dieser Dritte dafür, daß wir uns in Ruhe lassen und uns gleichzeitig als einander ein wenig fremd Gewordene wieder begehren können. Nur beiläufig hatte ich Marie von meinem Straßburger Erlebnis erzählt und es anekdo-tenhaft zurechtgerückt, ihr aber verschwiegen, wie erniedrigt

ich mich gefühlt hatte und daß ich in dieser Nacht regelrecht
aus dieser Stadt geflohen war. Bereits nach ein paar Tagen
schien die Geschichte weit zurückzuliegen und beinahe vergessen, und manchmal kam es mir sogar so vor, als sei sie mir bloß
im Traum widerfahren oder als hätte sie gar nicht ich, sondern
ein anderer erlebt, der sie mir erzählt hat. Friedrichs Gestalt
verflüchtigte sich immer mehr, und schließlich blieben das Gesicht der Araberin vom Nebentisch, die Schüttelkünste des
Drinkmixers aus dem Musiklokal und der gebieterische Auftritt der Matrone in der Rotlichtbar eindrücklicher als alle anderen Bilder im Gedächtnis haften, als übernähmen die dama-
ligen Randfiguren im nachhinein die Hauptrollen. Obwohl
damals nichts Schlimmes passiert war, kehrten die Ereignisse
jedoch nach ein paar Wochen meist vor dem Einschlafen wie
ein sich ankündigender Alp zurück, aber jedesmal sagte ich
mir, so etwas könne mir nie wieder passieren, weil ich mich von
Anfang an anders verhalten und auf einen solchen Abend nie
mehr einlassen würde.

Das aus Holland mitgebrachte Brevier mit dem Titel *Zestien
manieren het neen te vermijden* wollte ich, wieder zurück in Basel, in den Müll werfen, um bei seinem Anblick nicht an diese
Nacht erinnert zu werden. Aber jedesmal fürchtete ich, ein solcher Vernichtungsakt könnte diesem Erlebnis eine allzu kapi-
tale Bedeutung verleihen. Ein paarmal ließ ich es bereits im Papierkorb verschwinden, doch dann legte ich es wieder auf den
Fenstersims oder neben das Bett oder auf die Kommode im
Flur, in der Hoffnung, dem Buch durch dieses Hin und Her sein
Gewicht zu nehmen. Es war ein Spiel mit mir selbst, bei dem ich
leise zu fürchten begann, durch diese kleinen Verlagerungs-
aktionen jene zwanghaften Gedanken erst zu nähren, die es gerade zu ersticken galt. Im Grunde konnte ich eh nur den Titel

verstehen und hatte auch nie vor, aus den drei Dutzend Seiten verständliche Brocken herauszufischen, die sich am Ende noch als falsche Freunde erweisen könnten. Es sollte ein Souvenir an meine Osterreise sein, nicht mehr und nicht weniger, allenfalls dazu angetan, als kurioses, unhaltbares Gegenstück zu Spinozas Erkenntnistheorie im Regal herumzustehen. Aber je öfter ich den mir unverständlichen Traktat an einen anderen Platz legte, desto gespenstischer verwandelte er sich in ein Menetekel, und er beschäftigte mich, ohne daß ich ihn je zu lesen versucht hätte, weit mehr, als es mir recht sein konnte. Das Buch erinnerte mich weniger an Amsterdam als an diese Straßburger Nacht, bei der ich lammfromm der Aufforderung gefolgt war, ein gemeinsames Hotel zu nehmen, in einer Kneipe, in die ich ansonsten nie im Leben einen Fuß gesetzt hätte, zu Abend zu essen und am Ende auch noch eine Rotlichtbar aufzusuchen, und all das, ohne während der ganzen Stunden mehr als nur ein paar Sätze, die in der Regel auch noch aus Fragen bestanden, geredet zu haben.

Weil das Buch mich durch sein bloßes Herumliegen zu verfolgen anfing, steckte ich es zuletzt wahllos zwischen ein paar Gedichtbände in die hinterste Ecke unter der Dachschräge, in die jene Bücher verbannt werden, die voraussichtlich nie mehr eine Rolle für mich spielen. Tatsächlich ließen von da an die Erinnerungen an Friedrich Grävenich weiter nach, und ich ertappte mich sogar dabei, kurzfristig seinen Namen vergessen zu haben. Wenn er mir noch gelegentlich in den Sinn kam, sagte ich mir jedesmal, es sei das erste und letzte Mal gewesen, daß ich mich habe derart in Beschlag nehmen lassen, zumal von einem Fremden, dem man nichts schuldig war, mit dem es zuvor keine Verwicklungen gab und den man deshalb mit einem einzigen Satz hätte abfertigen oder schlichtweg ignorieren können. Nichts, aber auch gar nichts, redete ich mir ein, werde mich künftig je daran hindern, einfach aufzustehen und zu gehen, sollte sich Ähnliches auch nur ansatzweise wiederholen. Doch gleichsam über Nacht fingen die Erinnerungen gelegentlich wieder zu rumoren an, und es ärgerte mich dabei am meisten, daß ich mich wegen dieser einen, einzigen, im Grunde belanglosen Begegnung so lange mit Selbstvorwürfen quälte. Zum Glück nahm mit der Zeit der Glaube überhand, damals nicht selbst in Straßburg gewesen zu sein, sondern von dieser Geschichte bloß gehört zu haben. Andererseits ließen mich diese Irritationen an meinem Erinnerungsvermögen zweifeln, und ich begann zu fürchten, von Halluzinationen heimgesucht zu werden. Wie immer ich es drehen und wenden mochte, keine der Varianten konnte mich beruhigen, weder die kolportierte noch die selbst erlebte. Mir blieb nichts anderes übrig, als mir einzureden, letztlich sei es gleichgültig, ob etwas nachweislich geschehen ist oder nur in der Vorstellung existiert, das wichtigste sei, Nebensächlichem keine ungerechtfertigte Bedeutung zuzumessen.

Zum Semesterabschluß hatte ich ein paar Studenten zu mir nach Hause eingeladen, von denen einer die Bücherwände inspizierte und dabei noch in die letzten Dachwinkel kroch. Ausgerechnet die *Zestien manieren* mußte er aus dem Regal ziehen und mich fragen, ob ich Holländisch verstehe. Beim Blättern fiel eine abgerissene Eintrittskarte heraus, die mich an den Thriller erinnerte, den ich am Abend vor der Abfahrt nach Straßburg in einem Amsterdamer Kino angeschaut hatte. Von der Geschichte war mir nur im Gedächtnis geblieben, daß bis zuletzt nicht geklärt werden konnte, ob der Tote, um den sich die Handlung rankte, aufgrund eines Unfalls gestorben oder das Opfer eines Verbrechens geworden war. Der Film entließ einen mit einem Rätsel, mit einem offenen Ende, mit einer Patt-situation, in der Dutzende von Indizien für die eine und ebenso viele für die andere Möglichkeit sprachen. Die Einzelheiten der verworrenen Geschichte, die vielen Figuren, ihre Funktionen und Gesichter, all das hatte ich längst vergessen, doch als ich auf dem Billett den Titel *Go astray, lose one's way* las, kam mir der Anfang des Films wieder in den Sinn. Er wies Ähnlichkei-ten mit dem Fall des seit zwei Wochen vermißten Hausmeisters unserer Seminariengebäude auf, der von heute auf morgen ver-schwunden war, ohne daß seine Frau oder sonst jemand die ge-ringste Ahnung hatte, was mit dem leutseligen, aus der Berner Gegend stammenden und deshalb schwer zu verstehenden Mann hätte geschehen sein können. Obwohl er eine für seine Korpulenz seltsam hohe, dünne Stimme besaß, grüßte einen der gutmütige, in seiner Freundlichkeit vielleicht ein bißchen zu penetrante Herr Schradi stets sehr laut mit einem angedeuteten Bückling, was ein wenig clownesk und servil zugleich wirkte.

Natürlich wurde auch an diesem Abend über den vermissten Herrn Schradi geredet, und jeder erzählte belanglose Geschich-ten, die man mit dem Mann im grauen Kittel erlebt oder von ihm gehört hatte. Niemand sprach mehr von ihm im Präsens, son-dern alle bereits in der Vergangenheit, wie bei einem Lei-chenschmaus, wenn reihum der Tote mit Anekdoten verab-schiedet wird. Provisorisch wurde für Herrn Schradi gleich drei Tage nach seinem Verschwinden ein Nachfolger bestimmt, der während der vergangenen Tage auch schon aufgetaucht war und mit betretenem Blick im Hof herumstapfte, als wollte er sich dafür entschuldigen, so unverzüglich zur Stelle zu sein. Manche munkelten, die Frau des Verschollenen sei keineswegs unglück-lich, ihn los zu sein, weil er nur in der Öffentlichkeit den jovialen

Gemütsmenschen gespielt habe, daheim aber ein Tyrann gewesen sei. Ich hatte keine Ahnung, wie diese Gerüchte zustande kamen, sondern staunte nur, wie die Ehe von Herrn und Frau Schradi plötzlich so spannend geworden war, obwohl bis vor zwei Wochen sich keiner von uns Gedanken über diesen Mann gemacht hatte. Inzwischen wußte jeder, daß er verheiratet ist, gerne angelt und Briefmarken sammelt. »Grüezi wohl«, begrüßte er mich immer mit seiner Fistelstimme und stockte bereits beim bloß angedeuteten »Herr«, weil ihm mein Name nie einfiel. Nur wenige Male hatte ich ein paar Allerweltssätze mit ihm gewechselt, über die Hitze, über die Schwüle, über den Schnee, über die Kälte, und ich hatte nicht den Eindruck, daß die anderen sich öfter mit ihm unterhielten. Jetzt aber hatten die Zeitungen über ihn berichtet, die einen ganzseitig, die anderen nur beiläufig, das eine Mal mit grobkörnigen Großfotos, wie er mit seiner Frau auf einem grünen Sofa sitzt und mit einer Bierflasche in die Kamera winkt, das andere Mal nur mit einem Passbild, das schon mehrere Jahre alt sein mußte. Anfangs war im philosophischen Seminar die Aufregung groß, doch in der Fakultätssitzung wurde dann, wie vorgesehen, nur über den Sonderetat für einen Ausflug nach St. Gallen, die vernachlässigte Präsenzpflicht der Assistenten, die Erhöhung ihrer Lehrdeputate und die Formulierung für die Stellenausschreibung des im nächsten Jahr frei werdenden Lehrstuhls von Professor Grandstetter debattiert, wobei Grandstetter selbst es – wie bei jeder Gelegenheit – nicht lassen konnte, zu bemerken, daß die Universität keines weiteren Spinoza-Spezialisten bedürfe.

Jedenfalls trugen an besagtem Abend meine Studenten alle möglichen Geschichten zusammen, die seither über Herrn Schradi, über seine Ehe und seinen Jähzorn in Umlauf waren, einen Jähzorn, den er in der Öffentlichkeit kaschieren konnte, von dem jedoch eine seiner Nachbarinnen mit redseliger Empörung vor laufenden Kameras berichtet hatte, ohne daß sie zu betonen vergaß, er sei zu Kindern immer nett gewesen und habe bedauert, keine eigenen zu besitzen. Obwohl offensichtlich niemand mehr daran glaubte, daß Herr Schradi wiederauftaucht, wurde gleichzeitig am liebsten darüber spekuliert, wo er sich aufhalten könnte. Die Polizei war ratlos, weil er keine einzige Spur hinterlassen und sich – so die in der Presse mit Empörung quittierte Formulierung eines Kommissars – wie in Luft aufgelöst hatte. Ein paar Leute wollten ihn zwar da und dort gesehen haben, aber ihre Aussagen erwiesen sich als derart widersprüchlich, daß sie im ganzen nur Wirrwarr ergaben. Die einen wollten ihn drüben, über der Grenze, im Elsaß in einem Supermarkt erkannt, andere beobachtet haben, wie er mit der Basler Rheinfähre vom einen zum anderen Ufer übersetzte, wieder andere waren sich sicher, ihm im Tessin begegnet zu sein, aber es nützte alles nichts, unser Hausmeister blieb unentdeckt. Die halbe Nacht kamen wir immer wieder auf den Vermißten zurück, als habe er uns mit seinem Verschwinden den größten Gefallen getan, uns ein unerschöpfliches Thema geschenkt und uns in eine Spannung versetzt, die wir nicht mehr missen wollten. »Am besten«, bemerkte einer meiner Studenten, »er taucht nie mehr auf, weil sich sonst alles aufklären ließe und der Spekulation ein Ende gesetzt wäre.«

Mitten in diesen Gesprächen, um Mitternacht, klingelte das Telefon. Ich wollte nicht abnehmen, weil ich dachte, es müsse ein Versehen sein, aber Marie, die auch in unserer Runde saß, rief: »Geh ran, vielleicht kommt noch Besuch!« Ich ließ es vier, fünf weitere Male läuten, ging dann aber in den Flur hinüber und nahm ab. »Ich bin's, erinnerst du dich?« erschreckte mich die unverwechselbare, pfälzisch gefärbte, ganz nah klingende

Stimme. »Ich habe dein Buch über Spinoza gelesen, aber nicht alles verstanden. Morgen fahre ich nach Zürich und habe an einen Halt in Basel gedacht.« Es tue mir leid, ich sei während der Semesterferien nicht hier, es würde sicherlich schön gewesen sein, wenn wir uns hätten sehen können, aber leider sei es nicht möglich, stammelte ich, worauf er mich unterbrach: »Wann fährst du denn?« Nach einem ratlosen Zögern sagte ich: »Morgen früh fliege ich nach Amerika, für ganze drei Monate«, was Marie auf dem Weg zur Toilette mitbekam und lauthals mit einem »Habt ihr gewußt, daß er nach Amerika fliegt, das ist ja etwas ganz Neues!?« kommentierte. Grimassierend bedeutete ich ihr, den Mund zu halten, was sie aber, wie ich mir hätte denken können, erst recht dazu reizte, nochmals in die Küche hinüberzurufen: »Ich höre zum ersten Mal, daß er nach Amerika will!« – »Tut mir leid, ich muß mich um meine Gäste kümmern«, schüttelte ich Friedrich ab, aber beim Auflegen hörte ich ihn noch lachend sagen: »Also bis morgen!«

Sofort rief ich die Auskunft an, aber zwischen Flensburg und Freiburg konnte man in ganz Deutschland keinen einzigen Friedrich Grävenich ausfindig machen. Zwar trug er in seinem Portemonnaie eine falsche Adresse von mir mit sich herum, doch inzwischen war nicht mehr ich, sondern er ungreifbar geworden. Mir blieb nichts anderes übrig, als in den nächsten Tagen weder den Hörer abzunehmen noch die Tür zu öffnen oder mich außer Haus aufzuhalten. »Du lernst es nie!« klagte Marie auf dem Rückweg von der Toilette, als ich ihr zuraunte, es sei dieser merkwürdige Mensch aus Straßburg gewesen. Immer hatte sie mich für mein gebremstes Neinsagenkönnen verachtet und an mir herumgemäkelt, allem Unangenehmen mit faulen Ausreden aus dem Weg zu gehen, anstatt klare Haltung zu beziehen. Seit wir nicht mehr zusammenleben, hält sie mir wenigstens keine Predigten mehr, sondern zuckt in solchen Situationen bloß herablassend mit den Mundwinkeln. »Der Herr nickt zu allem und will sich nirgends unbeliebt machen, und wenn ihm alles zuviel wird, muß er sich in Lügen flüchten, um noch Luft zum Atmen zu kriegen!«, so konnte sie mich öffentlich vorführen und mir dabei halb verächtlich, halb mitleidig auf die Schulter klopfen. Ständig wollte sie mir einbleuen, daß es keineswegs von Großmut, sondern von Feigheit zeugt, wenn man keine Grenzen zu setzen weiß, und daß man früher oder später unter die Räder kommt, wenn man es allen recht machen will. »Jeder gelangt auf seine Weise ans Ziel«, hatte ich ihr stets entgegengehalten und die Tür hinter mir zugezogen, wenn ihre Tiraden kein Ende finden wollten.

Nachdem sich in der Morgendämmerung die letzten Gäste verabschiedet hatten, witzelte Marie, sie werde den Rest der Nacht bei mir ausharren, schließlich müsse ich jetzt drei Monate lang ohne sie auskommen. Sie wunderte sich, daß ich den Wecker stellte und nach wenigen Stunden Schlaf darauf drängte, daß auch sie aufstehen und mit mir das Haus verlassen mußte. Es war mein erster Ferientag und zudem Samstag, und deshalb glaubte sie mir weder, daß in der Fakultät eine Sitzung stattfindet noch daß ich meinen unter den Arm geklemmten Schlafsack einem Studenten zu schenken gedenke. Draußen, vor dem Haus, nahm sie beim Abschied ihre Sonnenbrille aus dem Etui, rieb die Gläser an ihrer Bluse, schüttelte vielsagend den Kopf, sagte nichts mehr und brabbelte nur im Weggehen, ohne sich noch einmal umzuschauen, Beleidigungen vor sich hin. Wie sie sich beinahe beschwingt und immer lauter schimpfend entfernte, sagte ich mir, man müßte es als Gnade empfinden, mit dieser indianerhaften Frau zusammensein zu dürfen, unter deren Jockey-Mütze sich ein bis zu den Hüften reichender schwarzer Haarzopf hervorzwirbelt. Als wir noch ein Paar waren, kamen mir solche Gedanken lediglich, wenn ich sie zufällig im Straßenbild entdeckte und sie mir wie eine unerreichbare Fremde erschien. »Vielleicht sollten wir uns nach unseren Restaurantausflügen jedesmal ein Hotelzimmer nehmen und in der Bar so tun, als begegne man sich zum ersten Mal, und tags danach sollte ich jedesmal für zwei Wochen wieder verschwinden, ohne zu sagen wohin«, schlug sie bei unserem letzten Straßburg-Besuch in jenem Lokal vor, das ich auf meiner Rückfahrt von Amsterdam aufsuchen wollte. Wenige Wochen nach diesem Abend schleppte sie tatsächlich zwei Koffer aus unserer gemeinsamen Wohnung in das Appartement ihres Bühnenbildners. Auf dem Küchentisch ließ sie ihren Hausschlüssel zurück und ihr »Tschüß« klang so schnippisch, als wollte sie mich mit einer Liebkosung ohrfeigen. Ich stand auf der obersten Treppe, horchte, bis die Haustür zufiel, ihren Schritten nach und konnte nicht einmal heulen.

Nur wegen ihres Geschreis, das sie nachts während seines Anrufs nicht lassen konnte, mußte ich mich vor Friedrich in Schutz begeben. Marie gönnte mir nicht einmal meine Wut auf sie, im Gegenteil, ich mußte mich statt dessen beschimpfen lassen, weil ich darauf bestand, daß wir gemeinsam das Haus verlassen. Niemand anderer als sie hatte mir diese Situation eingebrockt, aber sie glaubte auch noch, sich wieder einmal mit einem so engen Mund davonmachen zu können, daß man Angst bekam, sie könnte einen zum Abschied anspucken. Obwohl es noch nie vorgekommen war, glaubte ich in solchen Momenten jedesmal, jetzt sei es soweit, weshalb ich dann stets ein wenig vor ihr zurückweiche. Ich wartete ab, bis sie um die Ecke gebogen war, um in der Wohnung Werkzeug zu holen und die Schilder an der Klingel und am Briefkasten, auf denen auch Maries Name

noch stand, zu entfernen. Während ich die Schrauben wieder
zudrehte, hörte ich Schritte hinter mir, aber beim Aufblicken
war es bereits zu spät, um das fast vollbrachte Werk zu verbergen. Sie stand hinter mir, schüttelte wieder nur den Kopf und
sagte nach einem provozierenden Abwarten: »Ich habe meine
Jacke vergessen.« Warum ich vor der Tür kniete und unsere Namen entfernte, wollte sie nicht einmal wissen. Sie streckte nur
ihre Hand nach dem Schlüssel aus, und erst beim Wiederherab-
kommen fragte sie: »Machst du Platz für eine Neue?« Mir fiel
nichts ein, was ich ihr hätte hinterherrufen können.

Keine fünfzig Schritte von meiner Wohnung entfernt, schräg
gegenüber, liegen meine Seminargebäude. Durch ein mächti-
ges Holzportal gelangt man in einen von Efeugemäuern und
Fachwerkfassaden eingedunkelten Innenhof, der auf der einen
Seite zu den philosophischen, auf der anderen zu den philologischen Abteilungen führt. Über eine an Burgen erinnernde
Turmtreppe gelangt man bis unter das zur Bibliothek ausge-
baute Dach hinauf, zwischen dessen freigelegtem Gebälk die in
zweieinhalbtausend Jahren gesammelten, um Sein und Nichts
sich rankenden Gedanken aufgereiht sind. In diesem aus knarrenden Dielen, verblaßten Wand- und Deckenmalereien und
rissigen Mauern bestehenden Gebäude kennt so gut wie jeder
jeden. Es ist eine übersichtliche, mittelalterlich anmutende, aus
klösterlichen Studierstuben bestehende Welt, in deren Erkern
und Sekretariatsstuben man sich nicht nur in die Zeit eines
Jacob Burckhardt, sondern noch weiter zurück in diejenige von
Erasmus zurückversetzt glauben könnte, würden nicht auch
Kopierer, Computer und Kaffeemaschinen in den Büros und
Fluren herumstehen. Auch wenn sie längst die Mehrzahl bil-
den, wirken die bunten Bücherrücken neben den ledernen Fo-

lianten bis heute wie Fremdkörper, und so ehrwürdig dieser Ort anmutet, so störend sind die allerorts angebrachten Neonlichter. Wie weitab von der Stadt fühlt man sich in diesen Bücherverliesen und ein wenig jenseits der Zeit, obwohl die Gemäuer sich inmitten belebter Straßen und Gassen befinden. Weil die Fenster rar sind, nach keiner Seite ein weiter Platz sich öffnet und beinahe greifbar sich überall gegenüberliegende Mauern erheben, lenkt einen der Blick nach draußen kaum ab. Anders als in meiner Mansarde kann man hier nirgends auf den Rhein, die Schwarzwaldberge oder die Türme der Stadt schauen. Man fühlt sie wie in einem abgezirkelten Kosmos, der Schutz und Gefängnis gleichermaßen sein kann, und ich war an diesem Wochenende dankbar dafür, dort Zuflucht finden zu können.

Drei Jahre zuvor, am Tag meiner Ankunft in Basel, wollte ich mir, noch nicht im Besitz eines Institutsschlüssels, am späten Nachmittag die Räumlichkeiten anschauen, in denen ich meine künftigen Jahre verbringen sollte. Auf den ersten Turmstufen kam mir von oben ein japanischer Student entgegen, der mir eine Woche später als der Assistent meines Kollegen Grandstetter vorgestellt wurde. »Was suchen Sie hier?« herrschte er mich wie einen Eindringling an und wies mir auf meine Antwort, ich wolle mich nur umsehen, die Tür. Als ich durch den Hof zum philologischen Trakt hinüberschlenderte, stellte er sich mir mit einem »Haben Sie nicht verstanden?« in den Weg und klingelte unmißverständlich mit seinem Schlüsselbund. »Von außen ist das Gebäude auch schön«, verabschiedete er mich beim Verriegeln des Portals in einem aufgesetzten Ton, der versöhnlich klingen sollte.

Noch nie in all der Zeit, die inzwischen vergangen ist, hatte ich in diesem Gebäude übernachtet. Über meinen einstigen

Tübinger Tutor, den Privatdozenten Fritz Fichtner, der es nie
zu einer Professur gebracht hat, waren Gerüchte im Umlauf, er
habe sich hier, bevor er endgültig aus dem akademischen Leben
schied und schließlich unter Brücken gesehen worden sein soll,
eine Zeitlang nachts heimlich einschließen lassen. Wenngleich
ich, soweit jedenfalls mein Wissen über mich reicht, wenig
Neigung zum Aberglauben besitze, überkommt mich, wenn ich
mich – was nur selten geschieht – alleine in der Bibliothek auf-
halte, das Gefühl, es spuke in diesen Räumen sein Geist umher,
obwohl Fichtner noch gar nicht tot ist. Daß dieser Geist nichts
Gutes im Schilde führen kann, versteht sich von selbst, schließlich würde Fichtner weit mehr als uns allen zusammen ein
Lehrstuhl zustehen, doch die Gnadenlosigkeit, mit der er jed-
wedes erbauliche Gerede dem Spott preisgeben mußte, hat ihm
allmählich auch bei seinen Bewunderern Feindschaft einge-
bracht. Mir selbst ist er zwar schon lange nicht mehr begegnet,
in der Stadt will man ihn aber immer wieder gesehen haben, das
eine Mal in einer Kneipe, das andere Mal am Rhein, ein drittes
Mal sogar an einem der versteckteren Tische zwischen den Bü-
cherregalen unter dem Dachgewölbe. Allein der Gedanke, unverhofft auf ihn zu treffen, macht mir stille Angst, denn es wäre
gerechter, wenn ich wie er mein Leben fristen und er an meiner
Stelle sitzen würde. Ich bin keineswegs undankbar dafür, daß es
anders gekommen ist, rechtfertigen läßt sich diese Seltsamkeit
jedoch nur schwer. Fichtners zum Teil aufsehenerregende Ver-
öffentlichungen, seine zeitweilige Allgegenwart bei Symposien
und Konferenzen, die Vitalität, mit der er seine Studenten zu
begeistern wußte, all das hat ihm nichts genützt. Während seiner letzten Seminare, die er vor vier, fünf Jahren abgehalten
hat, soll er schon keinen richtigen Wohnsitz mehr besessen haben, bereits tagsüber angetrunken und von Gerüchen umgeben

gewesen sein, die darauf schließen ließen, daß er weder sich
selbst noch seine Kleider wäscht. Zurechtweisungssüchtige
Selbstbeherrschungsexperten wie der Kollege Grandstetter
spotten bis heute, er habe sich aufgrund seiner exzessiven Be-
schäftigung mit den Griechen zum vollkommenen Symposiar-
chen entwickelt, und einige seiner Doktoranden sollen Fichtner nicht einmal mehr gegrüßt haben.

Solche Gedanken gingen mir durch den Kopf, während ich
im Innenhof dieser in sich geschlossenen Welt saß, das Sonnen-
licht in den Bäumen spielte und ich mir überlegte, ob es nicht
besser wäre, zu Hause zu übernachten. Im Grunde war es absurd, mitten im Sommer, an einem strahlenden Tag, sich frei-
willig aus einer hellen Mansardenwohnung in dieses lichtarme
Gewölbe zu exilieren. Selbst wenn Friedrich Grävenich in der
Stadt weilen und durch die Gassen spazieren sollte, war die
Wahrscheinlichkeit, sich zu begegnen, gering. Sollte er bei mir
klingeln, brauchte ich schließlich nicht zu öffnen, doch allein
seine Stimme, die durch das Telefon hindurch in meine Wohnung gedrungen war, hatte in mir das Gefühl hinterlassen, in
meinen eigenen vier Wänden nicht mehr sicher zu sein. Ich
malte mir aus, wie er dank der im Sommer an den Werktagen
meist offenen Seitentür der im Erdgeschoß liegenden Buch-
handlung mühelos in den Flur gelangen oder aber bei jemand
anderem klingeln, auf diese Weise vor meiner Wohnungstür
lauschen und dadurch erfahren könnte, ob jemand da ist. Dann
müßte ich erklären, warum ich nicht längst in Amerika bin, und
neue Geschichten erfinden, um ihn abzuwimmeln.

Als das Rasseln eines Schlüsselbunds und ein Riegelrucken
am Portal zu hören waren, lief ich, um mit dem Schlafsack nicht
entdeckt zu werden, zur Turmtreppe hinüber, wurde aber,
kaum daß ich die ersten Stufen hinter mir hatte, von ebenjenem

japanischen Studenten, der mich bei meinem ersten Besichtigungsversuch hinausbugsiert hatte und der inzwischen einen Lehrauftrag besaß, gleich mehrmals, wie in Panik, bei meinem Namen gerufen. Ich beeilte mich, das erste Stockwerk zu erreichen, um den Schlafsack in eine Ecke zu werfen, doch er blieb mir auf den Fersen und rief unentwegt nach mir, bis ich stehenblieb, mich umdrehte und – in Umkehrung der einstigen Situation – dieses Mal auf ihn hinabschaute, während er, auf einmal sprachlos geworden, mich anstarrte, ohne auf mein Zeltplatzutensil zu achten. Wortlos standen wir wie Statuen da, bis ich, um die Situation aufzulösen, mit den Achseln zuckte und aus Hiroshi mit einer anfangs leeren, gleichsam um Worte ringenden Mundbewegung der Satz hervorbrach: »Man hat ihn tot im Rhein gefunden.«

Daß der Hausmeister gemeint war, stand außer Frage, daß sich aber ausgerechnet dieses sonst so reservierte, kühle, manchmal hochnäsige Wesen von einem solchen Ereignis derart berührt zeigte, überraschte mich in diesem Augenblick weit mehr als die Nachricht selbst. Wieder standen wir uns wie versteinert gegenüber, aber mich beschäftigte weniger dieser sonderbare Tod als die Frage, ob Hiroshi deshalb vom Entsetzen gepackt ist, weil ihm Herrn Schradis Schicksal nahegeht oder ob ihn die Vorstellung bedroht, selbst jederzeit etwas so Unheimlichem ausgesetzt sein zu können. Wir starrten uns abwechselnd an und aneinander vorbei, bis ich, nur um etwas zu sagen, fragte: »Wer hat ihn entdeckt?«, doch er wiederholte bloß: »Man hat ihn tot im Rhein gefunden.« Mehr wußte er wohl auch nicht, und weil ich nicht nachhakte und er mit mir in diesem Augenblick sonst nichts zu reden wußte, kehrte er um, stapfte die Treppe hinab, verschwand, wie er gekommen war, und riegelte die Turmtür von außen ab, als wollte er mich einschließen. Er schien nur hierhergekommen zu sein, um zu schauen, ob jemand da ist, den er informieren könnte, aber nachdem er mich angetroffen hatte, drängte ihn nichts mehr, auch noch in den anderen Räumen nachzuschauen.

»Man kann bei Ihnen das Gefühl bekommen, bei Doktor Freud zu sein«, hatte einmal eine Studentin in einer Sprechstunde bemerkt, aber erst an diesem Samstagnachmittag begriff ich beim Betreten meines Büros, daß sie auf mein zerschlissenes, ausgebleichtes, nur noch an den Nahtstellen weinrotes, von Papier- und Bücherstapeln belagertes Sofa angespielt hatte. Anders als mein kurz vor der Emeritierung stehender Kollege Grandstetter, der im gegenüberliegenden Zimmer residiert und den man nachmittags durch die Tür manchmal schnarchen hört, hatte ich meine Couch noch nie zum Ausruhen oder gar Schlafen benutzt. Von Anfang an diente sie als Ablageplatz, und als ich sie an diesem Tag freiräumte, erwies sie sich nicht nur als zu kurz, um sich auf ihr ausstrecken zu können, sondern auch als äußerst unbequem, weil geborstene Metallfedern wie Höcker aus dem Sitz herausdrückten. Von den aufgehäuften Hausarbeiten, Zeitschriften und Folianten befreit, stellte sich heraus, daß der alte Diwan reif für den Sperrmüll ist.

Bis es, erst spät, zwei Stunden vor Mitternacht, zu dunkeln begann, arbeitete ich an einem Artikel über Spinozas Freiheitsbegriff, der in der nächsten Ausgabe der *Philosophischen Rundschau* erscheinen soll. Obwohl sich außer mir niemand in diesen Räumen aufhielt, verriegelte ich die Tür. Außer den lächerlichen Geistervisionen, die sich Fichtner verdanken, gab es keine benennbare Angst, die mich zu solchen Vorsichtsmaßnahmen trieb, aber nichtsdestotrotz glaubte ich mich dadurch in diesem labyrinthisch verzweigten, von niemandem bewohnten, in der Stille gespenstisch anmutenden Büchertempel sicherer zu fühlen. Schließlich könnte man niemanden um Hilfe rufen, würde einen hier drinnen etwas bedrohen, und trotz der schieren Gewißheit, daß keine Gefahren lauern, versuchte ich jedes Geräusch zu vermeiden. Zu vorgerückter Stunde stiegen kindliche Schreckensbilder in mir auf, und ich malte mir aus, wie sich in den Tiefen dieses Gebäudes uns allen bislang unbekannte Verliese verbergen, in denen nicht nur Leute wie Fichtner, sondern noch ganz andere Wesen hausen. Bei jeglichem, selbst einem kaum vernehmbaren oder bloß vermeintlichen Knarren und Knarzen und vor allem bei jenem Rauschen, das vom sanften Nachtwind herrührte, der zuweilen im Hof die Kastanie leise erschauern ließ, horchte ich wie ein aufgescheuchtes Tier auf.

Um mich von diesen Spukgedanken abzulenken, saß ich, bis die ersten Vögel die Stille vertrieben, am Schreibtisch und versuchte jene These von Spinoza auszudeuten, die besagt, daß solche Menschen, die glauben frei zu sein, sich täuschen. »Diese Meinung besteht bloß darin«, heißt es in seiner *Ethik*, »daß sie sich ihrer Handlungen bewußt sind, die Ursachen jedoch, von welchen sie bestimmt werden, nicht kennen. Denn wenn sie sagen, die menschlichen Handlungen hingen vom Willen ab, so sind das Worte, von welchen sie keine Ahnung haben.« Oft schon hatte ich mit meinen Studenten über die Reichweite dieser Sätze diskutiert, und die meisten wehrten sich im Namen der Willensfreiheit und einer unabdingbaren, auf Selbstbestimmung beruhenden Moral gegen Spinozas Überzeugung, es sei ebenso widersinnig, sich über seine eigene Beschaffenheit, über seine Fähigkeiten und Grenzen, über seine Kraft und Ohnmacht zu beklagen, wie wenn ein

Kreis sich über sein Rundsein und die daraus resultierenden Eigenschaften mokieren würde, woraus man folgern müsse, daß der Natur nichts als Fehler anzurechnen sei. Immer wieder, in jedem Seminar von neuem, verfingen wir uns in Spinozas paradoxer Behauptung, es gebe keinen freien Willen, obwohl sich in seinen Schriften gleichwohl Lobgesänge auf die menschliche Freiheit finden. Diese Freiheit, so wurde er nicht müde hervorzuheben, bestehe in der Fähigkeit, mit nüchternem Blick unsere Begierden und Ängste, unsere Phantasien und inneren Bilder studieren zu können, um dabei zu erfahren, daß nicht wir, sondern sie es sind, die uns antreiben und verwirren, wobei nur eine furchtlose Wahrnehmung dieses Gedanken- und Seelengewühls die Möglichkeit gewähre, mit all den Regungen, die in uns rumoren, umgehen zu können, anstatt ihnen bloß ausgeliefert zu sein. Den Glauben, wir seien deshalb bereits Herr unserer selbst, belächelt Spinoza als Träumerei.

Auch in dieser Nacht durchströmte mich bei diesen Überlegungen ein wärmendes Gefühl fatalistischen Aufgehobenseins, und inmitten meiner Unruhe tröstete mich die Vorstellung, daß alle Lust und alles Leiden lediglich durch uns hindurchgehen und das Zusammenspiel auseinanderdriftender Begierden zwar Unvorhersehbares mit sich bringen und nach kühnen Konsequenzen rufen kann, jedoch am Ende nur die Frage bleibt, wie aufgewühlt oder gelassen man sich gegenüber diesen Turbulenzen verhält, was einem dabei widerfährt und was man daraus macht, ob man sie zum Drama überhöht oder ihnen eine solche Gewichtung versagt. Vielleicht, so versuchte ich meinen Studenten immer wieder zu erklären, entspringe die Idee des freien Willens mitsamt ihrer strafsüchtigen Gesinnung in erster Linie einem tiefsitzenden Schuld- und Sühne- und Rachebedürfnis und einem Verlangen, für alles eine klare Ursache und einen planenden, zielstrebigen, für sich selbst und das Geschehene verantwortlichen Täter zur Rechenschaft ziehen zu können. »Doch die Menschen«, kontert Spinoza, »welche sagen, diese oder jene Handlung des Körpers entspringe dem Geist, der die Herrschaft über den Körper besitzt, wissen nicht, was sie sagen, und sie gestehen mit ihren hochtrabenden Worten ein, daß sie die wahre Ursache jener Handlung nicht kennen, ohne sich darüber zu wundern.« Seit zwanzig Jahren repetiere ich diese Sätze, ohne an ihnen satt zu werden, als ermöglichten sie einem, sich wie einen Fremden wahrzunehmen und dabei zu staunen, was diesem anderen, der man selbst ist, gelingt oder versagt bleibt.

Ein einziges Mal während der ganzen Nacht schlich ich gleichsam auf Zehenspitzen durch die engen Korridore, als gelte es, nichts und niemanden aufzuschrecken. Die Bücher hatten sich in dösende Katzen und Hunde verwandelt, die noch im Schlaf die Ohren spitzen. Bei jedem Knacken entdeckte ich Ansätze von Fichtners Schemen an den Wänden, gefolgt von allen toten Gestalten, die hier je ein und aus gegangen sind, ohne daß der in den tausendfach aufgereihten, von Aufklärungseifer beseelten Büchern versammelte Hohn über Geister und Gespenster diese Spukgesichter hätte verscheuchen können. Ich zog mich in meine Klause zurück, verriegelte wieder die Tür hinter mir, rollte den Schlafsack auf dem Boden aus, konnte aber, zwischen Schreibtisch und Sofa eingeklemmt, nicht einschlafen und stand wieder auf, um mich von neuem auf meinen Artikel zu konzentrieren und damit die Wahnvorstellung zu vertreiben, noch in dieser Nacht von einer Erscheinung heimgesucht zu werden. Obwohl das Rauchen in diesem altehrwürdigen Gebäude strikt verboten ist, steckte ich mir hin und wieder eine Zigarette an und blies den Qualm zum offenen

Fenster in den Hof hinaus. Erst im Morgenlicht zwang ich mich liegenzubleiben und sagte mir – nach Jahrzehnten wieder zum ersten Mal – die Gutenachtlieder und Gebete aus meiner Kindheit auf: »Müde bin ich, geh zur Ruh«, »Wer hat die schönsten Schäfchen«, »Guter Mond, du gehst so stille«, aber auch das »Vaterunser« und »Gegrüßet seist Du, Maria«, um jedesmal entdecken zu müssen, daß mir immer nur die ersten Verse im Gedächtnis haftengeblieben sind. Solange es auch her war, daß ich diese Worte allabendlich gemurmelt hatte, so wenig verfehlte der hypnotisierende Singsang auch dieses Mal seine Wirkung.

Ungewaschen, unrasiert, mit zerzaustem Haar und zerknittertem Hemd kam ich von der Toilette zurück, als aus der offenen Tür meines Büros das zur Marotte gewordene Räuspern meines Kollegen Grandstetter drang. Ausgerechnet er mußte am Sonntag morgen an diesem Ort auftauchen, um mitzubekommen, daß ich hier im Schlafsack übernachtet hatte. »Es stinkt nach Zigaretten, verehrter Kollege«, begrüßte er mich. »Ich wußte gar nicht, daß unser Institut ein Zeltplatz ist, vielleicht sollten wir eine Sitzung einberufen, um über die neue Funktion des philosophischen Seminars zu beraten: ›Zurück zu Diogenes!‹ könnte das Motto lauten.« Sprach's und drückte sich, ohne mich anzuschauen, im Türrahmen an mir vorbei. Ich hatte das Gefühl, ihm eine Erklärung schuldig zu sein, aber außer einem »Guten Morgen« fiel mir nichts ein. Lauter als sonst knallte er seine Tür hinter sich zu und fing an zu husten, als fühle er sich von dem kaum noch zu riechenden Rauch wie vergiftet. Wie mir längst zu Ohren gekommen war, hatte Grandstetter sich händeringend gegen meine Berufung gewehrt, und bis heute kommt ihm in meiner Gegenwart der Name Spinoza nicht ohne Spott über die Lippen. Das »o« dehnt er dabei zu einem jaulend sich in die Höhe ziehenden, genäselten Jammervokal, während er um sich schaut, als gäbe es etwas zu lachen. »Sie Glücklicher haben mit Ihrem Brillenschleifer eine Lebensaufgabe gefunden!« stichelte er einmal, auf Spinozas Brotberuf anspielend, bei einem Fakultäts-Abendessen über die Tische hinweg, während er das Glas auf mich hob, worauf sich auch diejenigen zu einem Kichern verpflichtet fühlten, die ihn nicht ausstehen können. Die meisten grüßen ihn mit einem fast unterwürfigen Nicken, als müsse man sich aus guten Gründen vor ihm fürchten. Hintenherum redet jeder schlecht über sein altprofessorales Gehabe, das einer Zeit angehört, die lange zurückliegt, über seine Arroganz, mit der er der Hälfte der Studenten eine Ausbildung als Maurer empfiehlt, über seinen Moralismus, hinter dem sich eine herrische Biederkeit verbirgt, und über seinen Wahn, der ganzen nihilistischen Gegenwartsphilosophie und ihren irrwitzigen, ins Spiel mit dem Abgrund vernarrten Bodenlosigkeiten den Garaus machen zu müssen. Spinoza, verkündet Grandstetter in meiner Gegenwart am liebsten wie von der Kanzel herab, trage eine Hauptschuld an dieser desolaten Lage, weil nichts in seinem Denken ein eindeutiges Kriterium für die Unterscheidung zwischen Gut und Böse liefern könne. Dabei gibt er, wenn man ihm auf der Straße oder in der Oper an der Seite seiner wächsernen Gattin begegnet, den väterlichen Freund, der sich zu einem herabbeugt und sich in pastoralem Ton nach dem Wohlergehen erkundigt, während die Miene seiner Frau derart starr bleibt, daß man glauben könnte, es sei längst alles Leben aus ihr gewichen. Grandstetter verwandelt sich in ihrem Beisein – wie sonst nie – in die Gutmütigkeit selbst, als erwachten in ihm neben dieser toten Maske nur Wohlwollen und Anteilnahme. Begegnet man ihm am nächsten Tag wieder im Seminar, scheint er einen kaum zu kennen oder läßt eine seiner despektierlichen Bemerkungen fallen. Wie an diesem Morgen auch sieht man ihn nie anders als im immergleichen ausgebeulten grauen Anzug und mit einer lose hängenden Krawatte, als habe er sie sich, um keine Atemnot zu bekommen, über dem aufgeknöpften Hemd vom Hals gerissen. Als es einmal nicht zu umgehen war, daß wir nebeneinander an einer Tramhaltestelle standen, rief ein kleines Kind ständig »Pepe« an ihm hoch, als kenne es ihn, aber Grandstetter schaute halb hilflos, halb entrüstet drein, während es auch noch an seinem Hosenbein zu zerren anfing und die Mutter, anstatt einzugreifen, bloß lachte. »Pepe!« wiederholte das Kind immer eindringlicher, als habe der Angesprochene vergessen, daß er der Opa ist und seinen Schatz endlich auf den Arm nehmen soll. Ohne den Kleinen eines Blickes zu würdigen und wie um das Übel durch verbissenes Ignorieren zu verscheuchen, starrte Grandstetter – offensichtlich empört darüber, daß die Mutter nicht dazwischenfährt, sondern ihren Sprößling für diesen Unsinn auch noch liebt – abwechselnd nach links und nach rechts, in der Hoffnung, eine Tram möge ihn endlich erlösen.

Um nicht in seiner Anwesenheit noch einen weiteren Tag in diesen kühlen Räumen zubringen zu müssen, während die Hitze in den Gassen flirrte, ging ich zum Bahnhof und nahm den Zug nach Mulhouse, obwohl diese Stadt, zumal an einem Sonntag, wenig Einladendes zu bieten hat. Ich besuchte das Automobil- und Eisenbahn- und sogar das Stoffdruckmuseum, dessen blumengemusterte Decken, Schals und Tücher mich nicht im geringsten interessierten. Im sich drehenden Panoramarestaurant auf dem hundert Meter hohen Europaturm aß ich zu Abend, während die Schwarzwaldberge, die Vogesen und die Rheinebene um mich kreisten und bei einbrechender Dunkelheit am äußersten nördlichen Rand die Lichter von Straßburg den Himmel rötlich zu erhellen begannen, wogegen das benachbarte Basel vom hügeligen Harthwald verdeckt blieb. Im Landeanflug sahen die Flugzeuge aus, als blieben sie in der Luft stehen, wie um die Ankunft hier unten, solange es geht, hinauszuzögern. Wie zu meiner Studienzeit, als ich immer wieder ganze Tage auf der Aussichtsplattform des Flughafens verbracht hatte, um wenigstens in der Phantasie im Himmel zu verschwinden, wünschte ich mir, noch in dieser Nacht loszufliegen und in wenigen Stunden auf einem anderen Kontinent zu landen. Andererseits kam es mir stets sinnlos vor, alleine zu reisen, aus Angst, mir selbst überlassen und ohne ein anderes Augenpaar mit all den Schlössern und Kirchen oder Sonnenuntergängen an Meeresstränden wenig anfangen zu können. Schon immer mußte ich jemandem bestätigen können, wie schön das alles ist, um es überhaupt als solches empfinden zu können. Im übrigen hatte sich ein alter Studienfreund angekündigt, der bei mir übernachten wollte.

Mit dem letzten Zug fuhr ich nach Basel zurück und ging in der lauen Nachtluft unter einem sternklaren Himmel, anders als üblich, nicht durch die Altstadt, sondern über die vierspurige Autobrücke und durch die an sie grenzenden unbelebten Gassen nach Hause. Als auf dem Anrufbeantworter keine Nachricht auf mich wartete, kam es mir vor, als sei ich während der letzten beiden Tage wie von Sinnen gewesen. Würde jemand erfahren, warum ich aus meiner Wohnung ins Seminar und nach Mulhouse geflohen bin, müßte er meinen Zustand für besorgniserregend halten, dachte ich und schaute mich wie einen Irren im Spiegel an.

Am nächsten Morgen rief ich in der Mannheimer Musikhochschule an, um zu erfahren, ob es dort einen Dozenten namens Friedrich Grävenich gibt. Telefonnummern herauszugeben sei ihr verboten, beschied mich die Dame, doch auf meine Behauptung hin, ich sei der Rektor der Basler Musik-Akademie, fing sie an in ihrer Liste zu blättern, deren Seiten sie mit geradezu hörbarem Kopfschütteln durchforstete und mit ingrimmigem Schwung umblätterte, wobei sie den Namen Grävenich unentwegt in Silben zersplitterte, bis sie mir mit einem abschließenden Stöhnen versicherte, daß ein solcher Herr an ihrem Hause nicht existiere, was sie mir im Grunde hätte gleich sagen können. Als zwei Minuten danach das Telefon klingelte, ahmte ich auf Schweizerdeutsch ein altes Weib mit einem krächzenden »Grüezi« nach. Es war Marie, die nach einem irritierten »Hallo?« sofort wieder auflegte. Danach rief ich die Swisscom an, um eine verdeckte Telefonnummer zu beantragen.

Wie befreit verbrachte ich den ganzen Tag in einem Straßencafé am Rhein, Zeitung lesend, dösend, faul wie lange nicht mehr. Am frühen Abend schlenderte ich zum Bahnhof, um Benno abzuholen, den ich seit Jahren nicht mehr gesehen hatte. Er hatte sich bei einem Basler Chemie-Konzern als Kommunikationsmanager beworben und war tatsächlich zu einem Vorstellungsgespräch eingeladen worden. Ich wagte ihn am Telefon nicht zu fragen, was jemand, der über Adornos *Ästhetische Theorie* promoviert hatte, von Kopfwehtabletten und Wachstumspräparaten versteht. Doch schon damals, als er die Uni verließ, hatten wir uns darüber gewundert, daß er in Frankfurt als Flughafen-Philosoph angestellt wurde. Auf die Frage, was er dort eigentlich treibe und was die Herren von der Führungsspitze denn von ihm wissen wollten, geriet er immer ins Stottern, als müsse er selbst über den Witz lachen, fürstlich dafür bezahlt zu werden, bei Konferenzen zwischen Wirtschaftskapitänen herumzusitzen, die ihn als eine Art Kanarienvogel emp-

finden mußten. Schlaksig, elegant, die Haare zu einem eitlen
Schwänzchen zusammengebunden, meist ein entrücktes Grinsen um den Mund, saß er während des Studiums in den Seminaren nie zwischen unsereinem an den Tischen, sondern ausschließlich auf der langen Bank an der Wand, wie um uns mit
seinem Schweigen das Gefühl zu vermitteln, wir anderen seien
allesamt besinnungslose Schwätzer. Minutenlang konnte er wie
eine Sphinx über uns hinwegstarren, den Blick zum Fenster
hinaus in unendliche Weiten gerichtet, um im Nu, wenn er auf-
gerufen wurde, die rätselhafte Dandy-Attitüde abzustreifen
und aus dem Stegreif einen geschliffenen Vortrag zu halten.
Letztlich war es gleichgültig, worüber er sich ausließ, schließlich lag seine Stärke weniger im luziden Argument als in einer
Eloquenz, die nur denjenigen kaltlassen konnte, der für Sprach-
musik nichts übrig hat. Immer klang alles, was er vorbrachte,
stilvollendet, nur daß er sich damit bei Leuten, die es klar und
nüchtern mögen, keineswegs beliebt machte. Er möge sich lieber bei den Germanisten ausleben, hatte ihm Fritz Fichtner einmal an den Kopf geworfen, worauf Benno nie mehr eines seiner
Seminare besuchte. Als ich ihm vor Jahren zufällig auf dem
Frankfurter Flughafen begegnet bin, steckte ein Sticker mit der
Aufschrift *Philosoph* an seinem Revers. Er hetzte treppauf,
treppab und hatte kaum Zeit, mit mir zwei Sätze zu wechseln,
weil tags darauf eine Ausstellung mit dem Titel »Der Traum
vom Fliegen« eröffnet werden sollte, für die er verantwortlich
zeichnete. Wenige Wochen später wurde er mitsamt dem Vor-
standsvorsitzenden, der ihn eingestellt hatte, von heute auf
morgen entlassen. Und jetzt wollte er also, mit Benjamin und
Derrida im Gepäck, für Industriekader, die eher Zahlen als
Worte im Kopf wälzen, Werbebroschüren entwerfen, Reden
verfassen, ihnen Stichworte für alle Lebenslagen liefern und

bei Pressekonferenzen über Dinge schwadronieren, von denen er nichts versteht. »Ich übe mit meinen Bossen den herrschaftsfreien Dialog ein, ohne daß sie es merken«, lachte er, als ich bei unserer Flughafen-Begegnung wieder einmal wissen wollte, wie man sich sein tägliches Geschäft vorzustellen habe. »Die Helden des Denkens werden als Komödianten enden«, lautete sein frei erfundenes, dem Orakel von Dodona in den Mund gelegtes, seiner Dissertation vorangestelltes Motto. Ebenso freizügig hielt er es mit den Fußnoten, die haufenweise Werke und Zitate aufwiesen, die in keiner einzigen Bibliothek der Welt zu finden sind.

Während ich, auf Bennos Zug wartend, an einem Stehtisch ein Bier trank, schien die schwirrende Luft den ganzen Bahnhof ins Schweben zu bringen, obwohl äußerlich sich nichts veränderte und außer mir niemand irritiert dreinschaute. Wie von einer leisen, wohligen Halluzination befallen, fürchtete ich, nicht mehr Herr meiner Sinne zu sein, und hoffte, auf den Gesichtern der Bahnbeamten und Passanten Zeichen entdecken zu können, die darauf schließen ließen, daß unter dem Stahl- und Glasgewölbe sich tatsächlich ungreifbare Verwandlungen vollziehen. Einerseits schien dieser Ort durch ein vernehmbares Vibrieren die Bodenhaftung zu verlieren, andererseits war alles wie immer. Am allgemeinen Kommen und Gehen, an der Eile der einen und dem trägen Herumstehen der anderen hatte sich nichts geändert, und je länger ich vergeblich nach Ursachen für die Veränderung suchte, desto mehr fühlte ich mich wie auf einem sachte schwankenden Schiff. Vielleicht rührten diese Anwandlungen von der schwülen Gewitterstimmung und dem Glas Bier her, redete ich mir ein, ohne mich damit beruhigen zu können. Denn sosehr mich dieses fast unmerkliche Sirren in eine sanfte Erregung versetzte, so beunruhigend war es, nicht zu wissen, ob es tatsächlich oder nur in meiner Wahrnehmung existiert.

Doch dann horchten bei der Einfahrt eines Zuges plötzlich alle auf und schauten zu einem Alphornbläser hinüber, der in Trachtenkleidern nur wenige Schritte von mir entfernt stand. Dieser Mann mit Gamshut war für mich von einem Gepäckwagen verdeckt gewesen, und er hatte, um sich einzublasen, tiefe Töne angestoßen, deren Vibrato sich kaum hörbar in dem immensen Raum ausgebreitet hatte. Als aber der weiche, voluminöse Klang rundum widerhallte, hielten selbst die Gehetzten kurz inne. Inmitten der quietschenden Brems- und Rangiergeräusche kehrte für einen Augenblick eine beinahe andächtige Stille ein, während der man hätte glauben können, daß das Leben auf den Bahnsteigen wie auf einen Wink hin zum Verstummen gelangt. Dieses Innehalten wurde vom Begrüßungsgejohle einer Trachtengesellschaft brüsk vernichtet. In Dirndln und Knickerbockern bewegte sich eine folkloristische Menschentraube auf den stoisch in sein Spiel vertieften Musikanten zu, während die einen mit ihren Spazierstöcken in der Luft herumfuchtelten, die anderen mit Taschentüchern wedelten und alle zusammen die vollen, tiefen Hornklänge mit ihrem Gekreische zunehmend übertönten.

»Was träumst du? Wach auf!« klopfte mich Benno auf die Schulter. Hinter ihm stand Friedrich Grävenich, der mir die Hand entgegenstreckte und sie gleich wieder zurückzog, um mich statt dessen zu umarmen. Wir standen um den Tisch herum, die beiden anderen einen halben Kopf größer als ich, Benno kaum gealtert, wie eh und je im noblen schlotterigen Anzug, Friedrich wie damals in Straßburg mit Hut und schweißverklebten Haaren. Lächelnd nickten wir uns zu, und keiner wußte, was er sagen sollte. Benno war noch hagerer geworden, was sein Gesicht immer feinsinniger erscheinen ließ, und wie meist umspielte ein vielsagendes Schmunzeln seinen Mund. Obwohl er keineswegs fett, sondern bloß ein wenig korpulent war und mit seinem hellblauen Flanellhemd durchaus eine gute Figur machte, wirkte Friedrich Grävenich neben Benno geradezu feist und ungewaschen. »Was ist los? Du wirkst wie weggetreten«, versuchte Benno die allgemeine Sprachlosigkeit mir anzukreiden. »Kennt ihr euch?« fragte ich die beiden, aber sie schüttelten den Kopf.

Man sollte Bahnhöfe meiden, dachte ich und schlug vor, essen zu gehen. Friedrich wollte vorher seine Sachen bei mir abstellen und schlug mein Angebot, selbstverständlich mein Hotelgast zu sein, mit dem Argument aus, keinerlei Umstände machen zu wollen. Auf meinen Einwand, ich besäße nur ein einziges Gästezimmer, in dem bereits Benno untergebracht sei, entgegnete er, problemlos auf dem Boden liegen zu können. »Notfalls schlafe ich im Stehen«, entschied er gegen meinen Willen und griff nach seinen beiden mächtigen Koffern, die auf eine längere Abwesenheit von zu Hause schließen ließen. Benno kramte aus der Hosentasche eine Münze hervor, um sie dem immer noch in sein Spiel versunkenen, von den Johlenden schon nicht mehr umringten Alphornbläser vor die Füße zu werfen, bevor er noch rechtzeitig merkte, daß es sich um keinen Straßenmusiker handelte. Dieser Jockl gehöre gewiß zur Bergbauernarmee und müsse mit seinem ausgehöhlten Baumstamm die Reservisten im Ernstfall aus den letzten Winkeln der Alpen zum Appell zusammenblasen, höhnte Friedrich Grävenich. Immerhin sei von Vater Mozart ein Alphornkonzert überliefert, konterte Benno, worauf die beiden mit stupenden Kenntnissen Hornmotive von Brahms und Bruckner und Strauss herbeizuzitieren anfingen, deren Melodien intonierten, sich im Überschwang ständig ins Wort fielen und sich noch auf dem Rücksitz des Taxis mit immer weiteren Beispielen derart erregt zu übertrumpfen suchten, daß mich der Chauffeur über seinen Brillenrand hinweg stirnrunzelnd anblickte.

Immer noch singend und palavernd, stapften die beiden hinter mir die Treppen zu meiner Mansarde hinauf, wobei sie längst keine Alphornmelodien mehr anstimmten, sondern über die Belanglosigkeiten von Haydns Hornkonzerten herzogen, die halbe Musikgeschichte aufriefen und selbst noch in der Wohnung, als ich ihnen die Zimmer zeigte, ihre Euphorie nicht bremsen wollten. »Schön hast du es hier«, sagten sie ein paarmal mechanisch, wie um einer Pflicht Genüge zu leisten, bis Friedrich mich fragte, wann ich eigentlich umgezogen sei. »Du wohnst hier doch, seit du in Basel bist«, wartete Benno gar nicht erst meine Antwort ab. – »Dann hat sich nur die Telefonnummer geändert?« hakte Friedrich nach, und wieder rief Benno dazwischen: »Sie ist doch seit Jahren die gleiche!« – »›Kein Anschluß unter dieser Nummer‹, hieß es immer, wenn ich dich anrufen wollte«, ließ Friedrich nicht nach, als bekomme er Lust auf ein Kreuzverhör. »Vermutlich habe ich eine Zahl verwechselt«, gab ich mich ratlos, um die Debatte zu beenden. Er kramte aus seinem Geldbeutel einen Zettel hervor, legte ihn wie ein Beweisstück auf den Tisch, verwies auf eine unsinnig lange Nummer, bei der nicht einmal die Vorwahl der Schweiz stimmte, zeigte auf den Straßennamen *Zyborski* und fragte Benno, mit dem Kopf auf mich weisend: »Das ist doch seine Schrift, oder nicht!?« – »Wir waren furchtbar betrunken«, entschuldigte ich mich. Friedrich klopfte mir auf die Schulter, als sei ich fürs erste noch einmal davongekommen. Doch mit einem bedeutsamen Blick gab er mir zu erkennen, daß ich aus diesen Widersprüchen noch nicht entlassen bin. Bevor er den

Zettel wie Indizienmaterial wieder einsteckte, schloß er das Thema mit dem Satz ab: »Macht nichts, jetzt bin ich ja hier!«

Auf dem Balkon eines am Rhein liegenden Restaurants ging es mit den Lobpreisungen und Verwerfungen von Pianisten, Sängern, Dirigenten, Barock- und Avantgardespezialisten, Opernregisseuren und Musikkritikern weiter. Welcher Interpret in welcher Sonate welche Stelle abgründiger spiele, wer sie überdehne, wer sie zu hastig, wer sie unnachahmlich innig, wer sie allzu flach, allzu ruppig, allzu sentimental oder allzu kühl wiedergebe, wem Beethoven besser als Schubert liege, in welcher Einspielung die *Vier Jahreszeiten* überhaupt noch zu ertragen seien, ob es seit Schönberg nichts Neues mehr gebe, ob Satie bloß ein langweiliger Spinner gewesen sei, ob Stockhausen zunehmend dem Wahnsinn verfalle, all diese Themen flossen übergangslos ineinander, und mit keinem einzigen Wort war mehr die Rede davon, daß man die gesamte Musik aus dem Verkehr ziehen sollte. Wie sie sich so überschwenglich ins Wort fielen und ihren überströmenden Gedanken gar nicht mehr nachzukommen schienen, erinnerten mich die beiden an frühere Mitbewohner, die stundenlang auf dem Boden ihre Schallplatten ausgebreitet, sich die immerselben Stücke in Dutzenden von Einspielungen angehört, sich gegenseitig mit Wahrnehmungsfinessen überboten und in ihr Hör- und Urteilsgeschäft derart hineingesteigert hatten, daß die Begeisterung für die Musik jedesmal in eine überhitzte, nicht zu bremsende, manische Demonstration ihrer Selbsterregungsfähigkeit umkippte. Ich wußte von Benno zwar, daß er Cello spielt, aber wir hatten so gut wie nie über Musik geredet. Gelegentlich versuchte ich mich ins Gespräch einzumischen, indem ich etwa erwähnte, ebenfalls Abbados *Tristan*-Aufnahme im Regal stehen und

Alfred Brendel schon zweimal im Basler *Casino* erlebt zu haben oder mit Marie vor drei Jahren bei den Salzburger Festspielen gewesen zu sein. Meist aber saß ich stumm am Tisch und schaute, während die beiden mich vergessen zu haben schienen, scheinbar traumverloren auf den Rhein hinab, als sei ich rundum zufrieden. Immerhin war ich der Mühe enthoben, zwischen meinen Gästen den Vermittler spielen und – was weit schlimmer ist – Leute zusammenbringen zu müssen, die nichts miteinander anfangen können. Benno erkundigte sich im Viertelstundentakt danach, ob es mir gutgehe, um sich gleich wieder fiebrig auf den anderen zu konzentrieren.

»Warum hast du mir nie von ihm erzählt?« fragte er mich fast vorwurfsvoll, während Friedrich auf der Toilette war, als hätte ich ihm, obwohl wir seit Jahren nur sporadischen Kontakt pflegen, das Beste aus meinem Leben verschwiegen. Benno lebte sichtlich auf, weil er sich endlich mit jemandem über Scarlatti und Schostakowitsch, Haskil und Horowitz, Gould und Gulda und über die Unterschiede zwischen Bösendorfer-, Steinway- und Bechsteinflügeln auslassen konnte. Und doch, so wollte es mir vorkommen, schienen die beiden dafür durchaus eines Dritten zu bedürfen. Als sie schließlich auch noch ihre gemeinsame Liebe zum Segeln entdeckten und die Stille auf dem Meer priesen, konnte ich mir nicht im geringsten vorstellen, wie sie, sich selbst überlassen und der Natur ausgeliefert, diese menschenleeren Unendlichkeiten überhaupt ertragen würden. Als es ans Zahlen ging, gab Friedrich sich entrüstet, nachdem wir ihm die Rechnung nicht allein überlassen wollten.

Auf dem Weg nach Hause stand an der Schifflände ein verlorener Einkaufswagen, in dem sich die beiden – kreischend, schreiend, grölend wie Kinder – gegenseitig herumfuhren, bis das Gefährt in einer Straßenbahnschiene steckenblieb, aus der

sie es gerade noch rechtzeitig vor einer anrollenden Tram her-
auszerren konnten, worauf sie den Karren in eine Seitengasse
schubsten, in der er mit Gepolter an einem Auto zu stehen kam.
Ein Mann brüllte aus einem Fenster herab, wir sollten Ruhe
geben. Anstatt sich davonzumachen, äfften sie sein Schweizerdeutsch nach, als rollten sie Steine im Mund. Ich erkannte
Benno nicht wieder. Er war wie ausgetauscht, ein anderer
Mensch. Erst als Friedrich in die nächste Kneipe drängte,
Benno aber — wie im Nu wieder nüchtern geworden — entschied, wegen des morgigen Termins schlafen zu gehen, entdeckte ich an ihm den alten Spieler wieder, der von jetzt auf
gleich in den Ernst wechseln und mit freundlicher Bestimmt-
heit Grenzen ziehen konnte.

»Die Geschichte mit der falschen Adresse verstehe ich
nicht«, fing Friedrich wieder an, als wir die Treppe zur Wohnung hinaufstiegen. Es klang wie ein Urteil und weniger wie
eine Frage. Er weiß Bescheid und spielt den Naiven, dachte ich
und tat so, als hätte ich es überhört. Immerhin sparte er wenigstens meinen dreimonatigen Amerika-Aufenthalt aus, und ich
war auch froh, daß er Benno nichts von unserer Straßburger
Nacht erzählt hatte. Trotzdem fragte ich ihn am Küchentisch,
was aus seinen Plänen geworden sei, die Musik aufzugeben und
sie am liebsten verbieten zu lassen. Er warf, wie damals in der
Brasserie, einen Arm hinter die Lehne, wölbte seinen Bauch
heraus, starrte mich vorwurfsvoll an und gab, als sei nie davon
die Rede gewesen, in einem verhaltenen Drohton zurück:
»Wann, bitte, wollte ich die Musik verbieten lassen?« Er zog ein
gemustertes Stofftaschentuch aus der Hose, wie ich es zuletzt in
meiner Kindheit bei den Erwachsenen gesehen hatte, schneuzte
sich trompetend die Nase, legte es wie eine Tischdecke wieder
zusammen, steckte es in die Tasche zurück und behauptete:

»Entschuldige, da hast du etwas falsch verstanden!« – »Wir hatten viel getrunken«, beschwichtigte ich, »da verwackeln die Erinnerungen.« – »Genauso wie die Adressen!« setzte er nach, und wir versuchten über den Witz zu lachen. Wie um die aufkommende Beklemmung aufzulösen, fuhr Benno, als nehme er einen roten Faden wieder auf, dazwischen: »Glaubst du auch, daß der Schlußvers von Schuberts Lied *Dort, wo du nicht bist, dort ist das Glück* seiner *Wandererfantasie* als unausgesprochenes Motto dient?« Friedrich beklagte, daß in meiner Wohnung kein Klavier steht, was mir kurz nach Mitternacht nur recht war. Er fing an, das schillernde Changieren zwischen Dur und Moll im langsamen Teil der *Wandererfantasie* halb singend, halb kommentierend vorzuführen, und erklärte, wie mit den verhuschenden Melodieresten diese Musik zunehmend jede Kontur zu verlieren beginne, bis sie schließlich gänzlich zu erlöschen drohe, bevor ein jäher Stimmungswechsel sie aus dem schieren Nichts wieder ins Leben zurückrufe. »Ich könnte dir stundenlang zuhören, aber morgen früh muß ich zum Vorstellungsgespräch antanzen«, verabschiedete sich Benno gähnend ins Bett, während wir zwei uns bei einem letzten Schluck noch ein paarmal bestätigten, wie schön es sei, sich wiedergetroffen zu haben.

Ich hatte Benno angeboten, gleichsam Maries Stelle neben mir im Bett einnehmen zu dürfen, aber Friedrich schlug vor, ihm das Gästezimmer zu überlassen, da er vor uns aufstehen müsse. Zudem müsse es dort, wo er schlafe, absolut dunkel sein, sonst wälze er sich stundenlang hin und her, daran sei leider nichts zu ändern, und nur in meinem Zimmer gebe es Fensterläden. Dabei schlief er, kaum daß wir uns gute Nacht gesagt hatten, sofort ein und schnarchte so laut, daß ich fürchtete, sogar die Nachbarn könnten aufwachen. Es war kein gewöhnliches Schnarchen, denn seine ganze Brust wölbte sich mächtig und fing dabei sogar an zu zucken, um nach beängstigenden Erschütterungen in einen zuweilen bedenklich lang anhaltenden Atemstillstand überzugehen, bevor ein erneutes, sich umso heftiger aufbäumendes Grunzen einsetzte, das nach einer Weile in ein röchelndes Pfeifen überging und wieder in einer todesähnlichen Stille endete, als sei er erstickt. Immer wieder warf er sich hin und her, fiel manchmal beinahe aus dem Bett oder umschlang mich mit einem Arm, so daß nicht er, sondern ich an den Rand gekauert wach lag. Wie damals, als er mich in der unbelebten Straßburger Straße an seinen Bauch gedrückt und mir den Rücken massiert hatte, ging ein stechender, mit Nikotin- und Alkoholschwaden vermischter Parfümgeruch von ihm aus, der das ganze Zimmer ausfüllte. Weil ich keine Watte zu Hause hatte, schnitt ich mir aus Maries Tampons, die seit über einem Jahr wie letzte Relikte einer zweisamen Zeit im Bad herumlagen, Ohrstöpsel zurecht, die ihren Dienst mehr schlecht als recht versahen.

Im morgendlichen Halbschlaf hörte ich von der Küche herüber die Stimmen und das Lachen der beiden. Nach einer Weile waren nur noch Vögel, Schritte von der Straße herauf und Glockenschläge zu hören. Es mußte längst hell geworden sein, aber ich hielt die Augen geschlossen und drehte mich um, froh darüber, endlich Platz im Bett zu haben. Beim Aufstehen entdeckte ich auf meinem Nachttisch einen Zettel, auf dem Friedrich sich mit einem »Bis bald wieder einmal« in Richtung Zürich verabschiedet hatte. Bennos Tasche stand noch im Flur.

Ich packte meinen Schwimmrucksack, lief zum Rhein hinab und ließ mich von der Schwarzwaldbrücke bis zum Zollhafen hinabtreiben. Anschließend fuhr ich mit der Tram durch die Stadt, vom Barfüsserplatz an die deutsche Grenze zum Beyeler-

Museum hinüber, von dort quer durch ganz Basel zum entgegengesetzten Grenzort Saint Louis, von dort zum Messplatz zurück, durch die Innenstadt am Zoo vorbei ins Grüne hinaus, den halben Tag, wie einst als Kind, als ich nicht genug davon bekommen konnte, ziellos durch allerlei Viertel und Vororte zu gleiten. Während an den Tramfenstern vorstädtische Gärten und Rasengegenden vorbeizogen, zerquetschte ein Kind eine Cola-Dose und bog das Blech ständig hin und her, weshalb die Umsitzenden die apathisch zum Fenster hinausstierende Mutter vorwurfsvoll beäugten. Selbstvergessen steigerte sich der Kleine in seine Werkelei hinein, während um ihn herum die Unruhe wuchs, bis ein dicker schwitzender Mann ihm die Büchse ohne jede Vorwarnung aus der Hand riß, sie mit einem einzigen Fußtritt platt drückte und unter einen Sitz kickte. Das Kind fing an zu heulen und klammerte sich an seine Mutter, die weiterhin ungerührt zum Fenster hinausstarrte. Tagelang ging mir dann das französische Verb *écraser* im Kopf herum, dessen Bedeutung unser Französischlehrer mit einer Zigarette veranschaulicht hatte, die er aus dem Etui gezogen, auf den Boden geschmissen und mit dem Absatz zermalmt hatte. »Écrasez l'Infâme!« hatte Voltaire verkündet und die Kirche damit gemeint, doch es war egal, ob es sich um einen Menschen, eine Kippe oder ein halbes Weltreich handelte, diesen Vernichtungsakt hatte unser Lehrer in Sekundenschnelle mit einer derart verbissenen Lust vor Augen geführt, daß man es ihm hätte sofort nachtun wollen.

Abgesehen davon, daß sein zyklopisches Schnarchen mich in dieser Nacht stundenlang am Schlaf gehindert und ich aufgebracht im Bett gelegen hatte, war Friedrich mir bei seinem Besuch gelöster als in Straßburg vorgekommen. Er mußte damals unter einem unerträglichen Druck gestanden haben, während er diesmal, obzwar immer noch monomanisch, weder die Musik verbieten lassen noch sich in ein Kloster zurückziehen noch nach Afrika auswandern wollte. Benno hatte ihm erzählt, es sei eine Freude, in meinen Vorlesungen zu sitzen, und er würde, wenn er noch einmal von vorne beginnen könnte, nur bei mir Philosophie studieren. So peinlich mir dieses Lob einerseits war, so froh war ich andererseits, vor Friedrich als eine Autorität dazustehen. »Mein Gott, hast du viele Bücher«, staunte er, bevor wir schlafen gingen, und inspizierte dabei die Regale, wie um zu prüfen, in welcher Welt ich eigentlich lebe. »Mein Gott!« wiederholte er noch ein paarmal und sagte auf dem Weg ins Bad, während er sich im Türrahmen zu mir umdrehte: »Ich glaube, wir haben noch viel miteinander zu reden.« Dabei waren wir eben erst vom Küchentisch aufgestanden, weil wir uns, seit Benno im Bett lag, nichts mehr zu sagen hatten. Wieder erinnerte dieser Satz an jene *Casablanca*-Sentenz, die er mir in dem überfüllten Musiklokal ins Ohr geschrien hatte, nur daß ich mich diesmal beinahe versöhnt mit ihm fühlte.

Nachdem die beiden fort waren, war es plötzlich so still in meiner Wohnung, daß mir der Sekundenzeiger der Küchenuhr seltsam laut vorkam. Wenigstens Benno, dachte ich, hätte noch ein paar Tage bleiben können, aber ihn hielt es, wenn er selten einmal zu Besuch kam, nie länger als ein, zwei Nächte. Anstatt essen zu gehen, war ich nach meinem Tram-Ausflug eigens nach Hause zurückgekehrt, weil sein Koffer noch im Flur stand, aber jetzt konnte ich nichts mit mir anfangen, obwohl ich nicht unglücklich darüber war, Friedrich so mir nichts, dir nichts wieder losgeworden zu sein. Ich absolvierte mein bescheidenes Trainingsprogrammm, ein Dutzend Liegestützen, ein Dutzend

Rumpfbeugen, ein bißchen Hantelstemmen, stellte mich danach unter die Dusche, ließ das Wasser abwechselnd heiß und kalt an mir herablaufen, machte mir Tee und setzte mich an den Schreibtisch, konnte mich aber auf kein Buch und keine Arbeit konzentrieren und hätte in diesem Augenblick am liebsten jemanden um mich gehabt, um der vor mir liegenden Leere der Semesterferien zu entrinnen. Marie mußte bereits auf Sumatra gelandet sein und empfand die vor ihr liegenden Ferienwochen gewiß als eine knappe Zeit, während sie mir in diesem Moment wie eine Ewigkeit erscheinen wollten.

Jedes Jahr war ich mit ihr nach Griechenland oder Frankreich gefahren, und wir hatten mit dem Gedanken gespielt, uns in Paris ein Appartement zu mieten, um dort gelegentlich die Wochenenden zu verbringen. Nach unserer Trennung bin ich träge geworden, und es stört mich nicht einmal mehr, daß mein täglicher Weg vom Seminar nach Hause, von dort in die Café-Bar, vom Rhein zum Barfüsserplatz und von da nach Hause zurück wahrlich keine große Abwechslung bereithält. Erstmals seit wir nicht mehr zusammen sind, bin ich dieses Jahr an Ostern wieder alleine verreist, zehn Tage nur, nach Amsterdam und ins ländliche Voorburg, wo Spinoza zurückgezogen als Brillenschleifer gelebt hatte. Als er aus Heidelberg einen Ruf an die Universität bekam und ihm zugesichert wurde, absolute Lehrfreiheit zu besitzen, solange er sie nicht zur Störung der öffentlichen Einrichtungen missbrauche, lehnte er mit der Begründung ab, man könne nie wissen, wann dieser Tatbestand bereits erreicht sei. Er wollte seine Ruhe haben, nichts als seine Ruhe, und ohne jede Störung über das Verhältnis von Affekt und Vernunft, Begehren und Handeln nachdenken. Als ich im Abendlicht über das flache holländische Land fuhr und mir die Himmelsfarben erzählten, warum es ausgerechnet dort so viele

Maler gegeben hat, versuchte ich mir vorzustellen, wie es sein könnte, inmitten dieser Weite an einem entlegenen Ort zu leben, aber trotz des berückenden Leuchtens, trotz des gemäldeartigen Friedens fiel es mir schwer, mir in dieser Windmühlen-Ebene Bilder eines Daseins zurechtzulegen, das vor einer umso mächtigeren inneren Unruhe gefeit sein könnte. Schließlich hatte auch Friedrich in Straßburg die halbe Nacht lang sein lothringisches Einsiedlerleben angepriesen, doch nicht im geringsten den Eindruck hinterlassen, diese Stille genossen zu haben.

Gegen meine gelegentlichen Widerstände hatte Marie mich regelmäßig ins Theater oder zu Festen mitgeschleppt. Jetzt, nachdem meinen Platz der Bühnenbildner eingenommen hat, entwickle ich mich mehr und mehr zu einem Einzelgänger, der zwar nicht zufrieden zu Hause sitzt, dem es aber noch anstrengender erscheint, Einladungen nachzukommen oder Bekannte anzurufen. Solange die Arbeit keinen Rahmen vorgibt, lebe ich – wie früher nie – inzwischen sogar planlos in den Tag hinein, und seit ich Marie wieder häufiger sehe, bin ich nicht einmal auf der Suche nach einer neuen Freundin, als lohne die Mühe nicht, sich nochmals auf jemand Fremden einzustellen, wieder von vorne beginnen und zum zehnten Mal die eigene Geschichte aufblättern zu müssen, um sich nach den lichten und leichten Annäherungswochen wieder dem Üblichen gegenüberzusehen und den anderen mit den altbekannten Makeln und Mäkeleien zu belästigen. Stets hatte ich mir, wenn ich mit einer Frau zusammenlebte, sehnlichst gewünscht, mehr Zeit zum Lesen und Schreiben zur Verfügung zu haben, und auch bei Marie war ich meist froh, wenn sie ein paar Tage lang verreist war oder erst nach Mitternacht nach Hause kam und mir damit ungestörte Stunden an meinem Arbeitsfenster gönnte.

Dabei wünsche ich mir, wenn ich alleine bin, nicht selten einen anderen herbei, der mir das Gefühl gibt, mich am Eigentlichen zu hindern, als bedürfe es eines Widerstands, um meinen Rückzug in die Bücher umso intensiver erleben zu können.

Seit meiner Berufung zum Professor, nach der ich mich jahrelang gesehnt hatte, hat mein Ehrgeiz spürbar nachgelassen. Gäbe es in der Fakultät den Kollegen Grandstetter nicht, der sich mit seinem moralischen Furor für die Rettung des Abendlandes ereifert und mich als einen von orientalischer Gleichgültigkeit befallenen Nihilisten abkanzelt – so jedenfalls soll er mich, ohne meinen Namen zu nennen, in einer Vorlesung tituliert haben –, gäbe es diesen gottlob kurz vor der Emeritierung stehenden Kollegen nicht, würden auch an der Universität meine Tage ruhig dahinfließen. Keineswegs unzufrieden, aber mit dem leidenschaftslosen Gefühl, das Wesentliche erreicht zu haben, habe ich mich in den letzten Jahren hier eingerichtet und den früheren Wunsch, vielleicht noch einmal in Berlin oder Hamburg eine Stelle anzutreten, längst aufgegeben. Gerade diese zur Faulheit neigende Gelassenheit konnte Marie immer weniger an mir ertragen. »Basel ist für dich die richtige Stadt«, behauptete sie regelmäßig, obwohl sie selbst es bereits seit Jahren bei der bloßen Willensbekundung beläßt, in nicht allzu ferner Zeit nach Paris oder vielleicht sogar nach New York umzuziehen. Ich selbst hatte mir die großen Aufbrüche immer erspart, hatte in Tübingen und Heidelberg studiert und schließlich ohne weitere Umwege im spätmittelalterlich anmutenden Basel, dessen Architektur und Atmosphäre Wohlstand und Gediegenheit ausstrahlen, eine begehrte Lebensstellung angetreten. Die Bilderbuchhäuser, die engen Gassen, die in Sütterlin über den Türen und Toren prangenden Namen – *Zum roten Hahnen, Zum weissen Mann, Zum hohen Dolder –*, die südländische Laubenhofstille, die Efeufassaden und die Geranienbrunnen lassen diesen Ort, wenigstens diesseits des Rheins, im geschichtsträchtigen Teil, bereits wenige Schritte abseits der Einkaufsstraßen nach Einbruch der Dunkelheit idyllisch schlummernd erscheinen, als sei hier seit Jahrhunderten und für immer der ewige Friede zu Hause. Wie auf dem Land höre ich vom späten Abend an nur noch vereinzelte Stimmen von der Gasse herauf, und jeden Abend warte ich, während die Stare miteinander tratschen, auf die aus einem benachbarten Fenster herüberwehenden Musetteklänge. Ein Nachbar, den ich nicht kenne, hört fast ausschließlich die Lieder von Jacques Brel. Anders als ich in Straßburg Friedrich gegenüber behauptet hatte, fühle ich mich am offenen Schreibtischfenster, das den Blick aufs Lichtermeer von Kleinbasel freigibt, beim Knistern und Knacken seiner Schallplatten in meinem Alleinsein wohlig verloren und gleichzeitig aufgehoben, als erlebe man in der ungerichteten Sehnsucht, wie sie diese Musik wachruft, die Erfüllung selbst. Trotz der an Penetranz grenzenden Gleichförmigkeit des Programms, mit dem dieser Nachbar seine Umgebung beschallt, fehlt mir Brels Stimme bereits, wenn sie ein paar Tage ausbleibt. Vermutlich haben mich weit mehr als das Interesse, einmal Spinozas Lebensorte zu besichtigen, Brels Liebeserklärungen an Amsterdam und Flandern in diese flache Gegend gezogen, obwohl ich dann wie immer, wenn ich alleine reise, früher als geplant nach Hause zurückgefahren bin und dabei diesen unnötigen Umweg über Straßburg gemacht habe. Schon in Holland freute ich mich darauf, am heimischen Fenster wie gewohnt das *Ne me quitte pas* und *Adieu l'Émile je vais mourir* zu hören, wohlwissend, daß diese Musik ihre Wirkung verlöre, würde ich sie mir selbst auflegen. Weil sie aber wie ein Glockengeläut verbindlich wiederkehrt, erhält sie den Charakter eines weltlichen Stundengebets, das meinen Abenden eine Regel verleiht. Eine Regel, die ich zwar gelegentlich außer Kraft setzen, aber bei zu langer Unterbrechung zum Gesetz erheben möchte, als fehlte sonst den Tagen ihre Abrundung. Kurz vor Mitternacht lege ich mich gewöhnlich ins Bett, um fernzuschauen, schlafe aber meist bei einem Film ein, gleichgültig wie spannend oder langweilig er ist. Nach einer Weile wache ich an meinem eigenen Schnarchen auf, gehe zur Toilette und bin, zurück im Bett, wieder so hellwach, daß ich mich nochmals an den Schreibtisch setze und mir bei ein paar Gläsern Wein die Müdigkeit zurückhole. Hätte ich ein Kind, so stelle ich mir oft vor, gäbe es eine natürliche Aufgabe, die mir nicht die Freiheit ließe, nach dem ersten Einnikken wieder aufzustehen und schließlich bis in den späten Vormittag hinein zu schlafen. Marie hatte kategorisch erklärt, ich müsse meinen Rhythmus von Grund auf ändern, bevor auch nur entfernt an ein Kind zu denken sei. Selten hatten wir, mehr spielerisch als ernst, den Gedanken an eine familiäre Zukunft angetippt, aber jedesmal mußte ich mir von ihr den Satz anhören: »Du liebst bloß deine Bücher.« Seit Marie weg ist, öden mich, wenn ich in meinen Räumen auf und ab gehe, manchmal sogar die Bücherwände an, und seit ich das Recht auf Rückzug nicht mehr einklagen muß, hat das Bedürfnis, allein sein zu wollen, abgenommen. Von den wenigen Studenten abgesehen, mit denen ich allwöchentlich nach dem Kolloquium zusammensitze, pflege ich jedoch kaum Kontakte und scheue alles Gesellige immer mehr. »Du bist mit deiner Wohnung verwachsen und kennst fast nur noch den Weg zum Seminar hinüber«, hatte Marie kürzlich gehöhnt, weil ich – wie meistens – am Telefon prompt anzutreffen war. Sie scheint nicht zu wissen, wie es ist, wenn man sich in Gesellschaft langweilt, obwohl man den Unterhaltsamen gibt. Während der Sommerferien ist mir morgens sogar das auftrumpfende Tirilieren der Amseln zuwider, die einen Tag begrüßen, der für mich aus zu vielen Stunden besteht, und die Stille beim Einschlafen würde ich manchmal am liebsten gegen ein Kindergeheul oder einen Streit mit Marie eintauschen. Früher konnte ich aus einem der gegenüberliegenden Fenster fast jeden Abend ein Mädchen rufen hören: »Ich kann nicht einschlafen«, und diese Klage vermisse ich inzwischen, als sei es mein eigenes Kind gewesen, das nicht mehr bei mir ist.

Als einer der Herausgeber der von mir mitbegründeten *Spinoza-Studien* ist mein Name in eingeweihten Zirkeln präsent. Weil ich mich auf ein übersichtliches, im deutschsprachigen Raum bislang marginal behandeltes Gebiet spezialisiert habe, brauche ich mich mit neuen Thesen und Themen in den entsprechenden akademischen Kreisen nicht mehr zu beweisen. Im Grunde hat Grandstetter recht, wenn er mich dafür verachtet, daß ich mich auf einer philosophischen Insel ausruhe. Bei allem Befremdlichen, das Friedrichs Unruhe und sein unstetes Schwanken zwischen unvereinbaren Vorhaben vermittelte, strahlte er noch in seinen selbstzerstörerischen Neigungen eine Energie aus, die mich allenfalls an meine eigene Schulzeit erinnert hat. Während er von der Musik derart besessen zu sein schien, daß er sich von ihr, wie er jedenfalls in Straßburg behauptet hatte, wie von einer Droge befreien zu müssen glaubte, ist mir die Philosophie längst zu einem routinierten Denkgeschäft geworden. Existierte nicht ein Rest an selbstdarstellerischer Lust, vor den Studenten mit allerlei geistesgeschichtlichen Verweisen zu brillieren, gäbe es vielleicht keinen einzigen Grund mehr, mich mit den immer ähnlichen Fragen und Antworten zu beschäftigen, die als Fußnoten zu Platon ganze Bibliotheken füllen. Bis vor ein paar Jahren fürchtete ich noch, vielleicht einmal wie manch anderer Habilitierte auf der Straße zu sitzen oder wie Fichtner in der Gosse zu landen, doch seit das Ziel erreicht ist, hat dieser Beruf seine Aura für mich eingebüßt.

Beinahe wehmütig denke ich an jene Gesprächstreffen zurück, die unser Lateinlehrer einst außerhalb des Unterrichts angeboten hatte. Ich zählte damals zu den Jüngsten, hatte mich nie zu Wort gemeldet und von den durch den Raum wehenden Gedanken nur wenig verstanden, war aber von der Art und Weise, wie dort über Zeit und Ewigkeit, über Sein und Schein, über Schicksal, Freiheit, Erkenntnis, Geist und Seele geredet worden war, tief beeindruckt. Während die anderen sich beim spekulierenden Diskutieren erregten, träumte ich vor mich hin, wie in Trance versetzt durch die schillernden Begriffe, die in der Luft schwebten und sich im Hin und Her der Für- und Widerreden wie Gedankenmusik ausnahmen. »Heute wollen wir uns fragen«, konnte dieser Lehrer beispielsweise eine unserer kleinen Versammlungen einleiten, »ob Gott auch den Zufall erschaffen hat oder ob nur unser begrenztes Erkenntnisvermögen das Unvorhersehbare als solchen empfindet.« Es genügte mir, auf solche Denkwege überhaupt gebracht zu werden, um das erhebende Gefühl zu gewinnen, der abgründigsten und höchsten Dinge teilhaftig zu sein. In unendliche Fernen hinausgetragen, fühlte ich mich über dem Bodenlosen gleiten, und bis heute sehne ich mich nach diesen Abenden zurück, an denen solche Fragen für mich noch jung und von keiner abrufbaren Klugheit umstellt waren. Ich malte mir damals aus, einst mönchisch in einer Dachwohnung nächtelang im warmen Lampenschein, am Schreibtisch sinnierend, den Rätseln der Letzten Dinge nachzuforschen. Doch seit dieser Zustand zum Alltag geworden ist, haben diese Fragen ihre Dringlichkeit verloren und sich in ein Spiel verwandelt, bei dem beliebig viele Antworten sich widersprechen.

Mit solchen Gedanken saß ich in meiner Mansarde und wunderte mich, daß Benno, obwohl es längst Abend war, seine Tasche immer noch nicht abgeholt hatte. Ich hatte zwar nichts vor, kam mir in meiner Wohnung aber wie ein Gefangener vor, der darauf zu warten hat, bis er von seinem abwesenden Gast befreit wird. Es fing an mich zu ärgern, daß ich hier ausharren mußte, aber ich bemühte mich, meinen aufkommenden Unmut nicht wahrzunehmen, und versuchte mir einzureden, gerne in meinem Sessel zu sitzen und eh nichts anderes geplant zu haben, mußte aber wahrhaben, daß ein Grollen in mir immer lauter zu werden begann, ein Grollen, für das Benno allein nicht die Ursache sein konnte. Es war das altbekannte Gefühl, für ein nachgiebiges, freundliches Wesen gehalten zu werden, das keine Grenzen kennt, wenn es um seine Belastbarkeit geht. Wie so oft hatte ich den Eindruck, man nutze meine scheinbare Geduld und Gelassenheit aus und mache sich, anders als bei anderen Leuten, keinerlei Gedanken darüber, ob es mir gelegen oder ungelegen sein könnte, mich stundenlang für jemanden bereithalten zu müssen. Einem Grandstetter, dachte ich, begegnet man von vornherein anders als mir, ohne daß ich seinen Charakter besitzen wollte, aber trotzdem wünschte ich mir, daß außer Marie noch andere wissen sollten, wie sehr man sich vor meinen Ausbrüchen fürchten muß, vor Ausbrüchen, die sich zuweilen geringfügigen Anlässen verdanken und lediglich das Fass zum Überlaufen bringen. Wenn der Jähzorn jedoch durchbricht, bekomme ich selbst Angst davor, es nicht dabei zu belassen, bloß Gläser und Stühle zu zerschlagen. Mir war an diesem sommerlichen Tag nicht danach, solche Gedanken zu wälzen, aber sie drängten sich, je länger Benno auf sich warten ließ, umso gewaltsamer auf. Einerseits wollte ich ihm vorschlagen, noch eine Nacht zu bleiben, andererseits wäre es mir am liebsten gewesen, wenn seine Tasche überhaupt nicht mehr in meinem Flur gestanden hätte.

Dabei schadete es ja nichts, sich an den Schreibtisch zu setzen und den Artikel für die *Philosophische Rundschau* vorzunehmen. Von der Gasse drangen gerade Gesprächsfetzen zweier entrüsteter Frauen herauf, die sich über die jüngsten Theatererlebnisse zu ereifern und die Kündigung ihres Abonnements zu erwägen schienen, als das Telefon klingelte und Benno, umhüllt von einer dichten Stimmenkulisse, rief: »Wir sitzen am Barfüsserplatz in der *Bodega*«, worauf ich fragte: »Wer sind ›wir‹?« und er erklärte: »Friedrich und ich! Wir erwarten dich!« Ich machte mich auf den Weg, schlenderte in die Stadt hinab, erstaunt darüber, daß die beiden sich nochmals getroffen hatten, aber auch beschwingt, weil dem häuslichen Herumlungern ein Ende bereitet war. Wie meist war die *Bodega* bis auf den letzten Platz besetzt, so daß ich mich nur noch zwischen Benno und Friedrich an die Tischecke quetschen konnte und dabei von Hiroshi begrüßt wurde, der neben Friedrich bei einem Teller Nudeln saß, ihm gegenüber Grandstetters jetziger Assistent, Hiroshis Nachfolger, den ich nur vom Sehen kannte. Friedrich legte den Arm um mich, schnalzte mit den Fingern über die Tische hinweg und orderte eine neue Flasche, beugte sich zu dem Japaner hinüber und fragte ihn – während mein Kopf, beinahe auf die Tischplatte gedrückt, immer noch in seiner Umklammerung war –, woher wir uns kennen. »Er ist mein Kollege«, behauptete Hiroshi kühn, als sei er nicht Dozent, sondern wie ich Professor, wobei er sich sofort wieder von Friedrich ab- und seinem Gegenüber zuwandte.

Ohne dabei betrübt zu wirken, klagte Benno, beim Vorstellungsgespräch derart verkatert gewesen zu sein, daß vermutlich nicht nur er, sondern auch die anderen unter seinem Zustand gelitten und sicherlich gedacht hätten, mit einem solchen
Wrack sei kein Staat zu machen. Er werde die Stelle gewiß nicht
bekommen, aber immer wenn Friedrich in Basel sei, schlug er
vor, könnten wir uns hier zu dritt treffen. »Warum nicht«,
stimmte ich zu, »dann wird das Rheinknie eine Begegnungs-
stätte für arbeitslose Musiker und Philosophen.« Noch während mir der Satz herausrutschte, hätte ich ihn rückgängig
machen wollen, aber solche Bemerkungen entweichen mir gelegentlich wie ohne mein Zutun, als spräche ein anderer aus
mir. Am liebsten hätte ich mich entschuldigt, doch die Bemerkung war nun einmal gefallen, was die beiden aber überhört zu
haben oder für so unsäglich zu halten schienen, daß sie gar
nicht reagierten, sondern mich bloß drängten, schnell zu bestellen, schließlich hätten sie bereits eine Vorspeise hinter sich.
Wieder hatte Friedrich, obwohl kaum Platz auf dem Tisch war,
seinen Hut zwischen Brotkorb und Parmesangefäß abgelegt,
nur daß ihn diesmal die Wirtin, als sie die neue Flasche brachte,
wortlos mitnahm und an den Kleiderhaken hängte. Er könne
sich manchmal über jede Kleinigkeit aufregen, bis er tobe vor
Zorn, manchmal sei ihm dagegen alles gleichgültig, ob er beleidigt, ignoriert oder bis zur Schmerzgrenze gereizt werde, es
pralle dann alles an ihm ab, als sei er unberührbar, erklärte
Friedrich, und ich wußte nicht, ob er damit ein Gespräch fortsetzte, das zwischen Benno und ihm bereits im Gange war, oder
ob er damit auf meine unbedachte Äußerung abzielte oder aber
die Wirtin meinte, die ungefragt seinen Hut entfernt hatte.

»Haben Sie etwas Neues von Herrn Schradi gehört?« stup-
ste ich hinter Friedrichs Rücken Hiroshi an der Schulter, aber in

kühlem Protokollton beschied er mich: »Ich habe Ihnen bereits erzählt, daß er tot ist!«, als hätte ich unsere samstägliche Begegnung im Treppenturm vergessen. »Ich meine, gibt es neue Erkenntnisse?« probierte ich es noch einmal, wie um mich für meine störende Frage mit einer weiteren zu rechtfertigen, aber er zeigte wenig Neigung, mit mir zu reden, und erklärte abschließend: »Wahrscheinlich hat er sich umgebracht«, um sich, offensichtlich enerviert, wieder seinem Gegenüber zuzuwenden. »Aus welchem Land kommen Sie?« ließ Friedrich gleichzeitig nicht davon ab, ihn zu belästigen, worauf Hiroshi mich empört anfuhr: »Wer ist dieser Herr eigentlich?« – »Mein Name ist Friedrich Grävenich, ich bin Pianist, und falls Sie Japaner sein sollten, würde ich mich mit Ihnen gerne über das Nō-Theater unterhalten, vor allem über die Musik, über den Flötenspieler und die beiden Trommler, denn wissen Sie, hier bei uns …« – Hiroshi unterbrach ihn mitten im Satz mit einem: »Darüber gibt es Bücher!« – »Mit Büchern kann man nicht reden«, faßte Friedrich ihn am Arm und behauptete fordernd: »Mit Ihnen müßte das eigentlich möglich sein!« – »Sie sollten Ihrem Freund Manieren beibringen«, wies Hiroshi mich in dezidiert sanftem Ton zurecht, was umso beißender klang, als jedes Wort vom anderen deutlich abgesetzt war. Vermutlich, so schoß es mir in diesem Augenblick zum ersten Mal durch den Kopf, wußte Grandstetters damaliger Assistent sehr wohl, wen er mit seinem Schlüsselbund vom Gelände verscheucht hatte, als ich mir das Seminargebäude anschauen wollte.

»Man kann die Leute nicht zum Reden zwingen, am allerwenigsten, wenn man sich für sie interessiert«, bedauerte Friedrich süffisant, als verpasse nicht er, sondern der Japaner das Schönste. Benno entdeckte in der anderen Ecke ein paar frei gewordene Plätze und schlug vor umzuziehen. Beim Aufstehen klopfte Friedrich Hiroshi jovial auf die Schulter, zischelte ihm ein spanisch angehauchtes, zähnefletschendes »Adies, mein Herr« ins Ohr und gab der Kellnerin mit dem Zeigefinger zu verstehen, sie möge uns die Gläser und den Wein hinterhertragen. Unser Umzug mußte so wirken, als wende auch ich mich pikiert von Hiroshi ab, obwohl die Idee, den Tisch zu wechseln, nicht mir gekommen war. Das Ganze war mir mehr als peinlich, Friedrichs Verhalten ebenso wie das von Hiroshi, doch Benno, der mir meine Betretenheit ansah, beeilte sich auf dem Weg zum andern Tisch hinüber anzukündigen: »Ich lade dich zum Essen ein«, als könnte er mich damit für diesen Zwischenfall entschädigen. In weniger als zehn Minuten in eine derart prekäre Lage zu geraten, ohne daran schuld zu sein, dafür hätte man in Rage geraten können und sich gleichzeitig in Luft auflösen mögen, doch ich stapfte den beiden hinterher, als sei an alldem nichts zu ändern. Ich haßte es, für Dinge verantwortlich gemacht zu werden, die nicht von mir verursacht wurden, und ich haßte es ebenso, mich zwischen Leuten entscheiden zu müssen, die einen in Verhängnisse hineinzerren, die andere herbeigeführt haben. Zu einem späteren Zeitpunkt würde ich mich bei Hiroshi entschuldigen und ihm erklären müssen, wie unangenehm mir diese Situation war, doch es war zu fürchten, daß selbst dann ein Rest an mir hängenbleiben würde, der nie mehr aus der Welt zu schaffen ist. »Mußte das sein?« stöhnte ich, als wir uns am neuen Tisch gesetzt hatten, aber es hörte sich wohl so zurückgenommen und allgemein an, daß Friedrich sich kaum angesprochen fühlte. »Ist doch nicht tragisch«, gab er zurück, und Benno schaute mich an, als dauere ich ihn.

Friedrich wollte an das vor dem gestrigen Schlafengehen abgebrochene Thema anknüpfen und sich mit Schuberts *Wanderfantasie* wieder auf ein Musikgespräch kaprizieren, doch

Benno drängte mich, von meinem Uni-Alltag, meinen Seminaren, meinen Studenten und den anderen Professoren zu erzählen. Anfangs winkte ich ab und wäre, nachdem die Atmosphäre verpestet war, am liebsten davongerannt. Offensichtlich wollte Benno verhindern, daß der Abend wie tags zuvor verläuft und ich die meiste Zeit stumm herumsitze. Weil ich – ohne mich dabei selbst zu mögen – schmollte, versuchte er mich mit der hochgegriffenen Belehrung zu beruhigen, jede Wahrnehmung beruhe, wie ich schließlich wissen müsse, auf einer perspektivischen Verzerrung. Was sich eben abgespielt habe, stelle sich in meinen Augen gewiß schlimmer dar, als es für diesen Japaner gewesen sei. Zwar trug Benno keine Schuld an dem Vorfall, aber es war absurd, mich in diesem Augenblick mit windigen Allerweltsweisheiten aufmuntern zu wollen.

Nachdem wir eine Weile geschwiegen und ich unruhig mit den Fingern gespielt hatte, fing Friedrich anläßlich eines an der Wand hängenden Bildes, das einen Dampfer auf dem aufgepeitschten Ozean darstellt, unvermittelt zu sinnieren an, das Meer könne kaum einsamer sein als das lothringische Land, in dem er drei Monate verbracht habe, obwohl es keine wirkliche Weite besitze, sondern Hügel nach allen Seiten den Blick in die Ferne verstellten. Benno, der mit dem Rücken zu dem Gemälde saß, wußte wohl nicht, wovon er spricht, ließ ihm aber auch von vornherein keinen Raum für seine Geschichten, sondern beharrte darauf, endlich etwas über mein Basler Leben zu erfahren. Weil sich nicht ungeschehen machen ließ, was vorgefallen war, und ich nicht die Kraft besaß, meinen Groll durchzuhalten, begann ich über Fichtner und die Legenden, die über ihn in Umlauf waren, über Marie, unsere Trennung und unser eigenwilliges Wiederzusammensein, aber auch über das gleichermaßen verwickelte wie überhaupt nicht vorhandene Verhältnis zu

Grandstetter zu reden, wobei ich im Laufe des Abends auch die Geschichte von dem Kind erzählte, das ihn an der Hose gezogen und ständig »Pepe« an ihm hinaufgerufen hatte. Als hätten wir die Rollen vertauscht, redete ich mich mit der Zeit regelrecht warm, während Friedrich sich als erstaunlich aufmerksamer Zuhörer erwies. Weil ich gar nicht mehr aufhören wollte, Grandstetter in allerlei Situationen als professorales Relikt aus vergangenen Zeiten zu schildern, fürchtete ich mich mit meinen abschätzigen Anekdoten zu Friedrichs Komplizen zu machen, als segne ich im nachhinein sein unverschämtes Verhalten gegenüber Hiroshi und dessen Förderer auch noch ab. Wie in Straßburg mußten wir, nachdem außer uns längst keine Gäste mehr im Lokal saßen, mehrmals aufgefordert werden, Schluß zu machen, und die Wirtin staunte mit einem halb bewundernden, halb despektierlichen Nicken darüber, daß wir bei einer solchen Weinrechnung überhaupt noch aufrecht am Tisch sitzen.

Zu Hause, als Friedrich eine weitere Flasche zu öffnen versuchte, torkelte er gegen den Schrank im Flur, der derart heftig zu wanken begann, daß die auf ihm verwahrte Nietzsche-Büste knapp an seinem Kopf vorbeifiel und zersprang, jenes Nietzsche-Haupt, das mir meine Mutter bei der Examensfeier aufs Büffet zwischen den Sekt und die Käseplatte gestellt hatte, als schmücke sie einen Altar und kröne damit mein Studium, welches ihr immer ein Buch mit sieben Siegeln gewesen war. Vater erzählte mir später, sie sei eigens dafür in die Stadt gefahren und habe in einer Musikalienhandlung nachgefragt, wo man statt eines Beethoven, wie man ihn bei manchen Leuten auf dem Flügel stehen sehe, einen Philosophen kaufen könne, worauf man sie in einen Nippes-Laden geschickt habe, in dem man sie mit dem in jungen Jahren schon so alt aussehenden Nietzsche habe beglücken können. Nur wenn sie zu Besuch kam, stellte ich ihn auf den Schreibtisch, den Rest der Zeit war er auf dem Schrank zwischen Decken und Koffern verwahrt. Im Grunde hätte ich Friedrich für dieses Mißgeschick dankbar sein können, aber es tobte in mir, weil ausgerechnet er diese Büste, die trotz allem ein Andenken an meine Mutter war, zerstören mußte. Just im Augenblick ihres Falls bekam sie für mich einen unermeßlichen Wert, und ich bereute es, mich beim Examensfest vor den anderen für meine Mutter und ihr Geschenk geschämt zu haben. Obwohl dieses Gipsstück meist auf dem Schrank versteckt blieb, hätte ich mir nie erlaubt, es zu zertrümmern oder verschwinden zu lassen, und mit jedem Tag mehr, seit seine Splitter mit dem Müll abtransportiert wurden, vermisse ich es umso wehmütiger. Immerhin hatte Friedrich etwas zertrümmert, das an meine Mutter erinnert, und für diese Pietätlosigkeit hätte ich ihn anspucken, ins Gesicht schlagen und auf der Stelle aus der Wohnung hinaustreiben wollen, während er kichernd die Scherben zusammenklaubte, Nietzsches Schnauzer zusammenzustückeln versuchte und lallte: »Das hätte ja mich treffen können!«, als sei er noch einmal mit dem Leben davongekommen.

Benno gab sich Mühe mitzulachen, schien sich für sein Kichern aber auch zu schämen, unschlüssig, auf welche Seite er sich schlagen sollte, ob auf meine oder auf die von Friedrich, denn er merkte, daß ich nach einem ersten Prusten einen Anflug von Zorn nicht verbergen konnte. Ich kehrte den ruinierten Nietzsche zusammen und warf ihn in den Abfall. Danach verlief alles wie in der vorigen Nacht: Benno schlief im anderen Zimmer, während Friedrich sich neben mir im Bett wälzte und zwischen seinen gewaltigen Schnarchanfällen immer wieder wie tot dalag. Erneut schnitt ich Maries Tampons zu Ohrstöpseln zurecht, und abermals nützten sie fast nichts. Beim Frühstück saßen wir stumm am Küchentisch und lösten Aspirin in Wasser auf. Ich brachte die beiden zum Bahnhof, und als sein Zug einfuhr, umarmte Benno uns und beteuerte, uns bald zu einem gemeinsamen Treffen zusammentrommeln zu wollen. »Vielleicht bei mir in Frankfurt, vielleicht bei Friedrich in Mannheim oder am besten hier, in der schönen Schweiz«, betonte er mehrmals, als sei es ihm tatsächlich ernst. Auf seine Klage, keiner verabschiede ihn mit Alphornklängen, blähte Friedrich sich auf, fingierte mit den Händen ein großes Rohr vor seinem Mund und fing erbärmlich an zu jodeln. Gottlob waren wir auf beiden Seiten von Zügen flankiert und wurden von der Pfeife des Schaffners übertönt. »Wenn du eine Frau wärst, hätte ich dir zum Abschied Blumen geschenkt«, winkte Friedrich Benno mit einem Kussmund nach, als sich die Türen schlossen.

Als wir durch die Unterführung zum Schalterraum zurücktrotteten, nahm Friedrich mich auf halbem Weg in den Arm, neigte seinen Kopf zu mir herab und schlug vor: »Komm, laß uns meine Koffer holen, ich bleibe noch ein paar Tage.« – »Ich muß eigentlich arbeiten«, hielt ich dagegen, aber er ließ keine Erwiderung gelten, stieß mich mit seiner freien Hand geradezu kokett in die Seite, als wollte ich mich bloß zieren, und lenkte mich, immer noch den Arm um mich gelegt, mit sanfter Kraft zur Gepäckaufbewahrung. Natürlich wehrte sich alles in mir, aber ich dachte, jetzt, wo Benno weg ist, kann Friedrich sich im Gästezimmer aufhalten und ich mich an den Schreibtisch zurückziehen. Mit seinen zwei mächtigen Koffern fuhren wir, schweigend auf dem Rücksitz zum Fenster hinausschauend, im Taxi zu mir zurück, wobei Friedrich vor meiner Haustür wie erleichtert und beglückt die Worte vor sich hin hauchte: »Basel, ach Basel!«, als kenne er diese Stadt längst und sei jetzt endlich heimgekehrt.

Um vor der Hitze zu fliehen, die durch den lange ausgebliebenen Regen immer drückender wurde, schlug ich vor, ins Kunstmuseum zu gehen. Obwohl sein Hemd durchgeschwitzt war, spazierte Friedrich in der Lederjacke und mit schwarzem Hut durch die Stadt, als gehöre diese Kluft zu seinem Markenzeichen. »Hier kann man es aushalten!« freute er sich an jeder zweiten Ecke, und am Rhein bestand er darauf, mit der winzigen Holzfähre gleich dreimal hintereinander überzusetzen, hin und her, vom einen zum anderen Ufer und zurück. Nachdem wir dann lange zwischen Giacomettis spindeldürren Gestalten umhergewandelt waren, warteten wir im schattigen Innenhof bei Kaffee und Cognac, bis die Tore geschlossen wurden. Immer noch erschöpft von der vergangenen Nacht, wischten wir uns ständig den Schweiß vom Gesicht und redeten wenig. Auch Friedrich schien in Gedanken mit sich selbst beschäftigt zu sein und gar nicht unterhalten werden zu wollen. Abends besuchten wir eine Theateraufführung, die in einem Vorlesungsraum des Physikalischen Instituts stattfand, bei der ein Schauspieler den Privatgelehrten Jacob Burckhardt als einen knorzigen Sonderling vorführte, der sich, ganz anders als in seinen akademischen Reden, im öffentlichen Leben feige verhalten und daheim an seinen Haushälterinnen, die in Ehrfurcht vor ihm erstarrten, ihm aber nichts recht machen konnten, seine Launen ausgelassen hat. Die Vorstellung begann erst spät, weil die Dämmerung als natürliche Beleuchtung dienen sollte, während man auf die glosenden Lampen am gegenüberliegenden Ufer und das schwarz dahinfließende Wasser blickte. Nach der Vorstellung wollte Friedrich wieder in der *Bodega* einkehren, was ich, um eine weitere Begegnung mit Hiroshi oder sonstigen Bekannten zu vermeiden, mit dem Argument abwehrte, man bekomme dort um diese Zeit gewiß keinen Platz mehr. Ich pries ihm die riesigen Räumlichkeiten einer benachbarten Brasserie an, in der mich dann just fünf Studenten winkend begrüßten, die jedoch so höflich waren, uns nicht an ihren Tisch zu rufen. »In Basel läßt es sich leben«, beteuerte Friedrich gebetsmühlenartig, als wir bei Bier und Bratwürsten saßen, und es klang, als überlege er sich, anstatt nach Kamerun auszuwandern, hierher zu ziehen. »Was ist mit dem Berg Athos?« wollte ich an die Straßburger Nacht anknüpfen, aber seine Antwort bestand bloß aus einem kurzen Schulterzucken. Statt dessen wiederholte er noch ein paarmal: »In Basel läßt es sich leben!« Als ich es mit seiner Zürcher Freundin versuchte, wies er mich zurecht, zur Zeit damit nicht belästigt werden und zu allem Abstand gewinnen zu wollen. »Was heißt zu allem?« hakte ich nach, aber er beendete das Thema mit einem definitiven: »Von allem eben!«

Als gehöre es bereits zum Ritual, tranken wir zu Hause in der Küche noch ein letztes Glas miteinander. »Würde es dir etwas ausmachen, mir dein Zimmer zu überlassen? Ich kann — wie gesagt – bei Licht nicht einschlafen«, bat Friedrich mich. Er brauche restloses Dunkel, die Jalousien an den schrägen Dachfenstern nützten nicht das geringste, auch die herzförmigen Luken an den Läden müsse man verstopfen, sonst könne er es bei aufkommendem Vollmond gleich bleiben lassen, überhaupt ins Bett zu gehen. Das sei seit frühester Kindheit bei ihm so, und daran lasse sich nichts ändern. Seinetwegen bräuchte ich selbstverständlich nicht nach nebenan umziehen, ich könne ruhig neben ihm liegen, das mache ihm nichts aus, doch die lichtdurchlässigen Stellen an den Läden müßten mit einem Karton überklebt werden. Obwohl in den Nächten zuvor von seinen

Schlafstörungen wenig zu bemerken war, gab ich ihm ein Stück Pappe und Leim, nahm mein Bettzeug und wünschte eine gute Nacht.

Um nicht zu Hause herumzusitzen oder die immergleichen Wege zwischen Barfüsser- und Marktplatz, Rheinbrücke und Münsterhügel auf und ab zu gehen, mietete ich ein Auto, um Friedrichs Anwesenheit zum Anlaß zu nehmen, endlich jene Gegend um Basel kennenzulernen, die mir seit Jahren von allen Seiten angepriesen wird. An drei, vier Tagen hintereinander fuhren wir aufs Land hinaus und schauten uns als erstes den Dornacher Goetheaneums-Bunker an, der vor Ort noch erschreckender als auf den Ansichtskarten aussieht. Von da aus ging es ins mittelalterliche Laufenburg hinüber, wo wir auf der Rheinbrücke lange aufs Wasser hinabblickten, wie es dahinfließt, sich an den Pfeilern bricht und Strudel bildet, bis wir uns nach Bad Säckingen aufmachten, um von dort aus auf der überdachten Holzbrücke nach Stein hinüberzuspazieren. All diese Kleinstädte dösten in der Hitze, und meist begegneten wir nur Fahrrad fahrenden Kindern, während die Läden und Geschäfte geschlossen waren und die einsamem, handbeschrifteten Wirtshaustafeln an der Straße den Eindruck verstärkten, daß in diesen Gassen, bevor ein kühlender Abendwind aufkam, sich nichts regen wollte. Anderntags ging es in die entgegengesetzte Richtung, in ein Drehorgelmuseum, das abseits der Landstraße in einer waldigen Felslandschaft liegt, von dort zu einer auf einem Weinberg thronenden Kirche hinauf, von der aus man auf bergige Laubwälder und ein verschlossenes Tal blickt, das in seiner Stille dem heutigen Leben märchenhaft entrückt scheint. Den ganzen Tag über begegneten wir keinen anderen Ausflüglern, und selbst in einem von Kastanien beschatteten, zu einem Bauernhof gehörenden Biergarten waren wir die einzigen Fremden. Dort kauften wir Forellen, die vor unseren Augen aus dem Bach gefischt wurden und die wir über Nacht auf dem Rücksitz liegenließen, weshalb wir sie am nächsten Tag, auf dem Weg in die Burgruinenlandschaft um Arlesheim herum, aus dem fahrenden Auto werfen mußten.

Nach einer mühseligen Wanderung, bei der Friedrich, obwohl stöhnend und schwer atmend, strikt seinen Hut aufbehielt, suchten wir vor der sengenden Sonne Zuflucht im ländlichen Arlesheimer Dom. Die Hände gefaltet, als beteten wir im stillen, saßen wir da und starrten zu einer teufelsfratzigen, krallenfingerigen, nackten Herkules-Gestalt hinauf, der die Haare zu Berge stehen und die in ihrer hochgereckten Rechten eine zu Boden gerichtete Fackel hält, deren Flammenreste gerade in einer Rauchkugel ersticken, während das titanische, wüst grinsende, auf einem Felsbrocken wankende Muskelwesen vornüber in die Tiefe zu kippen droht, wobei der Koloß von einer Schlange umrankt wird, die sein Gemächte zu vernichten und ihm gleichzeitig eine übermächtige phallische Kraft zu verleihen scheint. Mit flatterndem Lendentuch spärlich umhüllt gleitet über seinem Haupt eine Putte vorüber, deren Augen mit einer Windel verbunden sind und die in ihrer Linken eine lachende Maske, in ihrer Rechten einen zerbrochenen Bogen hält, während sie auf Maria zuschwebt, die im Mittelpunkt des sonnentrunkenen Freskos auf einer lichten Wolke thront und ins All zu entschwinden scheint, das sich über einem Erdenrund erhebt, an dessen Rändern eine splendide Entourage aus Frauen in orientalischen Prachtgewändern, aus Indern, Afrikanern, römischen Legionären mit glänzenden Helmen, Löwen, Krokodilen, Elefanten, Papageien, Palmen, Lilien, Kakteen, Stelen, Tempelstufen und Pyramiden die zeitlos miteinander verbundenen Kontinente in aller Schönheit und Macht so leuchtend verherrlicht, daß wir, die Köpfe in den Nacken zurückgekrümmt, die Münder offen, lange stumm dasaßen, bis Friedrich – erstmals wieder seit Straßburg – von seinem Internat zu erzählen und den katholischen Kosmos zu rühmen begann, einen Kosmos, in dem alles seinen Platz haben dürfe, das Schreckliche und das Schöne, das Leiden und die Lust, das Martyrium und die Erlösung, so sehr, daß man das eine vom anderen zuweilen kaum unterscheiden könne und das eine durch das andere seine Kraft und seine Rechtfertigung gewinne, wobei jene fiebrige Entzückung, in der Qual und Glück ineinanderflössen, so behauptete er, auch den Urgrund einer jeden Musik ausmache, die diesen Namen verdiene.

Als wir unter diesem Deckenfresko saßen und Friedrich über die Orgien des Schmerzes und seine ihn selbst am meisten erstaunende, wieder zunehmende Begeisterung für die lange abgewehrte Kindheitsreligion sinnierte, hatte er zum ersten Mal, seit Benno weg war, wieder zu einer größeren Rede ausgeholt. Vor allem aber war ich über mich selbst überrascht, weil ich ihm dabei gerne zuhörte. Als auf einmal die Orgel zu spielen begann, verließ er auf der Stelle den Dom und fing draußen, unter dem sommerlichen Himmel, inmitten der klösterlichen Kirchplatzstille lautstark auf dieses fette Gedröhn und schmalbrüstige Gefiepse zu fluchen an, so daß links und rechts eine Handvoll alter Leute aufgeschreckt zu den Fenstern herausschauten und Friedrich nachstarrten, wie er zum Portal zurückrannte, es aufriß und Unverständliches in die Kirche hineinbrüllte, während ich, das Jackett über die Schulter geworfen, scheinbar gelassen in die andere Richtung, zum Brunnen hinab, schlenderte und dabei den Eindruck zu vermitteln hoffte, daß dieser Mensch und ich uns nicht kennen.

Trotz solcher Momente verdichtete sich in mir der von Anfang an empfundene Verdacht, Friedrich trotte mir bei diesen
Museumsbesuchen, Kirchenbesichtigungen und Wanderungen
nur hinterher, ohne die Ausflüge zu genießen. Zwar dienten
auch mir diese Unternehmungen als Verlegenheitsprogramm,
doch gerade deshalb hätte ich erwartet, daß mein Gast sich er-
kenntlich zeigt, anstatt mir das Gefühl zu geben, daß es ihm am
liebsten wäre, wenn der Tag gleich mit dem Abend einsetzen
würde und man ohne Umweg in eine Kneipe ziehen könnte,
um sich wieder müde zu trinken. Von seinem Begeisterungsan-
flug im Arlesheimer Dom abgesehen, begann er sich mit jedem
Tag mehr in ein entrücktes Schweigen zu verkriechen, was mir
einerseits gelegen kam, weil mir damit das Straßburger Zuhö-
renmüssen erspart blieb, was ihn andererseits aber auch rätsel-
hafter machte, als es mir lieb sein konnte. Schließlich hätte ich
immerhin gerne gewußt, welche Pläne er sich macht und was
ihn so still sein läßt. Doch auf unseren Spaziergängen durch die
vielen Kleinstadtgassen und Parkanlagen, am Rheinufer entlang und auf den Wald- und Feldwegen sind wir uns keineswegs vertrauter geworden. Im Gegenteil, es hatte sogar eine
Fremdheit zugenommen, die Friedrich im Unterschied zu mir
kaum zu stören schien. Er saß, wenn ich am späten Morgen aufstand, bereits so selbstverständlich und offensichtlich ohne jeden Drang, etwas Besonderes unternehmen zu müssen, auf der
Eckbank in der Küche, daß man hätte meinen können, hier gehöre er immer schon hin. Als kenne man sich seit langem und
sei auf höfliche Floskeln nicht mehr angewiesen, blätterte er in
der Zeitung und tippte seine Zigarettenasche zum offenen Fenster hinaus. Jene dezente und doch merkliche Distanz, die ich
unbehaglich fand, nahm er vermutlich gar nicht wahr, oder es
war ihm schlichtweg egal, was in mir vorging. Solange ich in

den ersten Tagen noch hoffte, er werde mir spätestens abends für den nächsten Morgen seine Abreise ankündigen, versuchte ich mir einzureden, daß unsere Fahrten übers Land auch mir etwas bringen, doch je planloser sich dieses Einerlei aus Landgasthofaufenthalten und Kirchenbesichtigungen fortzusetzen und ich mich wie ein Fremdenführer zu fühlen begann, desto öfter hätte ich manchmal einfach schreien und davonlaufen mögen.

Wenn wir abends nicht außerhalb der Stadt in einem Biergarten saßen, zog ich mit Friedrich über die Rheinbrücke in eine der ärmlicheren Kleinbasler Ecken hinüber, in eine Gegend, die mir so gut wie fremd war und von der man annehmen konnte, daß dort keine Kollegen und Studenten verkehren. In meiner Wohnung wurde es mir mit meinem Gast zu eng, doch ich wollte in seiner Gegenwart auch keinem Bekannten begegnen. Nicht nur vom Hörensagen, auch von einem abenteuerlichen Besuch mit Marie wußte ich, daß es dort drüben den *Krummen Turm* gibt, eine Trinkerstube, in der es nach ausgelaufenem Bier stinkt und derart verraucht ist, daß die Nebentische im Nebel zu verschwinden drohen. Gelegentlich versucht sich dort einer der zahnlosen Säufer am Akkordeon mit Seemannsliedern, wenn nicht gerade, wie es die meiste Zeit der Fall ist, die mit Volksmusik vollgestopfte Rock-Ola spielt. Verwunderlicherweise bedienen einen trotzdem Kellner mit weißen Schürzen, die den Eindruck erwecken, auf ebenso wortlose wie bestimmte Weise jederzeit für Ordnung zu sorgen. Natürlich mußte Friedrich auf den ersten Blick erkennen, daß das nicht mein bevorzugtes Lokal sein konnte. Aber im Laufe der Tage wollte die Spelunke immer besser zu uns passen, und nach einer Woche wurden wir dort bereits begrüßt, als gehörten wir längst zu diesen Gestrandeten mit ihren irren Blicken und verrotteten

Zähnen, durch deren Lücken Zisch- und Pfeifgeräusche dringen, bei denen man nicht weiß, ob es sich um eine Art Gelächter oder um Krankheiten handelt.

Als sehnte ich mich zuweilen nach Gossengeruch, behauptete ich, solche Orte schon deshalb gerne aufzusuchen, um dem gediegenen Leben auf der anderen Rheinseite gelegentlich zu entkommen. Ich staunte über mich selbst, wie mir solche Phrasen ohne Hohn und Spott über die Lippen gingen, aber ich hätte alles getan, um einer zweiten Begegnung mit Hiroshi oder sonst einem Kollegen aus dem Weg zu gehen. Marie hatte mir einmal von einem Brecht-Schüler erzählt, der in jeder Hinsicht, sowohl was den Haarschnitt als auch die Mao-Kluft, die Zigarre und den am Gürtel baumelnden Knipser betrifft, dem Meister geglichen und sich hier allabendlich nach der Probe betrunken habe, mitten unter Leuten, für die er zu arbeiten vorgab, die sich aber nie und nimmer für seine Art von Theater interessieren würden. Diesen Brechtianer versuchte ich mir vorzustellen, während ich unsere Kaschemme als Hort volksnaher Eigentlichkeit anpries. Ohne in die Karte zu schauen und ohne Friedrich zu fragen, bestellte ich gleich beim ersten Besuch Bratwürste und Bier für uns beide, als sei ich mit dieser Lokalität bestens vertraut. Von da an verbrachten wir dort so gut wie jeden Abend bis nach Mitternacht unsere Stunden, und trotz meiner häufigen Versuche, Friedrich etwas über seine Herkunft, über seine Familie, über seine Arbeit zu entlocken, dümpelten die Gespräche belanglos vor sich hin, ohne daß ich viel mehr, als mir schon aus Straßburg bekannt war, über ihn hätte erfahren können. Ganz anders als damals genügte es ihm inzwischen, einfach herumzusitzen, zu trinken, zu rauchen, geistesabwesend umherzublicken und nach wenigen Sätzen wieder ins Schweigen abzutauchen. Wenn neben unserem

Tisch ein Hund lag, erzählte Friedrich, selbst auch einmal einen Hund gehabt zu haben; wenn wir Kartoffelsalat aßen, erzählte er, wie unübertrefflich der Kartoffelsalat daheim bei seiner Mutter gewesen sei; wenn aus der Rock-Ola Schlager dröhnten, schimpfte er auf die dämliche Musik; wenn die am Tisch Sitzenden in allzu fremdem Schweizerdeutsch auf uns einredeten, winkte er ab, als interessiere ihn eh nicht, was sie zu erzählen haben, obwohl Friedrich ebenso in der Lage war, sich von mir abzuwenden, um mit einem Einheimischen eine halbe Stunde lang über Gott, das Wetter und die Weltlage zu palavern.

Unversehens konnte er sich über das Geschlechtsleben, die Nistplätze, die Flugrouten und das Jagdverhalten von Sperbern, Adlern, Eulen und Eichelhähern auslassen, ohne daß man ihn danach gefragt hätte oder ein entsprechendes Stichwort gefallen wäre. Ein solches Wissen brach in Schüben aus ihm heraus, als wollte er einen mit einem Wust von angelesenen Daten, Zahlen und Fakten erschrecken, die vor allem zum Ausdruck brachten, daß er sich gleichermaßen mit Flugzeugtypen, mit der Inka-Kultur und den Brunstzyklen von Bären beschäftigt hat, ohne daß ersichtlich geworden wäre, was ihn ausgerechnet an diesen weit auseinanderliegenden Dingen interessierte. Eines Abends dozierte er im *Krummen Turm* über den ganzen Tisch hinweg, man sollte wieder riesige Segelschiffe bauen, da in absehbarer Zeit die Ölressourcen verbraucht sein würden, jedoch just in diesem Augenblick jene Länder die Weltherrschaft antreten könnten, denen mächtige, mit Wind und Segeln betriebene Ozeanschiffe zur Verfügung stünden. Wenn er zu solchen Exkursen ausholte, die allesamt wie mehrfach repetierte Reden klangen, konnte man nur nickend dabeisitzen und ihm das Gefühl vermitteln, angesichts solcher Kenntnisse und

Prognosen zu staunen. Während er sich in derartigen Lektionen erging, wirkte Friedrich noch einsamer als sonst, denn sie führten vor, wie sehr er fast ausschließlich in sich selbst kreiste. Wenn er Nachhilfeunterricht über die Berggötter der Azteken oder die Schlagkraft der Armada erteilte, fing dieses Wissen nie an zu leben. Er hätte uns ebenso über ganz andere Gegenstände belehren können, über Baumschädlinge, Herzrhythmusstörungen oder die Arabischen Emirate, alles brachte er mit einer beinahe mechanischen, immergleichen Vehemenz vor.

An manchen Abenden allerdings drängte er mich, etwas über Spinoza, Kant oder Nietzsche zu erzählen, doch jedesmal, wenn ich ihm ein paar Grundgedanken dieser Leute zu vermitteln versuchte, kam ich mir wie ein stammelnder Schuljunge vor, über dessen Banalitäten man nur staunen kann. Philosophie habe nichts mit griffigen Formeln und weltanschaulichen Meinungen, sondern damit zu tun, jede Art von Überzeugung in Frage zu stellen, insistierte ich, wenn Friedrich auf schlichte Thesen aus war. Doch wie die meisten schüttelte er über meine Rückzugsgefechte bloß den Kopf, als sei damit die Unsinnigkeit dieses ganzen bodenlosen Unternehmens bewiesen. »Was erzählst du deinen Studenten?« glaubte er mich auf die Probe stellen zu müssen und hielt mir vor, in seinem Fach gebe es schließlich ein Wissen zu vermitteln, das auf Prinzipien, Regeln und Techniken fuße. »Die Philosophie ist keine Disziplin wie die Musik, im Gegenteil, es gibt sie im Grunde gar nicht; man ist allenfalls mit Texten konfrontiert, die seit über zweitausend Jahren die immergleichen Fragen aufwerfen, aber auch ohne diese Schriften kann man sich in einer Art und Weise zu denken bewegen, die keinen Stein auf dem anderen läßt und auf nichts Bestimmtes aus ist, außer darauf, das Denken selbst zum Thema zu machen«, erklärte ich unter offenkundigem Rechtfertigungsdruck, wohlwissend, daß es wenig nützt, sich auf solche Debatten überhaupt einzulassen, zumal Friedrich mir eintönig entgegenhielt, es existierten eine Menge Bücher, in denen man nachlesen könne, was die einzelnen Philosophen gelehrt hätten. Solche Kompendien, fauchte ich ihn, nachdem er immer wieder darauf zurückkam, irgendwann an, sollte man verbieten lassen, weil sie ihren Lesern den Unsinn vermittelten, das Werk eines Platon, Leibniz oder Heidegger lasse sich leicht verdaulich zusammenfassen oder wie eine Religion behandeln, die eine Handvoll Dogmen besitze, aus denen alles andere abgeleitet werden könne. Obwohl Friedrich sich in manchen Momenten, wie in der Straßburger Brasserie oder im Dom von Arlesheim, zu großen Spekulationen über das Leben aufschwingen konnte, war zwischen uns, wenn es um solche Fragen ging, nicht die geringste Verständigung möglich.

Überhaupt drohte uns nach wenigen Tagen der Gesprächsstoff auszugehen. Als ich nach einer knappen Woche bei unserem nächtlichen Nachtrunk in der Küche einfließen ließ, ich verstünde nicht, in welcher Situation er sich eigentlich befinde, ob er nach Zürich weiterfahren oder nach Mannheim zurückkehren werde oder etwas ganz anderes vorhabe, wies er mich zurecht, es gebe überhaupt nichts zu verstehen, es sei, wie es sei, so und nicht anders. Gerade das, hielt ich entgegen, sei schwer zu begreifen, man mache sich in seiner Lage doch über die Zukunft Gedanken, schließlich habe er in Straßburg stundenlang hin und her überlegt, wie es weitergehen könnte. Wie ein Saloon-Held schaute er mit seinem Hut, den er manchmal auch zu Hause aufbehielt, und mit Blicken, die Schlimmstes bedeuten können, langsam nach allen Seiten, als gelte es zu überlegen, ob man sofort zuschlagen, den Gleichgültigen mimen oder eine dritte Möglichkeit erwägen sollte. Nach einer dräuenden Weile beugte er sich, wie damals in Straßburg, zu mir herüber und flüsterte mir in scheinbar seelenruhigem Ton zu, er lasse sich nicht über Dinge aushorchen, die ihm im Moment mehr als gleichgültig seien, ich möge ihn nicht mit irgendeiner Zukunft belästigen und schon zweimal nicht versuchen zu kapieren, was in seinem Brustkasten oder in seinem großen Zeh oder sonstwo in seinem Leib vor sich gehe, es tummelten sich längst viel zu viele Seelendoktoren auf unserer Lebensbühne, er verstehe überhaupt nicht, was es zu begreifen gebe, wenn man endlich einmal ein paar Tage lang in den Tag hineinlebe, ohne Wie und Warum, Woher und Wohin, und ohne den Druck, ständig alles auf den Nenner bringen zu müssen, wie es bei Leuten der Fall sei, die danach gierten, das Innere ihrer Gedärme nach außen zu stülpen, und sich dabei vermutlich ärger über ihr inneres Afrika täuschten als diejenigen, denen solche Fragen erst gar nicht in den Kopf stiegen.

Während dieser Ansprache zerdrückte Friedrich seine längst erloschene Zigarette unentwegt im Aschenbecher, versuchte jedoch frei von Erregung zu wirken, als handle es sich um ein paar grundsätzliche Klarstellungen, die jedem einmal ins Stammbuch geschrieben werden sollten. Unterschwellig war er, ohne daß man dafür einen besonderen Blick hätte besitzen müssen, mehr als gereizt, aber anstatt ihm schlichtweg die Tür zu weisen oder ihn wenigstens in drohendem Ton zu fragen, wie er dazu komme, mir in meiner eigenen Wohnung derart die Leviten zu lesen, saß ich da wie ein Kind, das Prügel verdient hat.

Meinen Einwand, es sei von mir keineswegs so aufdringlich gemeint gewesen und es liege mir fern, sein Seelenleben durchforsten zu wollen, konterte er mit dem Satz: »Dann laß es auch bleiben!« Auf einmal war sein Ton brüsk geworden und in offene Wut umgeschlagen, ähnlich wie in dem Straßburger Musiklokal, aus dem er mich quer durch die dichte Menschenmenge auf die Straße zum Taxi gezerrt hatte. Mit meiner ein wenig umwegigen Frage wollte ich bloß herausfinden, wann er aufzubrechen gedenkt, nicht mehr und nicht weniger, doch nach diesem Ausbruch wollte es mir nicht mehr gelingen, ihn freiheraus auf seine allernächsten Pläne anzusprechen, die – wie ich zu fürchten begann – längst allesamt über den Haufen geworfen worden waren, ohne daß ein neues Ziel sich abgezeichnet hätte. Nicht nur weil unser Tourismusprogramm allmählich erschöpft war und mir das stundenlange Herumfahren und Kneipensitzen mit jedem Tag mehr zuwider wurde, hätte ich gerne gewußt, wie lange der uneingeladene Gast noch meine Wohnung besetzt halten möchte. Als ich kleinlaut darauf hinwies, endlich wieder ans Arbeiten denken zu müssen, höhnte er: »Ich dachte, du wolltest nach Amerika fliegen.« Es war das erste Mal, daß er auf diese Geschichte anspielte, und ich antwortete nichts darauf. »Arbeite ruhig, ich stör dich nicht! Mach einfach die Tür hinter dir zu, wer hindert dich daran!?« singsangte er in pastoralem Ton, legte beim Aufstehen von der Küchenbank, wie um mich zu trösten, die Hand auf meine Schulter und verschwand in meinem Schlafzimmer, das er inzwischen auch tagsüber für sich beanspruchte.

Ich zog mich an den Schreibtisch zurück, legte Bücher und Papier zurecht, wollte anfangen zu lesen, bebte aber am ganzen Leib, spürte mein Herz pochen, zitterte an den Händen, ging im Zimmer auf und ab, die immergleichen vier, fünf Schritte hin und her, vom Stuhl zum Bücherregal, vom Fenster zum Sessel, vom Stuhl zum Fenster, wie gefangen in meinen eigenen vier Wänden, während draußen, im hochsommerlichen Basel, das Leben friedlich seinen Gang ging und Marie auf Sumatra weilte und weder eine Ahnung davon hatte, in welcher Lage ich mich befand, noch wissen konnte, daß ihr vorlautes Geschrei neben dem Telefon dafür verantwortlich war. Um nicht ständig auf und ab zu gehen, zwang ich mich, im Sessel sitzen zu bleiben und in den seit Tagen aufgehäuften, nur von Friedrich gelesenen Zeitungen zu blättern, wobei mir eine kurze Notiz über Herrn Schradis Tod auffiel, in der festgehalten wurde, daß die Obduktion auf kein Fremdeinwirken, sondern auf Freitod schließen lasse, obwohl es nach den Aussagen seiner Verwandten und Bekannten keinerlei Anzeichen dafür gegeben habe, daß Herr Schradi seinem Leben habe ein Ende setzen wollen.

Wenige Tage später, auf dem Heimweg vom *Krummen Turm*, fing Friedrich auf der Brücke an, von Flüssen zu schwärmen. Als Kind sei er in den Ferien mit seinem Onkel, einem Binnenschiffer, wochenlang zwischen Hamburg, Berlin und Dresden auf der Elbe und der Spree unterwegs gewesen. Auf meine Frage, in welchem Teil Deutschlands er aufgewachsen sei, antwortete er: »Mitten in Kreuzberg, lange bevor es ein Zufluchtsort für Hausbesetzer und Stadtindianer geworden ist.« Wie all das zusammengehen könne, Hamburg und Dresden, ein Leben im Westen und gleichzeitig in der Nähe der tschechischen Grenze, fragte ich, aber er sagte nur: »Der Handel mußte ja weitergehen.« Und damit war das Thema beendet. Nicht zum ersten Mal regten sich in mir Zweifel, ob seine Geschichten frei erfunden sind, ob er tatsächlich Pianist ist, ob er tatsächlich in Mannheim wohnt und ob er tatsächlich aus Lothringen gekommen ist, bevor wir uns in Straßburg begegnet sind. Anstatt von Berlin und seinem Onkel zu erzählen, zeichnete er mit dem Finger Sternbilder nach, den Großen Wagen, Pegasus, Orion, die Zwillinge, zeigte mir Mars, Saturn und Jupiter, erwähnte mit keinem Wort mehr seine Kreuzberger Kindheit oder die sommerlichen Flußfahrten und wechselte, wie so oft, im Zickzack allerlei Themen, die – kaum angeschnitten – sich gleich wieder im Nichts verloren. Mir war schleierhaft, was wirklich in ihm vorging, ob seine Gedanken ebenso irrlichternd umherschweiften wie seine Reden oder ob er absichtlich Fragen auswich, um sich nicht in Widersprüche zu verstricken, oder ob er nicht einmal merkte, daß er gelegentlich zu antworten vergaß, oder ob er an Legenden strickte, die längst über ihn hinausgewachsen sind und ein Eigenleben führen, das er als Urheber nicht mehr im Griff hat, oder ob er sich insgeheim an meiner mißlichen Lage weiden wollte, nachdem er von Anfang an gespürt haben mußte, daß ich ihn nur erdulde, aber wenig gegen ihn auszurichten vermag. Bei alldem fragte ich mich aber auch, ob nur ich es bin, der sich über Dinge den Kopf zerbricht, die vielleicht weit weniger eigenartig sind, als es mir vorkommen wollte. Immerhin war es möglich, so mußte ich mir eingestehen, daß wir beide vollkommen anders erleben, was unsere gemeinsamen Tage ausmacht.

Auf seine allererste Frage am Straßburger Bahnhof hätte ich nicht antworten und einfach meiner Wege gehen sollen, sagte ich mir immer wieder, doch mit jeder Stunde mehr, die wir zusammen verbrachten, sollte es delikater werden, einen Schlußstrich zu ziehen und schlichtweg zu verkünden: »Es reicht!« Der rechte Zeitpunkt war längst verpaßt, verflogen, für immer vorbei. Sollte Friedrich nicht morgen oder übermorgen oder wenigstens in der nächsten Woche zu seiner Prostituierten, auf den Berg Athos oder wohin auch immer aufbrechen, blieb mir nichts anderes übrig, als ein Machtwort zu sprechen, aber ich rätselte unentwegt, wie ein solcher Akt, ohne erneut auf Widerstand zu stoßen, so unkompliziert wie nur möglich und trotzdem entschieden zustande kommen könnte. In immer anderen Varianten malte ich mir dafür allerlei Situationen aus, ob vor dem Schlafengehen, ob beim Frühstück, ob gleichsam nebenbei in der Kneipe, das eine Mal resolut, das andere Mal rücksichtsvoll, teils unbarmherzig, teils um Verständnis heischend, mit der Attitüde des Gelassenen oder tobend vor Zorn, aber auf alle Fälle derart bestimmt, daß Friedrich nicht der geringste Spielraum bleiben sollte. Ob ich wach im Bett lag, ob ich mit ihm in meiner Küche saß, ob ich mit ihm durch die Gegend fuhr oder im *Krummen Turm* den Abend hinter mich brachte, zunehmend nervöser kreisten die Gedanken um diesen anstehenden Auftritt, der mit jedem Hinauszögern mein Ohnmachtsgefühl vergrößerte. Gegen jedweden Einwand wollte ich gewappnet sein und jeden erdenklichen Trotz einplanen, bevor mir von neuem eine Niederlage widerfahren sollte. Aber gerade dieses ängstliche Hin-und-Her-Überlegen, dieses ständige Aufschieben und die nichtige Hoffnung, morgen ergebe sich der entscheidende Augenblick wie von alleine, lähmten mich umso mehr.

Manchmal fing Friedrich zu vorgerückter Stunde im *Krummen Turm* immer noch über Schuberts Musik zu reden an, über deren Rastlosigkeit und deren Frieden, deren Euphorie und Zerrüttung, deren volksliedhafte und verstörende Elemente, welche in ihr so nahe beieinanderlägen, daß sie zuweilen kaum auseinanderzuhalten seien. Fast jedesmal, wenn er sich in den immergleichen Beschwörungen erging, brach er sein Thema mit dem Satz ab: »In Kamerun ruft kein Mensch nach dieser Musik, und wenn ich dort unten bin, werde auch ich sie mit der Zeit vergessen, als habe sie nie existiert!« Friedrich brauchte kein Gegenüber, das ihm Stichworte liefert, das nachhakt oder widerspricht. Wenn er betrunken war, kreiste er in Selbstgesprächen, die unabhängig von denen, die am Tisch saßen, ihren Gang nahmen und trotzdem der Zuhörer bedurften. Gelegentlich schwang er sich mit weit hergeholten Bildern und Vergleichen zu aphoristischen Selbstdeutungen auf, für die er, wie sein selbstgefälliger Schmunzelmund und sein erwartungsvoller Blick andeuteten, bewundert werden wollte. »Seit langem lebe ich in einer leeren Kirche, deren Seitenausgänge ins Bordell führen«, formulierte er einmal, aber nie wußte ich, wie man auf solche Sentenzen reagieren sollte. Die vielen Stunden im *Krummen Turm* machten mich jedesmal müde und unruhig zugleich, so daß ich manchmal schon lange vor Mitternacht bloß noch wie geistesabwesend, den Kopf in die Hände gestützt, ausharrte. Jederzeit hätte ich aufstehen und gehen können, aber jedesmal wollte ich zuvor zum Angriff ausholen und ihm klarmachen, daß er seine Koffer packen und verschwinden soll. Wenn ich gedankenfern durch ihn hindurch- und an ihm vorbeischaute, rief Friedrich mich mit wechselnden Namen wach, die kumpelhaft klingen sollten. Ich hieß dann Joe, Charlie, Jackie oder Bobby, und diese herrische Lust, einen nach Lust und Laune umzutaufen, schien wie so vieles darauf zu zielen, Grenzen auszuloten, wie weit man gehen kann. Anstatt aufzubegehren, zog ich mich in eine Starre zurück, wie man sie von Tieren kennt, wenn sie weder vor noch zurück wissen und scheintot darauf warten, daß die Lage sich entspannt.

Zum ersten Mal im Leben war ich mit einem Wesen konfrontiert, das keine instinktive Distanz kannte. Auch wenn ich mich schon oft überrumpelt, belästigt oder zu Dingen gedrängt gefühlt hatte, die ich über mich ergehen ließ, und sei es nur, daß Gäste bis zum Morgengrauen bei einem in der Küche festsaßen, obwohl man schon seit Stunden fast nur noch gähnte, oder daß man sich zu Seminar- und Vorlesungsthemen verdammen ließ, deren Themen einen anödeten, so ließ sich mit alldem leicht leben. Es kostete ein paar Nerven, ging aber vorüber. Es gehörte zum täglichen Geschäft, weil man miteinander auskommen muß, einem Regelwerk unterliegt und nicht als ungesellig gelten will, aber vor allem auch, weil im stillen die Angst rumort, man könnte eines Tages auf Hilfe angewiesen sein, hätte sich jedoch durch allzuviel Absonderung in ein heilloses Alleinsein hineinmanövriert. Auf eine Erfahrung, wie sie mir mit Friedrich beschert wurde, konnte ich durch nichts vorbereitet sein, obwohl es genügend Situationen gegeben hatte, in denen ich mich vorschnell zurückgenommen und darauf gesetzt hatte, daß alles sich von alleine regelt.

Um den Anfang des Tages so lange wie nur möglich hinauszuzögern, hing ich morgens im Bett so lange Traumfetzen nach und kurbelte die abgebrochenen Filme so lange von neuem wieder an, bis der letzte Rest an künstlich aufrechterhaltener Müdigkeit erschöpft war. Bis nach Mittag wälzte ich mich hin und her, obwohl sich unter dem Dach die Hitze staute und ich gerne in mein Zimmer geflüchtet wäre, in dem die verriegelten Fensterläden die Glut abdämpften. Es war unerträglich, mir beim Anblick des wolkenlosen Himmels eingestehen zu müssen, daß ich nicht einmal mehr in der Lage bin, mein eigenes Bett zu verteidigen. Jener Eindringling, der sich unmerklich in meinen Mitbewohner verwandelt hatte, saß um diese Zeit bereits in der Küche, wo er in Unterhemd und Unterhose, die haarigen Beine von sich gestreckt, sich auf der Eckbank fläzte, Kaffee schlürfte, in meiner Zeitung blätterte, bei offener Tür die halbe Wohnung einräucherte und jedesmal, wenn ich schließlich im Flur auftauchte, ohne aufzuschauen, als rede er nur mit sich selbst, mit einem mokanten Unterton bemerkte: »Da hat man mal wieder lange geschlafen!«

Jeden Tag waren wir verkatert, er weniger als ich, weil ihm ein solches Leben wohl längst zur Gewohnheit geworden war, während ich frühmorgens mit einem dröhnenden Kopf aufwachte und schon der Schmerzen wegen weiterzuschlafen versuchte, wobei mir mittags, beim ersten Blick in den Spiegel, immer noch ein verquollenes Gesicht entgegenstarrte, in dem – wie früher nur selten – wässerige Augen über bläulichen Schatten eine Schwermut ausstrahlten, die ich am liebsten weggewischt hätte. Ich schämte mich vor mir selbst, ohne es wahrhaben zu wollen, und wenn ich versuchte, mir leid zu tun, versteckte sich hinter dieser Rührung nur der Zorn darauf, mich in so kurzer Zeit derart selbst aufgegeben zu haben, daß ich keinen eigenen Willen mehr zu besitzen und nicht einmal mehr mein eigener Herr in meinen eigenen vier Wänden zu sein schien. Auch das war ein Grund, mit Friedrich jeden Mittag in eine asiatische Imbißstube und abends in den *Krummen Turm* zu flüchten. Seit ich mit ihm die Tage verbrachte, oder besser gesagt, seit dieser Mensch sich in mein Leben eingekeilt hatte, wollte ich niemandem mehr in die Augen schauen müssen, der mich als denjenigen kennt, als der ich üblicherweise auftrete. Ich wollte nicht, daß man mir ansieht, wie klein ich von heute auf morgen neben diesem Ungeheuer geworden bin, und ich wollte auch nicht, daß man in meinem von viel zu vielem Alkohol gezeichneten Gesicht Spuren einer Scham entdeckt, die – wie mir der Spiegel täglich von neuem erzählte – nicht mehr zu verleugnen und mit Jovialität zu überspielen waren.

Wenn wir zum späten Frühstück, das mit dem Mittagessen zusammenfiel, im wenige hundert Meter entfernten *Mister Wong* saßen, lief nach den ersten Bissen der Schweiß an uns herab, als seien wir in der Sauna. Jeder konnte sehen, daß es weniger die Temperaturen oder die scharfen Speisen als die äthylischen Ausdünstungen waren, die unsere Haare in nasse Strähnen und unsere Hemden in klebrige Lappen verwandelten. Mich widerten mein eigener Mund- und Schweißgeruch und meine von Rauch geschwängerten Kleider an, und am liebsten hätte ich, wie Friedrich es meist tat, zum Essen bereits das erste Bier getrunken, um diesen Zustand zu ertragen. Aber wenigstens zu dieser mittäglichen Stunde zwang ich mich noch zur Nüchternheit, mit dem Vorsatz, heute den fatalen Kreislauf endgültig zu durchbrechen. Ständig war mir, als sei mein Brustraum von innen her zerquetscht und dabei wie versteinert, als fiele mir das Atmen schwer und als bestünde unentwegt die Gefahr, daß ich zu heulen anfange. All das war nur mit Alkohol zu lindern, obwohl es mir auch abends im *Krummen Turm* nicht viel besser gehen sollte. Anders als früher, wenn ich mich gelegentlich solchen Bedrückungen ausgeliefert gefühlt hatte, ebbten diese Stimmungen jetzt nicht mehr ab, sondern verdichteten sich zu Beklemmungen, die mir vielleicht nicht einmal anzusehen waren, aber bereits auf dem Weg zu *Mister Wong* den Wunsch aufkommen ließen, wieder im Bett zu liegen und so viele Tage durchzuschlafen, bis alles sich wie von selbst erledigt haben sollte. Weil dieses dumpfe, vernebelte, selbstanklägerische Ungefühl nicht mehr aufhören wollte und ich mich nicht mehr ertragen konnte, gingen mir sogar Gedanken durch den Kopf, die mit den letzten Möglichkeiten spielten.

Meist las mir Friedrich während des Essens, die Zeitung doppelseitig wie eine Wand zwischen uns aufgerichtet, Horrormeldungen aus der Rubrik *Aus aller Welt* vor, wie etwa die von einem belgischen Pfarrer, der ein Dutzend Frauen zerstückelt und hinter seinem Haus vergraben hatte, oder die von einem alten Mann, der noch tagelang mit seinem toten Freund zusammengelebt hatte, in dem Glauben, der andere rede nicht mit ihm, weil er schmolle, oder die Geschichte von einer jungen Japanerin, die zu ihrer eigenen Beerdigung erschienen war, nachdem die Eltern sie nach einem Unfall als ihre Tochter identifiziert hatten. Täglich präsentierte er mir solche Kuriositäten, und einmal erzählte er mir, früher in seiner Küche lauter Todesanzeigen an der Wand hängen gehabt zu haben, aus denen herauszulesen gewesen sei, daß es sich um Selbstmörder handeln mußte. Die Abwesenheit von Bibelsprüchen und winzige Nebensächlichkeiten deuteten darauf hin, etwa die Formulierung: »Wir können es immer noch nicht fassen.« Meist seien die Abschiedsworte besonders liebevoll formuliert, als ließen sich aus ihnen die Schuldgefühle der Hinterbliebenen herauslesen. Jahrelang habe er solche Anzeigen ausgeschnitten, um sich bereits beim Frühstück des Gefühls zu vergewissern, überlebt zu haben. Meine Bemerkung, schon in Straßburg habe er seine Freitodphantasien erwähnt, quittierte er mit dem Satz: »Sie sind der beste Schutz davor, daß es wirklich soweit kommt. Wenn man sich ihnen täglich überläßt, kann einem nichts mehr passieren.«

Warum lasse ich ihn nicht einfach im *Mister Wong* sitzen, fragte ich mich jedesmal, während Friedrich durch die Zeitung hindurch drastische Kleinmeldungen zum besten gab und vielleicht nicht einmal bemerkt hätte, wenn ich bereits fort gewesen wäre. Doch es hätte mir wenig genützt, da seine Koffer in meinem Flur standen und er jederzeit an meiner Tür hätte klingeln können. Die neue, verdeckte Rufnummer hatte er, als ich noch im Bett lag, am Telefon persönlich entgegengenommen und später gespottet, ich liebte es wohl, mich alle paar Wochen umzustellen. Weil es ausweglos war, sich davonzuschleichen, wartete ich im *Mister Wong* jedesmal, bis er fragte: »Was machen wir jetzt?« Beim Verlassen des Lokals setzte er seinen Hut auf, stemmte auf der Treppe die Hände in die Hüften, spähte nach links und rechts, als hoffte er, im Straßenleben etwas fangen zu können, und versperrte währenddessen, ohne es bemerken zu wollen, den Leuten die Tür. Danach trotteten wir zur Wohnung zurück, wobei ich immerzu fürchtete, einem Bekannten, einem Studenten oder schlimmstenfalls Grandstetter oder Hiroshi zu begegnen. Ich war froh, daß Marie auf Sumatra war, und mußte erreichen, daß Friedrich spätestens am Tag vor ihrer Rückkehr aus Basel verschwindet. »Laß uns nach Zürich fahren, ich möchte deine afrikanische Freundin kennenlernen«, drängte ich ihn nicht bloß einmal, in der Hoffnung, ihn mitsamt seinen Koffern loszuwerden. Doch das eine Mal behauptete er, sie sei im Sommer meist in Kamerun, das andere Mal, sie sei umgezogen und er besitze ihre neue Adresse nicht, ein drittes Mal erklärte er: »Man weiß ja nie, ob sie einen überhaupt noch kennt.«

Etwa vierzehn Tage nach dem Abendessen in der *Bodega* kam uns nachts, auf dem üblichen Heimweg vom *Krummen Turm*, auf der Rheinbrücke das Ehepaar Grandstetter entgegen. Ich bemerkte die beiden erst, als es allzu auffällig gewesen wäre, die Straßenseite zu wechseln, weshalb ich Friedrich zuraunte, es handle sich um besagten Kollegen und seine Gattin, worauf er, ohne daß ich ihn davon hätte abhalten können, markant auf die zwei zuschritt, sich vor ihnen aufrichtete, mit ausladender Geste einen Knicks vollführte, den gehorsamen Diener mimte und das konsternierte Paar mit »Guten Abend, Herr und Frau Pepe« anredete. »Entschuldigen Sie, er ist vollkommen betrunken«, bemühte ich mich, ihm zuvorzukommen, und stellte ihnen – weiß Gott warum, aus purer Hilflosigkeit oder um noch etwas zu retten – meinen Begleiter als Pianisten vor. »Das sehen wir!« mokierte Frau Grandstetter sich, und ihr

Mann strafte mich mit einem Vernichtungsblick, während er spottete: »Haben Sie sich heute den Affekten hingegeben, geschätzter Kollege? Wir alle leiden unter ihrer Macht. Aber Spinoza kann Ihnen morgen ja wieder als Remedium dienen!« – »Wissen Sie, woher wir uns kennen?« unterbrach ihn Friedrich, rundete seinen Mund zu einem Kuß, schlug mich auf die Schulter und flüsterte den beiden zu: »Wir haben uns kürzlich in Straßburg im Bordell kennengelernt.« Ich versuchte zu grinsen und wünschte den beiden, mich entschuldigend, eine gute Nacht, zerrte Friedrich am Arm weg, befahl ihm, das Maul zu halten, stellte ihn zwanzig Schritte weiter zur Rede, hätte ihn am liebsten ins Gesicht geschlagen und wußte in diesem Augenblick, daß endgültig der Zeitpunkt gekommen ist, seine Koffer vor die Tür zu stellen und ihn grußlos hinauszuwerfen. »Komm, wir pissen in die große Rinne!« grölte er, und sein Gelächter ging wie so oft in einen Hustenanfall über, bei dem ich mir wünschte, er möge ersticken.

Er schubste mich mit dem Ellbogen und puffte mich in die Seite, als seien wir Pennäler, die es nachts auf der Straße ihren Lehrern ganz schön besorgt haben. »Weißt du, was das Beste an dir ist?« juxte er, aber ich wollte es nicht wissen. – »Jetzt reicht's!« blaffte ich zurück, worauf er mich mit einem »Sei doch nicht gleich sauer« liebkoste. Von dem in sich zerrissenen Musiker, den er in Straßburg gegeben hatte, war seit seiner Ankunft in Basel nur noch wenig zu spüren. Nicht erst seit diesem Abend hatte ich ständig Angst, auf Dreistigkeiten gefaßt sein zu müssen, die nicht nur meinen Ruf schädigen, sondern ernsthafte Konsequenzen nach sich ziehen könnten. Obwohl von ihm, wie es die meiste Zeit schien, bloß noch ein Phlegmatiker übriggeblieben war, der eine Wohnung besetzt hielt, sich gehenließ und dabei mit einer erstaunlichen Kraft mein Leben ruinierte, blieb er unberechenbar. Gerne wäre ich zu Marie geflüchtet, die diesen Menschen mit einem einzigen kurzen Auftritt aus der Stadt vertrieben hätte. Doch selbst der Mond mit seinem zerdellten Gesicht wollte mich, so kam es mir in dieser Nacht vor, aus der Ferne mit seiner Fratze verhöhnen und mir verkünden, jetzt sei auch ich – wie er in der Einsamkeit des Alls – auf mich alleine zurückgeworfen.

Friedrich brunzte in hohem Bogen übers Geländer, drückend und stöhnend, als sollte es nie aufhören. Bei aller Wut, die sich gegen ihn angestaut hatte, bei aller Gier, ihn auf der Stelle auszulöschen, war er, so mußte ich mir in diesem Augenblick gleichzeitig vergegenwärtigen, ein Hinterbänkler geblieben, der die Schulzeit noch nicht verabschiedet und dem keiner beigebracht hatte, daß es Grenzen gibt. Als er seine Hose aufknöpfte, versuchte ich ihn mir als Pianisten vorzustellen, der im Konzertsaal auf dem Podium thront und feinsinnig das Geflecht einer Sonate auslotet, aber dieses Bild wollte sich mit dem, der da von der Brücke pisst, nicht überlappen. Zunehmend argwöhnte ich, daß seine Schubert-Exkurse antrainiert sind und er sich seit langem bei Leuten durchschlägt, denen er zufällig begegnet, seine Geschichten auftischt, wobei er sich als Durchreisenden gibt, doch nur darauf sinnt, sich bei jemandem einzunisten. Vielleicht war er nie in dem lothringischen Dorf gewesen, dessen Verlassenheit er mir eindrücklich geschildert hatte, oder er hatte sich dort tatsächlich aufgehalten, jedoch nicht als ein Einsiedler, sondern als ein Gast, der sich – wie mir – einer zielstrebig anvisierten Zufallsbekanntschaft aufgedrängt hatte. Vielleicht zog er seit langem nomadisch umher, lebte hier und dort, ließ sich aushalten, gab unterschiedlichste Herkunftsgeschichten zum besten, ging mit seiner Musikerlegende und bunt zusammengewürfelten Kenntnissen hausieren, die von Schubert über Sternbilder bis zu seltenen australischen Tierarten und etwelchen Ritualen afrikanischer Stämme reichten, ohne daß einem dieser Mensch je greifbar geworden wäre. Vielleicht präsentierte er die Geschichte mit der *Wandererfantasie* jedem, den er damit glaubte beeindrucken zu können, vielleicht machte er sich bei jedem mit dem mönchischen Plan interessant, auf den Berg Athos ziehen zu wollen, und vielleicht erzählte er jedem von der Afrikanerin, mit der er nach Kamerun auszuwandern gedenkt.

Hätte Friedrich sich nicht so eloquent über Schuberts musikalische Abgründe oder über Alphornmotive bei Brahms und Bruckner auslassen können, hielte ich es für eine Fabel, daß er überhaupt Klavier spielen kann. Beim Gang über den Markt blieb er einmal vor einem Plastik-Elch stehen, der zu einem blechernen Samba, der aus seinem Schädel dröhnte, grotesk das Geweih und das Maul bewegte. Vier-, fünfmal drückte Friedrich, wenn das Stück vorbei war, nochmals den Knopf auf seiner Stirn, um erneut mitzugrölen und dabei einen zappelnden Gitarristen zu mimen. Ich stand daneben, lächelte verlegen und drängte ihn zum Weitergehen, aber je mehr Kinder sich um uns scharten, desto wilder gebärdete Friedrich sich, wobei es mir vorkam, als würden uns die Leute für Obdachlose halten, die mit ordentlicher Kleidung ihren jämmerlichen Zustand kaschieren.

Letztlich war es jedoch unwichtig, ob Friedrich die Wahrheit erzählte oder an Legenden strickte. Ich wollte nur endlich wieder allein sein. Ich hätte nicht ans Telefon gehen dürfen in dieser Nacht, dachte ich ständig und verfluchte Marie, weil sie schuld daran war, aber dieser Groll half nicht weiter, schließlich hätte Friedrich jederzeit vor meiner Tür stehen können. Doch nachdem es schließlich soweit gekommen war, sollte er möglichst wenig über mich erfahren, denn wie sich bei der nächtlichen Begegnung mit Grandstetter herausgestellt hatte, konnte er alles, was er über mich wusste, gegen mich verwenden, mich damit kompromittieren und in Geschichten verwikkeln, die mich meinen Ruf und meine Stellung kosten können.

»Du zitterst ja«, gab Friedrich sich besorgt, als er mich in den Arm nahm, nachdem er sein Glied wieder in die Hose gesteckt hatte. »Laß das!« wehrte ich mich, worauf er, ohne jeden Zusammenhang, in psalmodierendem Tonfall deklamierte: »Die Wege Gottes sind krumm, und kühn ist der Mensch, der ihnen nicht folgt.« Er dirigierte sich selbst mit mächtigem Schwung und fing an, auf den Rhein hinab zu predigen, wobei er wissen wollte, ob ich Mahlers *Fischpredigt* kenne, doch ohne eine Antwort abzuwarten, begann er mit seiner sonoren, durch Suff und Nikotin aufgerauhten Stimme, alle Strophen durchzusingen, was sich ohne Orchesterbegleitung anhörte, als schwanke er über einem Abgrund. Nachtschwärmer zogen kopfschüttelnd oder ihn parodierend an uns vorbei, was er gar nicht bemerkte, ebensowenig wie das Zorngeschrei eines Mannes, der von einem dunklen Fenster herab nach Ruhe rief, während Friedrich, als sei die Brücke seine Kanzel, übers Wasser hinweg das Gleichnis von all den Hechten, Aalen, Karpfen und Krebsen verkündete, die mit offenen Mündern Antonius lauschen, um nach der Predigt wieder ihrer Wege zu gehen und alles beim alten zu lassen. Es war zum Weglaufen und anrührend zugleich, wie Friedrich gestikulierend am Geländer stand und diese Verse sang. Während dieses Auftritts war ich wieder davon überzeugt, daß nichts von dem, was er mir in Straßburg erzählt hatte, erfunden sein konnte.

»Jeder Montagmorgen an einem Dienstag in der Musikhochschule ist ein Verbrechen«, quatschte er beim Weitergehen vor sich hin, und ich war froh, daß er auf solche Sätze nie eine Reaktion erwartete. Auf derlei Sprüche mußte man bei ihm jederzeit gefaßt sein, ohne daß klar wurde, ob sie komisch gemeint sind oder von schierem Irrsinn zeugen. Sie kamen wie aus dem Nichts und führten auch nirgends hin. »Wo ein Weg ist, ist auch ein Rand«, hatte er einmal bemerkt, und obwohl Friedrich damit offensichtlich gar nicht auf Gelächter aus war, fühlte ich mich bemüßigt zu kichern. Innerlich bestrafte ich mich jedesmal für eine solche Untertänigkeit, als offenbare sie zutiefst, wie erbärmlich ich mich vor ihm erniedrige.

Es mochten lächerliche Verfolgungsanwandlungen sein, doch seit dem Zusammenstoß auf der Brücke wurde ich den Gedanken nicht los, Grandstetter werde mich jetzt, obwohl nur noch ein Jahr in Amt und Würden, moralisch vernichten. An meinem Lebenswandel war bislang nichts auszusetzen gewesen, weil ich mit keinerlei Exzessen, weder mit erotomanen Tendenzen wie mein Kollege Lüthi noch mit alkoholischer Labilität wie Kollege Fichtner aufgefallen wäre. Auch wenn Grandstetters Rigorismus eher ihn selbst dem Spott aussetzen würde, als daß er damit andere in Verruf bringen, geschweige denn einen Skandal auslösen könnte, wollte ich mich nicht Vorwürfen ausgesetzt sehen, die zwar kaum zu leugnen waren, aber auf Ereignisse zurückverwiesen, die einer Erklärung bedürften.

Als wir nach Hause kamen, knipste Friedrich den Fernseher an, den er zwei Tage nach seiner Ankunft aus meinem neuerlichen Schlafzimmer in die Küche transportiert hatte, um schon morgens bei abgedrehtem Ton die Bilder flimmern zu lassen. Es fing gerade *Immer Ärger mit Harry* an, Hitchcocks Indian-Summer-Idyll mit seinen herbstlich glühenden Laubwäldern, mit Vogelgezwitscher als Klangkulisse, mit einem kleinstädtischen Flecken inmitten einer sanften Hügellandschaft, in der so friedlich, als sei er ein Teil der Natur, ein Toter liegt, der von einer Handvoll Unschuldiger für ihr Opfer gehalten wird. Sie graben ihn ein und graben ihn aus, ein halbes Dutzend Male, während sie zwischendurch Blaubeerkuchen essen und sich gegenseitig amouröse Avancen machen. Alles endet, wie es beginnt, mit Amselrufen unter einem Septemberhimmel, der das Land wie ein kleines Arkadien erscheinen läßt.

Betrunken, aber selig, müde und doch durch den Film wieder wachgerüttelt, saßen wir auf der Eckbank nebeneinander, und obwohl ich Friedrich wegen des Vorfalls auf der Brücke immer noch hätte ins Gesicht schlagen und am liebsten Professor Grandstetter mitten in der Nacht anrufen wollen, um mich ihm zu erklären, schmunzelten wir über Hitchcocks Figuren, kicherten und blickten uns an, als gäbe es nichts Schöneres, als in meiner Küche vor dem Fernseher zu sitzen. Erst beim Abspann fing in mir wieder die Wut zu rumoren an, aber vermutlich hatte Friedrich auf der Brücke sogar geglaubt, mir mit seinen Unverschämtheiten einen Gefallen zu tun. Immerhin war ich in der *Bodega* über Grandstetter und seine Gattin maßlos hergezogen, ohne damals ahnen zu können, daß Friedrich sich zwei Wochen später zu meinem Rächer machen würde.

Wie immer schmerzte am nächsten Morgen mein Kopf und beim Blick in den Spiegel starrte mir ein Gesicht entgegen, das ich hätte anspucken mögen. Mitten im glühenden Sommer war es aufgedunsen, schwammig, gelblichbleich, und es blickten glasige Augen aus ihm, die sich selbst nicht anschauen wollten. Und wieder schleppte ich mich widerwillig durch den Tag, von einer bis dahin nie gekannten Müdigkeit niedergedrückt, in der Erwartung, daß es bald wieder Nacht werden und der Schlaf mich für ein paar Stunden all das vergessen lassen möge. Vom

Badfenster aus beobachtete ich den fetten Rentner im Overall, der vor seiner Tür auf der Straße stand, die Passanten musterte und dem einen und andern mit einem angedeuteten Kopfschütteln nachstarrte. Täglich sehe ich ihn, wie er die Papiercontainer nach Zeitungen und Schriftstücken durchwühlt, sie überfliegt und entweder in den Müll zurückwirft oder in seine Hosentaschen steckt. Von Anfang an war mir diese Gestalt zuwider und noch nie hatten wir uns gegrüßt, weder er mich noch ich ihn, doch inzwischen drängte es mich, ihm zu erklären, daß ich nicht für meine neue Bekanntschaft verantwortlich bin, mit der man mich täglich in die Stadt hinabgehen sehen kann.

Ich war froh, daß meine Putzfrau Urlaub hatte, obwohl es im Bad schlimmer als auf manchen Bahnhofstoiletten aussah. Im Spülbecken stapelten sich Tassen und Töpfe, aus denen Schimmel wuchs, in den Blumentöpfen steckten Kippen, die wie erbärmliche Trophäen wirkten, und der Rauchgestank wäre selbst bei tagelangem Durchzug nicht zu vertreiben gewesen. Stumm und still vermittelte dieser Mensch einem jedoch das Gefühl, man würde sich, wiese man ihn zurecht, wie eine Mimose aufführen. Angesichts der Kleiderberge, die Friedrich über die ganze Wohnung verteilt hatte, widerstrebte es mir, ihm auch noch seine Hemden und Unterhosen hinterherzutragen oder sie gar zu waschen. An der Klowand klebten noch die Spritzer von vor Tagen, als ich mich nach dem Aufwachen übergeben mußte und mir nicht mehr zusammenreimen konnte, wie wir nach Hause gekommen waren. Nach solchen Gedächtnisausfällen, die sich zu häufen begannen, fürchtete ich, Dinge ausgeplaudert zu haben, die er wieder gegen mich einsetzen konnte. Aber ich wollte mich nicht auch noch durch Nachfragen vor ihm bloßstellen, sondern hoffte inständig, daß mein gelegentlicher Redefluß, der immer erst nach Mitternacht einzusetzen begann, von konstanter Belanglosigkeit geprägt war. Mit meinen Monologen wollte ich mich vor meinem eigenen Verschwinden retten und vorführen, daß ich da bin, daß ich etwas zu sagen habe, daß ich lebe. Worum es sich handelte, war vollkommen gleichgültig, ich wollte mich nur hören und vor dem Wegdämmern schützen. Kaum daß wir im *Krummen Turm* saßen, trank ich sogar schneller als Friedrich, dessen Maßlosigkeit mir in Straßburg einst Eindruck gemacht hatte. Inzwischen war ich es, der den Kellner nach der zweiten, dritten und vierten Flasche rief, während Friedrich mir in aller Ruhe zusah, wie ich den Kopf in die Hände stützte und zu lallen anfing. Wie um aus meiner tagsüber gewahrten Zurückhaltung mit einem Schlag auszubrechen, brach nachts manchmal ein Redeschwall aus mir heraus, der mit mir selbst wenig zu tun zu haben schien, aber strikt seinen Lauf nahm. Immerhin löste dieses delirierende Gerede für eine Weile meine Anspannung, schließlich kostete das angestrengte Schweigen mehr Kraft als alles andere. Ich schwadronierte dann über das Leben im allgemeinen, über die westliche und die arabische Welt, über Krieg und Terror, die Globalisierung und den Koran, über den Unterschied zwischen Deutschland und der Schweiz, über Zürcher und Basler, über Aargauer und Appenzeller, über Biersorten und Weinsorten, über Gedichte von Gottfried Benn und Theaterstücke, die ich mir mit Marie angeschaut hatte, und nicht selten vergaloppierte ich mich auch in philosophischen Niederungen, wobei ich mich eines Nachts stundenlang über den unendlichen Unterschied zwischen Ethik und Moral ausließ, was außer mir aber offensichtlich keinen interessierte. Meist schämte ich mich nicht erst am nächsten Morgen, sondern noch während des Redens für all die Phrasen, zu denen ich Zuflucht nahm. Viel häufiger aber war ich der nickende Zuhörer, der sich schweigend in seinen eigenen Gedanken verlor. Manchmal konnte ich mich tags darauf bloß an den Anfang des Abends erinnern, an unseren gemeinsamen Auftritt im *Krummen Turm* und an die Bratwürste.

Eines Abends saß inmitten dieser Leute ausgerechnet Fichtner in einem ockergelben Leinenjackett. Wie um mich mit stiller Verachtung zu strafen, schaute er zu mir herüber, ohne mich zu grüßen. Ich drehte meinen Stuhl halb zur Seite, um nur noch über Friedrichs Schulter hinweg zu ihm hinüberschielen zu können. Seelenruhig saß er da, so wirkte es jedenfalls, und es sah nicht aus, als mache er sich mit den Leuten hier gemein. Im Gegenteil, er wirkte gefaßt, keineswegs betrunken, in sich abgeschottet, aber mit einer Ausstrahlung, der man einen hartnäckigen Rest an Stolz anzumerken glaubte. Nicht einmal älter war er äußerlich geworden, man hätte sogar vermuten können, er liege tagelang am Strand und treibe Sport. Er rauchte wie früher Mentholzigaretten, wie man an der grünen Schachtel, die vor ihm auf dem Tisch lag, erkennen konnte. Ich überlegte, ihm ein Glas Wein zu spendieren, aber eine solche Geste wäre noch schäbiger gewesen als der Versuch, ihn zu ignorieren. Den ganzen Abend über vermied ich es, zur Toilette zu gehen, um eine Begegnung zu vermeiden, und ich war erleichtert, daß sein Platz leer war, als der Wirt die letzte Runde ausrief.

Nicht genug, daß Fichtner dort anzutreffen war, entdeckte Friedrich einmal in der anderen Ecke Hiroshi, worauf er den ganzen Tisch aufforderte, japanische Namen zu suchen, um sie laut durch den Raum zu rufen. Wie Rumpelstilzchen hätte ich mich am liebsten in die Erde gerammt, um nicht eine weitere Schmach über mich ergehen lassen zu müssen. »Futon, Kawasaki, Karaoke, Sushi, Sumo, Judo, Bonsai, Sake, Shiitake«, rief

Friedrich litaneiartig über alle Tische hinweg, indem er sich auf den Stuhl stellte, um den ganzen Saal zu dirigieren, was anfangs kaum ein Echo fand, so daß er, von wenigen kläglichen Stimmen abgesehen, die ihm zu folgen versuchten, eine einsame Figur machte, was ihn freilich nicht davon abhielt, händeklatschend weiterzubrüllen: »Aikido, Jiu-Jitsu, Ikebana, Tamagotchi, Geisha, Mikado, Honda, Mitsubishi, Ferrari, Toyota, John Lennon, Yoko Ono«, bis er schließlich auf den Tisch kletterte und wie ein Gospelsänger die Kneipengemeinde in rhythmischem Hin und Her dazu aufforderte, es ihm gleichzutun, nur daß ihm allmählich die Begriffe ausgingen und er ständig »Harakiri, Kamikaze, Kimono, Kabuki« wiederholte, bis zu meinem Erstaunen auch Hiroshi und sein Freund mit einstimmten, so daß die halbe Kneipe lachte, während Friedrich auf Geheiß des Wirts wieder vom Tisch herabstieg und mit seinem schwarzen Hut bettelnd durch die Reihen hüpfte, um für die armen Studenten aus Japan, wie er erklärte, ein paar Räppli zu sammeln. »Kamikaze, Harakiri«, frohlockte er und repetierte dazwischen den Refrain: »Sie bringen sich um, wenn sie nichts zu essen haben.« Ich verließ das Lokal, und als Friedrich nachts an der Wohnung klingelte, ließ ich ihn zwar herein, schlug aber die Tür hinter ihm zu und fragte auch nicht, wie es weitergegangen war. Längst war ich in Geschichten verwickelt, die ich mir nicht ausgesucht hatte und die ihr Eigenleben zu entwickeln begannen. Es mußte weder Grandstetter noch Hiroshi interessieren, wie ich in sie hineingeraten bin, es reichte, daß sie mich als den Aufwiegler im Hintergrund ansehen und nicht wissen konnten, in welcher Lage ich mich befinde. Daß sie zwischen ihm und mir nicht unterscheiden konnten, war ihnen keineswegs zu verargen, schließlich hatte ich weder in der *Bodega* noch auf der Brücke meinem Begleiter lautstark Einhalt geboten. In ihren Augen, so war zu befürchten, schien ich meine heimlichen Bösartigkeiten vermittels eines Dritten auszuleben. Daß ich auf derart erbärmliche Siege, die mich selbst zerstören, nie setzen würde, hätten die beiden sich zwar denken können, aber vermutlich kam ihnen alles recht, was gegen mich spricht. Ich schlief in dieser Nacht keine einzige Sekunde, aber mein eiserner Wille, Friedrich beim Frühstück hinauszuwerfen, hielt nur so lange an, bis wir uns morgens im Flur begegneten und er mich unschuldig fragte: »Warum bist du abgehauen?« – »Ich muß endlich wieder arbeiten«, verteidigte ich mich mit brüchiger Stimme, was er mit der Bemerkung quittierte: »Was spricht denn dagegen?«

Zwar hatten wir uns immer weniger zu sagen, doch Friedrich schien unser Schweigen nicht zu stören, solange er das Gefühl haben durfte, daß ich mit ihm nicht widerwillig allabendlich in die Kneipe spaziere. Vielleicht empfand er unser wortkarges Zusammensein sogar als entlastend und deutete es als Zeichen einvernehmlichen Wohlbefindens, wie es nur Menschen kennen, die es bereits überwunden haben, sich ihre Stimmungen und Gedanken ständig mitteilen zu müssen. Ich konnte mir zwar nicht vorstellen, daß er von meinem versteckten Grollen kaum etwas spürte, doch sollte er es bemerkt haben, machte es ihm offensichtlich nichts aus. »Selten war ich so zufrieden wie heute«, hatte er im Arlesheimer Dom vor sich hingenickt und mich dabei angeschaut, als verdanke er auch mir sein Basler Wohlgefühl. Ganz anders als in seinen Straßburger Erzählungen blendete Friedrich seine Vergangenheit jetzt beinahe aus. Es gab noch die eine und andere Geschichte, ein paar Erinnerungen an Pater Cölestin, an die lothringische Eremitei und seine Afrikanerin, aber keine Freunde, keine Freundin, keine Verwandten, keine Mutter, keinen Vater, keine

Geschwister und keine Kollegen, als sei ich der einzig verbliebene Mensch in seinem Leben. Sowenig sein Name auf der Pförtnerliste der Mannheimer Musikhochschule zu finden war, sowenig schien noch ein anderes Wesen um ihn herum zu existieren. Als er mich nachts in Straßburg an sich drückte und massierte, fürchtete ich, ein Opfer seiner Neigungen zu sein, doch diese Angst erwies sich als unbegründet, schließlich war er restlos zufrieden damit, einfach bei mir zu wohnen und versorgt zu sein. Wäre Benno hier, dachte ich oft, hätten die beiden sich wenigstens etwas zu erzählen, aber nicht einmal eine solche Unterhaltung schien ihm zu fehlen. Immerhin, soviel stand fest, mußte er ein Konto besitzen, dessen er sich am Bankomaten bedienen konnte, obwohl er es so beiläufig wie behend einzurichten verstand, daß in der Kneipe die Rechnung meist an mir hängenblieb. Es mußte, so paradox es klingt, mein schlechtes Gewissen sein, das mich zum Zahlmeister werden ließ, schließlich wuchs von Tag zu Tag mein Wille, ihn nicht nur loszuwerden, sondern zu vernichten.

Am allerwenigsten konnte ich ertragen, wie ich mich selbst in einen mir Fremden verwandelt hatte, der sich bis in den Mittag hinein im Bett verkriecht und tagtäglich im Halbschlaf jenes Klappern von Tellern und Tassen, jenes Auf- und Zuklappen des Kühlschranks, jenes Pfeifen des Wasserkessels, jenes Stühlerücken, jene Schritte, jenes Geräusper und Husten, jenes herrische Umschlagen der Zeitung und jenes flinke Anknipsen des Feuerzeugs wahrnehmen muß, das ein unerbetener Gast verursachte. Alle Tage verschwammen ineinander, ähnlich meinem Ichgefühl, in dem die Konturen sich aufzulösen begannen und es keinen Punkt mehr geben wollte, an dem es sich wieder hätte aufrichten können. Manchmal fröstelte mich beim Aufwachen, obwohl die Hitze sich im Zimmer staute, und ich glaubte bereits, daß selbst die Gegenstände, der Schrank, die Wände, die Stühle, die Bücher mich zu verachten anfingen, während mir die Zeit, bevor Friedrich in mein Leben trat, mit jedem Tag mehr wie ein von keinerlei Unglück getrübtes Dasein vorkommen wollte. Ständig hoffte ich, Friedrich werde sich endlich einmal mir oder einem andern gegenüber noch widerlicher als gegenüber Grandstetter oder Hiroshi benehmen, damit ich ihn guten Gewissens vor die Tür setzen kann. Je dringlicher ich ihn loswerden wollte, desto weniger wagte ich ihn noch zu fragen, wann er aufzubrechen gedenke, und ich fragte ihn auch kein zweites Mal, warum die Pförtnerin in Mannheim ihn überhaupt nicht kannte, sowenig Friedrich mich noch einmal auf die falsche Telefonnummer und Adresse ansprach. Es war wie ein unausgesprochenes Abkommen, nur daß ich glaubte, Friedrich habe gegen mich mehr in der Hand als ich gegen ihn. Schließlich hatte er nichts zu verlieren und es war ihm klar, daß ich ihn angelogen haben mußte.

Je mehr ich mich in mir selbst verschanzte und mir mein inneres Zittern nicht anmerken zu lassen versuchte, desto ungebremster schien Friedrich meine Geduld auf die Probe zu stellen, als strebe etwas in ihm einer unmerklichen Eskalation zu, bei der sich meine Widerstandslosigkeit vollends offenbaren oder die Geschichte eine für uns beide unvorhersehbare Wendung nehmen sollte. Nie wußte ich, ob er mit mir spielt oder ob er einfach so ist, wie er ist. Ich fragte mich, warum es mir Marie gegenüber gelang, meine Beklemmungen in Wut zu verwandeln und den angestauten Zorn früher oder später aus mir hinauszuschreien, ich mich aber diesem Menschen gegenüber sogar zu Rechtfertigungen gedrängt fühlte, wenn ich mich bloß an meinen Schreibtisch zurückzog. Dabei hinderte er mich keineswegs daran, doch solange er die Wohnung besetzt hielt, war an Arbeit nicht zu denken. Tatsächlich schien er hier wie in einem lange ersehnten Zuhause angekommen zu sein, als habe sich seine Zukunft bereits dadurch gelöst, daß er bei mir in der Küche sitzen kann und über ein Bett verfügt. Vielleicht war er – ähnlich wie Fichtner – aus allen Netzen gefallen und zu einem noblen Landstreicher geworden, der noch ein Konto besitzt. Vielleicht wollte er, aus welchen Gründen auch immer, mich nur prüfen, wie lange ich diesen Zustand zu ertragen bereit bin. In der Hoffnung, ihn mit Schmeicheleien vertreiben zu können, bestätigte ich ihm fast täglich, wie sehr ich Leute bewundere, die ein Instrument beherrschen, bis er mich einmal anherrschte, er habe es satt, ständig Klavier üben zu müssen, nicht zufällig seien so viele Musiker Kinder geblieben, die sich die immergleichen Witze erzählten und außer Noten und Fingersätzen wenig im Kopf hätten.

Drei, vier Wochen gingen mit diesem Einerlei dahin, besser gesagt, sie gingen nicht dahin, sondern verharrten wie im Stillstand. Es gab sie nicht mehr, diese Tage, an denen man aufwacht und bei geschlossenen Augen schon weiß, wie hell, wie feucht, wie trüb es draußen ist, weil die Anwesenheit dieses Menschen alles absorbierte und keinen anderen Gefühlen und Gedanken mehr Raum ließ. Wenn wir nicht in der Kneipe saßen, lag ich im Bett oder in der Badewanne, obwohl der Hochsommer einen nach draußen lockte. Wenn ich nachmittags, während Friedrich sich auf dem Sofa breitmachte, manchmal am Schreibtisch saß, stierte ich stumpf zum Fenster hinaus oder blätterte in einem Buch, dessen Sätze ich wieder und wieder las, ohne mich auf sie konzentrieren zu können. Ich war einzig von dem Gedanken besessen, diesen Zustand zu beenden, und wenn schon der andere nicht meine Wohnung räumen wollte, so mußte wenigstens ich sie verlassen. Meine Fluchtphantasien gipfelten sogar in dem Gedanken, ziellos aufzubrechen und sie dem anderen kampflos zu überlassen, nur um wieder durchatmen und erleben zu können, daß sich etwas bewegt und die Tage sich nicht mehr im Kreis drehen.

Ich wollte meine tote Mutter wiederauferstehen lassen, um in den nächsten Tagen ihren Besuch zu erwarten, und Marie wollte ich in meine Geliebte zurückverwandeln, die bereits die Koffer gepackt hat, um erneut bei mir einzuziehen. Sollte er dann immer noch nicht gehen, würde ich seine Kleiderhaufen vor die Tür werfen und ihm, wenn er vom Zigarettenholen zurückkäme, einfach nicht mehr öffnen. Aber es hätte alles nichts genützt. Er hätte meine Mutter und Marie kennenlernen wollen und mir Vorschläge gemacht, wie alles sich gemeinsam regeln lasse. Mit jeder weiteren Lüge hätte ich mich nur noch fataler in Widersprüche verstrickt, und jedesmal hätte Friedrich das Macht verheißende Gefühl genießen dürfen, mich wieder einmal bei einem falschen Spiel erwischt zu haben.

Wie immer ich es drehen und wenden wollte, es war längst nicht mehr ohne weiteres möglich, ihn mir nichts, dir nichts zu verabschieden, schließlich hätte er sich zu Recht darüber wundern müssen, warum ich so lange nicht mein wahres Gesicht gezeigt habe und ihn von heute auf morgen ohne ersichtlichen Grund vor die Tür setzen möchte. Beim Aufwachen, beim Einschlafen, täglich, stündlich, jede Minute nahm ich mir vor, nur noch ein letztes Mal mit ihm im *Krummen Turm* einzukehren und ihm auf dem Heimweg zu erklären, es sei Zeit, sich eine andere Bleibe zu suchen. Doch stets schwächten Gegenstimmen meinen Entschluß, als unterliege nicht der andere, sondern ich einer Begründungsnot. Zwar hatte ich nichts zu verlieren, fürchtete jedoch, er hielte mich dann für einen Heuchler, der ihm wochenlang etwas vorgespielt hatte, um unversehens rabiat zu werden. Vermutlich hätte er am allerwenigsten begriffen, daß von Anfang an, noch bevor wir in Straßburg beim Abendessen saßen, Krieg zwischen uns herrschte. Ein Krieg freilich, von dem er wenig ahnen konnte, weil meine vorsichtig formulierten Botschaften, er möge mich wieder alleine lassen, bei ihm nie angekommen waren. Vielleicht bildete er sich sogar ein, mich aus einem gleichförmigen Schreibtischdasein herausgerissen und Abwechslung in mein Leben gebracht zu haben, schließlich konnte er nicht wissen, daß ich mit ihm nicht deshalb durch die Gegend kutschiert war, um endlich all die Burgen und Kirchen zu besichtigen, die mir bislang unbekannt waren, sondern um aus der besetzten Wohnung ins Freie zu fliehen. Und er konnte nicht ahnen, daß mein wiederholter Hinweis, mich zum Arbeiten zurückziehen zu müssen, kein Ruf nach Ruhe, sondern ein Angriff auf seine ganze Person, sein ganzes Dasein, seine ganze Existenz war. Die Schere hatte sich immer weiter geöffnet, und ich allein war dafür verantwortlich, denn dem anderen ließ sich schlecht vorwerfen, daß er meine Gedanken nicht lesen kann. Wie die Dinge sich entwickelt hatten, müßte nicht er, sondern ich als der Unverschämte dastehen, wenn ich ihm wie aus heiterem Himmel verkünden würde, daß er verschwinden muß.

Jeder Erklärungsversuch, wie es so weit hatte kommen können, lief auf eine Selbsterniedrigung hinaus, die noch unerträglicher war als die Belagerung durch diesen Menschen. Allein, es mußte etwas geschehen, noch bevor Marie aus Sumatra zurück sein würde. Zwar fürchtete ich mich vor ihrer Rückkehr, konnte es aber gleichzeitig kaum erwarten, bis sie wieder da war. Wortwörtlich konnte ich voraussagen, wie sie auf mich einreden würde, und trotzdem mußte ich, um Schlimmeres zu verhindern, endlich jemandem erzählen, was sich seit Wochen in meiner Wohnung abspielt.

Die Nächte nahmen zu, in denen ich kaum noch Schlaf finden konnte, egal wieviel wir getrunken hatten. Nach einem kurzen Wegdämmern wachte ich mit Herzrasen auf, hatte das Gefühl, mich übergeben zu müssen und keine Luft mehr zu bekommen, lag schweißnaß im Bett, massierte die verhärtete Brust, überlegte vergeblich, wen ich anrufen könnte, bevor ich zusammenbrechen würde, schlug mitten in der Nacht, während es nebenan schnarchte, in allerlei Lexika nach, um meinen Symptomen auf die Spur zu kommen, versuchte mich zu beruhigen, legte mich wieder hin, stand wieder auf, schwor mir jedesmal, gleich in der Früh einen Arzt aufzusuchen oder in die Klinik zu gehen, schlief dann aber, wenn es hell zu werden begann, regelmäßig ein und hörte, wenn ich um die Mittagszeit aufwachte, die üblichen Geräusche von der Küche herüber, das Husten, Stühlerücken und Zischen der Espressomaschine, wobei die Todesangst, die mich wenige Stunden zuvor befallen hatte, jedesmal verflogen war. Doch wenn es auf den Abend zuging, sah ich mit Schrecken der Nacht entgegen und fürchtete, wieder alle Viertelstunde die Kirchturmuhren schlagen zu hören, mit Schwindel- und Übelkeitsgefühlen, mit einem tobenden Herzen und Schweißausbrüchen wach zu liegen und all das nochmals durchleben zu müssen, was seit Tagen zwischen Mitternacht und Morgengrauen mit mir vorging.

Als es mir auf dem Weg zum *Krummen Turm*, auf der Höhe der Brückenkapelle, eines Abends schwarz vor Augen wurde und ich mich hinsetzen und ans Geländer lehnen mußte, ließ ich mich mit einem Taxi in die Ambulanz bringen. Ich drängte Friedrich, in die Kneipe zu gehen, und versprach nachzukommen, doch er ließ sich nicht nur nicht davon abhalten, mit mir in die Klinik zu fahren, sondern entwickelte, anstatt mir Ruhe zu gönnen, auch noch eine Fürsorglichkeit, die meine Atemnot bloß verstärkte. Im Warteraum hielt er meine Hand, was mir mehr als unangenehm war, und fragte unablässig, wie es mir gehe. Eine gute halbe Stunde saßen wir so da, und am liebsten hätte ich mich wieder fortgeschlichen, zumal der Schwindel sich bereits in nichts aufzulösen begann, noch während ich an der Pforte meine Personalien angab und mich in ärztlicher Obhut wußte. Ein junger, hoch aufgeschossener, spindeldürrer Doktor, der sieben verschiedenfarbige Kulis an seinem Brusttäschchen hängen hatte, die ich ständig nachzählte, während er mich nach meinen Symptomen fragte, bescheinigte mir, nachdem das Elektrokardiogramm erstellt war, mein Herz schlage vollkommen regelmäßig, man müsse die Blutuntersuchung abwarten, um Genaueres diagnostizieren zu können, er vermute jedoch, ich sei körperlich gesund und die auftretenden Irritationen seien auf vegetative Gleichgewichtsstörungen zurückzuführen. Ich kam mir wie ein Hypochonder vor, der bei einem Arzt, dem er nicht die wahren Krankheitszeichen geschildert hatte, Hilfe sucht. Beinahe heiter fuhr ich mit Friedrich im Taxi zum *Krummen Turm*, obwohl der vielsagende Hinweis des Arztes keineswegs beruhigend war und schließlich zwei Tage darauf auch noch das Blutbild bestätigte, daß kein anstehender Infarkt, sondern Dinge mich bedrohten, um die ich nur alleine wissen konnte.

Wie um mir eine Kur zu verordnen, schlug Friedrich vor, wieder einmal einen Tag draußen vor der Stadt im Grünen zu verbringen und wie damals nach einem langen Spaziergang im Arlesheimer Dom nochmals die Fresken zu besichtigen. Mich wunderte, daß ihn ausgerechnet diese Kirche derart in Bann gezogen hatte, doch war ich entschlossen, ihm nicht mehr den Gefallen zu tun, nochmals dorthin zu fahren. Aber ich wollte auch keinen Tag mehr erleben, an dem dieses Wesen nach dem Aufstehen in Unterhemd und Unterhose vor einem überfüllten Aschenbecher in meiner Küche sitzt und ich zuschauen muß, wie es meine Zeitung liest, wie es alle Tassen und Teller überall dreckig herumstehen läßt, wie es bronchitisch röchelt und Kaffee schlürft, wie es sich am Gemächte kratzt und dabei, ohne mich anzuschauen, sagt: »Da hat man mal wieder lange geschlafen!« und wie es darauf wartet, daß wir vereint die engen Gassen hinab zu *Mister Wong* spazieren, die Stunden bis zum Abend mit Herumlungern verbringen und den Tag wie immer im *Krummen Turm* beenden.

Nachdem ich einmal vom Flur aus beobachtet hatte, wie Friedrich seinen Schleim ins Waschbecken erbrochen und danach, beim Riechen an der Marmelade, ins Glas gerülpst hatte, faßte ich in meiner Küche so gut wie nichts mehr an. Ich aß nur noch in unseren beiden Lokalen, deren pünktlicher Besuch unseren verwilderten Tagen eine verbindliche Ordnung verlieh. Es war absurd, ausgerechnet in einem selten schönen Sommer, bei tagelang wolkenlosen Himmeln, mit diesem Menschen eine Düsternis zu durchleben, der offensichtlich nur noch durch Flucht zu entkommen war. Während das Leben in den Straßen eine beschwingte Sorglosigkeit ausstrahlte, verbrachten wir, in Rauchschwaden getaucht und von Biergestank umgeben, die Hälfte unserer Tage in der Trostlosigkeitshöhle des *Krummen Turms*.

Nur deshalb habe er sich bisher nicht umgebracht, hatte er einmal behauptet, weil ihm die Hinterbliebenen von Selbstmördern mehrfach bestätigt hätten, im stillen froh über deren Tod und gleichzeitig wütend über die herrische Art des Abschieds gewesen zu sein. Meist hätten sie mehr Groll als Trauer empfunden, und in solchen Gefühlen wolle er sein Andenken nicht aufgehoben wissen. Wie so oft wußte ich nicht, was ihn ohne jeden ersichtlichen Anlaß dazu brachte, wieder einmal über den Freitod zu sinnieren, aber er führte gleich mehrere Beispiele an, die seine Befürchtung belegen sollten, wie etwa das einer Frau, die ihren Freund, von dem sie sich gerade getrennt habe, auf dem nächtlichen Nachhauseweg splitternackt, von bunten Glühbirnen beleuchtet, im Fensterkreuz aufgehängt erblicken sollte. Solche letzten Bilder, meinte Friedrich, überdeckten dann alle anderen Erinnerungen, als besitze keines der früheren mehr ein davon unabhängiges Eigenleben. Meine Frage, ob er sich selbst gefährdet fühle, schien er wieder einmal überhören zu wollen, statt dessen erzählte er die Geschichte von einer Familie, in der nach dem Sturz des Vaters von einer Brücke all die Löffel, Gabeln und Messer, mit denen auch der Tote gegessen habe, weggeworfen worden seien.

Obwohl ich es bereits seit Tagen nicht mehr gewagt hatte, ihn erneut nach seiner Afrikanerin zu fragen, fing ich an dem Abend, als wir aus dem Spital kamen, nochmals an nachzubohren, was es mit ihm und ihr auf sich habe. Gewiß sei er nicht in die Schweiz gekommen, um in Basel zu bleiben, sondern um diese Frau wiederzusehen, sie vielleicht zu heiraten, mit ihr auszuwandern, ließ ich meinen Gedanken freien Lauf, doch nachdem er salomonisch erklärt hatte, daß alles seine Zeit habe, das Warten wie das Handeln, stichelte er, ich sei wohl selbst an ihr interessiert, vermutlich mehr als er. Sollte mir der Sinn danach stehen, werde er gerne den Kuppler spielen, offensichtlich giere ich danach zu wissen, wie es mit einer Hure sei, schließlich müsse man es wenigstens ein Mal im Leben erfahren haben, um sich nicht an das schale Gefühl gewöhnen zu müssen, das Aufregendste vielleicht verpaßt zu haben. So redete er auf

mich ein und schilderte mir seinen allerersten, lange zurücklie-
genden Bordellbesuch, bei dem ihm auf den Treppenstufen zu
einem Penthouse hinauf Badedüfte entgegengeströmt seien
und er beim Surren des Türöffners zurückgeschreckt sei, aus
Angst, den letzten Rest an Unschuld zu verlieren, doch dann
habe sich alles wie in Trance von selbst ergeben, und am nächsten Morgen habe sich beim Aufwachen die anfängliche Verstö-
rung sogar in Heiterkeit verwandelt, als sei er auf fatale Weise
für immer frei geworden.

Weil ich mit meinen Nachfragen, was er zu tun gedenke,
nicht nachließ, fragte er pikiert zurück, ob ich ihn mit meinem
ständigen Drängeln eigentlich loswerden wolle. In der Hoffnung, er werde mein Schweigen zu deuten wissen, blieb ich
stumm. Als wir zwei Stunden später nach Hause trotteten,
sagte er vor sich hin: »Ich lasse mich nicht hinauswerfen.« Es
war nicht direkt an mich gerichtet, sondern klang ein wenig
geistesabwesend, aber klar und deutlich genug, um verstanden
zu werden. Eine Not schwang dabei ebenso mit wie eine Wi-
derstandskraft, und man konnte darin zugleich einen Ruf nach
Erbarmen wahrnehmen wie auch eine Warnung heraushören.

Am nächsten Morgen stand er, anders als sonst, in meiner
Tür, als warte er mein Aufwachen ab, um mir munter vorzu-
schlagen, wir sollten Blumen und Pflanzen kaufen und auf dem
Dachgarten ein Fest vorbereiten, zu dem wir meine Bekannten
und Freunde einladen würden, die er seit langem kennenlernen
wolle, vor allem Marie, die bald zurück sein müsse. Kommen-
tarlos drehte ich mich um und zog die Decke übers Gesicht. Er
setzte sich aufs Bett, legte die Hand auf meinen Rücken, redete
von Kübelpalmen, Biertischen, Lampions und Würstchen, von
Nachbarn und Studenten, Freundinnen und Kollegen, als wolle
er halb Basel auf unser Dach hinaufzerren und sich allen als

mein neuer Mitbewohner, mein neuer Freund, mein neuer Lebensgefährte vorstellen. Anstatt seine zwischen Diele, Bad und Schlafzimmer verstreuten Kleiderhaufen, seine Hosen, Slips und Shirts aufzuräumen, die Tassen und Teller in die Spülmaschine zu stecken, die Kloschüssel und das Waschbecken zu putzen und den Boden zu fegen, plante er ein Fest, bei dem er den Gastgeber zu spielen gedachte. Die Wohnung glich einer Müllkippe, und es hätte inzwischen Tage gedauert, um sie in ihren einstigen Zustand zurückzuverwandeln. Ohne daß ich je den Eindruck gewonnen hätte, er sei ein Leser, zog Friedrich auch noch wahllos Bücher aus meinen Regalen und ließ sie querbeet in der Wohnung herumliegen, auf der Waschmaschine, auf dem Fenstersims, auf dem Boden. Und wenn er sie in die Bibliothek zurückstellte, dann an einen beliebigen Platz, so daß ich sie nicht mehr finden konnte.

»Hey Joe«, versuchte er es begütigend, als ich auf seine Party-Phantasien nicht reagierte, und zum ersten Mal wehrte ich mich gegen die wechselnden Namen, die er mir ständig verpaßte. Es kostete mich Überwindung, mir dieses Namens-Hin-und-Her endlich zu verbitten, schließlich machte ich mich durch das Eingeständnis, daß es etwas Beleidigendes hatte, noch verletzbarer. Ich war einem Heulkrampf nah und hätte gleichzeitig schreien, brüllen, toben mögen, um mich aus diesem Zustand zu erlösen. Seit Wochen kämpfte ich gegen eine Leblosigkeit an, die sich meiner wie ein Gift, gegen das es kein Abwehrmittel gibt, bemächtigt hatte. Von Tag zu Tag mehr drohte ich in einem inneren Nebel zu ersticken, der immer dichter wurde und mit einem Gefühl längst nicht mehr zu vergleichen war, da alles, was ich empfinden konnte, nur noch aus Dumpfheit bestand. Wenn ich beim Bäcker ein Brötchen verlangte, fürchtete ich, in Tränen auszubrechen, als bestehe mein

Leib bloß noch aus einem Zittern, das ich mühselig zu verbergen suche. Wie Kraft und Stärke sich anfühlen, wußte ich nicht mehr, nur die Worte waren mir noch bekannt, aber alles, was sie ausdrücken, war seit Wochen aus meiner Welt verbannt.

»Bin leider schon wieder im alten Abendland zurück«, begrüßte Maries Stimme mich auf dem Anrufbeantworter. Sie könne gar nicht glauben, daß über vier Wochen vergangen sein sollten, wie im Nu sei die Zeit verflogen, was die Hitze anbelange, sei es in Asien nicht schlimmer als in Basel, sie verstehe nicht, wie man es hier ohne Meer überhaupt aushalten könne, ob ich nicht Lust hätte, mit ihr ein paar Tage ans Wasser zu fahren, nach Como oder Lugano oder wohin auch immer, nur ein See müsse in der Nähe sein, ich möge mich bei ihr melden, sie wolle gern bei mir vorbeikommen, wir könnten essen gehen, allerdings erst morgen. Ihr Ärger schien vergessen, ihre gicksende Stimme klang so mädchenhaft fröhlich, als handle es sich um eine Sechzehnjährige, und nach ihrem »Bis bald!« schmatzte sie sogar einen Kuß in den Hörer. Als ich die Nachricht abhörte, stand Friedrich unter der Dusche, so daß er nicht nachfragen, sich nicht einmischen, nicht neugierig werden konnte.

Eine Stunde später meldete ich mich bei ihm während unseres *Mister Wong*-Rituals für einen Bankbesuch ab und rief Marie von einer Telefonzelle aus an. Nachdem wir das übliche »Wie war es?« und »Freut mich, daß du wieder da bist« abgehakt hatten, platzte es wie ohne mein Zutun aus mir heraus: »Kann ich bei dir übernachten?« – »Was?« stutzte sie. »Übernachten? Bei mir?« An beiden Enden herrschte Stille und es entstand zwischen uns eine peinliche Ferne. »Wie meinst du das?« fragte sie mich mit abwehrender Verwunderung, und am liebsten hätte ich aufgelegt. »Sag doch was!« wiederholte sie zwei-, dreimal, wie um mich aus meiner Starre zu befreien. Schließlich behauptete ich scheinbar seelenruhig: »Ich hab mich versprochen, das heißt, ich wollte dich einfach besuchen.« – »Wir können uns bei dir oder in der Kneipe oder wo immer treffen, aber nicht bei mir«, wehrte sie ab, wobei ich sie unterbrach: »Bei mir geht es auch nicht, es kommen die Maler.« Obwohl ich meine pressante Anfrage, bei ihr untertauchen zu können, zurückgenommen hatte, entrüstete sie sich, wie ich mir das eigentlich vorstelle, wir beide im Bett ihres Freundes, mit dem sie, wenn er unterwegs sei, jede Nacht telefoniere, manchmal stundenlang, ob ich neben ihr liegen und lauschen wolle oder ob ich mir einbildete, mich zwischen sie beide zwängen zu können, in der Hoffnung, daß sie zu mir zurückkehre, das sei lächerlich, ja bizarr, sie sei erstaunt, welcher Unsinn mir manchmal im Kopf herumgehe. Als hätte ich ihr ein zwielichtiges Angebot gemacht, stutzte sie mich zurecht, und meinen Hinweis, sie verbringe gelegentlich auch bei mir die Nacht, konterte sie mit der Drohung, das werde sich ab sofort ändern, zumal ich pünktlich vor ihrer Abreise ihren Namen am Türschild entfernt hatte. Ich wolle nur wenige Tage bei ihr bleiben, einfach bei ihr schlafen, irgendwo in einem Nebenzimmer, sie müsse mich nicht einmal zu Gesicht bekommen, es sei wegen der Maler, wegen der ungesunden Gerüche, wegen der Zellophan-Abdeckung in allen Zimmern, rechtfertigte ich mich, worauf sie mit dem Satz »Ich hab noch nie gehört, daß man deshalb die Wohnung verläßt« das Gespräch abbrach und auflegte. Zum ersten Mal seit Wochen tobte wieder jener Zorn in mir, den Marie von der einen auf die andere Sekunde entfachen konnte, ohne daß wenige Minuten zuvor auch nur die geringste Mißstimmung geherrscht hätte. Aber immerhin bebte ich wieder einmal vor Wut, und am liebsten hätte ich in diesem Augenblick beide, Friedrich und Marie zusammen, vernichtet.

Während der wenigen Schritte ins *Mister Wong* zurück überschwemmte mich die alte, trübe Müdigkeit, die den Kampfinstinkt, der jäh aufgeflackert war, im Nu wieder erstickte. Ich zwang mich, mit Friedrich beiläufige Sätze zu wechseln, über das kalt gewordene Essen, über die unerträgliche Hitze, über die auffällig wenigen Gäste. Mir war danach, nur die Augen zu schließen, mich an die Wand zu lehnen und alles um mich herum zu vergessen. Wie schon so oft in den letzten Wochen versuchte ich mir einzureden, daß das, was sich hier abspielt, jenseits der Wirklichkeit liegt und ich bloß ungut träume. Am besten sollte ich Marie gar nicht treffen, sagte ich mir, schließlich müßte nicht nur sie über mich, sondern vor allem ich über mich selbst erschrecken, wenn mir ihre Blicke bestätigen würden, daß ich mich während ihrer Abwesenheit bis zur Unkenntlichkeit verändert hatte. Es müßte unerträglich sein, mich ihr auszuliefern, redete ich mir ein, anstatt noch heute alles in Ordnung zu bringen und morgen ins frühere Leben zurückzukehren. Sollte es mir gelingen, Friedrich in den nächsten Stunden zu verabschieden, würde Marie von den vergangenen vier, fünf Wochen nicht das geringste erfahren. Ich könnte von einer arbeitsreichen Zeit berichten und ihr erzählen, endlich einmal den Dom von Arlesheim besichtigt und den Anthroposophen-Koloß in Dornach gesehen zu haben und täglich im Rhein geschwommen zu sein. Alles andere wäre wie weggewischt, und ich besäße jede Freiheit, mir das leere Dazwischen im nachhinein neu zu erfinden.

Friedrich las mir aus der Zeitung vor, aus den Bächen würden seit Tagen Forellen, Schmerlen und Äschen gefischt, um sie in kälteren Gewässern auszusetzen und somit vor dem Wärmetod zu schützen. Man betäube sie mit Elektroschocks und kurz darauf erlangten sie in gekühlten Wassertanks das Bewußtsein wieder. Er lachte wieder sein rauchiges Lachen, das wie gewohnt in einen Hustenanfall überging, aber es war mir egal, ob er schwieg, ob er schwätzte, ob er rülpste, ob er schmatzte oder an seinem bronchitischen Anfall krepierte. Auf dem Weg nach Hause stapften wir stumm nebeneinanderher, nur daß Friedrich wieder einmal betonen mußte, in Basel lasse es sich bestens leben, während ich mich für einen Anlauf zu rüsten versuchte, um ihm zu verkünden, er könne keinen Tag länger bei mir bleiben, da Marie zurückgekehrt sei und ihr Möbelwagen morgen früh vor der Tür stehe. Aber ich fürchtete, er würde mir nicht glauben oder freudig rufen: »Endlich lerne ich sie kennen!«

Wie seit dem ersten Tag kicherte er beim Anblick des Graffitos »Morgen fällt aus«, das die Fassade einer Apotheke ziert. Wie jedesmal, wenn ich nicht mitlachte, rügte er mich, ob ich den Spruch nicht witzig fände. Dabei hatte ich ihm zuliebe anfangs immer noch geschmunzelt, obwohl mir der Spruch seit Jahren bekannt ist. Beim besten Willen konnte ich ihm nicht auch noch den Gefallen tun, jedesmal laut aufzulachen. Es mußte genügen, mich ständig seinem Trott anzupassen, je nachdem, ob er stehenblieb oder besonders langsam an den Schaufenstern vorbeischlenderte, ob er Frauen nachschaute oder vor Geschäften auf angeleinte Hunde einredete oder einfach nur den Schritt verlangsamte, als wollte er insgeheim prüfen, ob ich mich nach ihm richte. Sein ganzes Gebaren empfand ich nur noch als Schikane, und jede Kleinigkeit widerte mich an ihm an, gleichgültig ob er mir bestialische Geschichten aus der Zeitung vorlas, im Zimmer nebenan schnarchte, auf der Kücheneckbank sein Gemächte massierte, ins Marmeladenglas rülpste, sich nach dem Essen mit der Zunge die Zähne ableckte, mit Streichhölzern im Gebiß herumstocherte oder die Hände auf dem Tisch faltete und mich mit seitlich geneigtem Kopf anlächelte. Alles ohne Ausnahme, was sich rund um die Uhr abspielte, erlebte ich als gegen mich gerichtet, und ich fragte mich, ob er sich nicht selbst ständig fragen muß, warum ich mir das gefallen lasse und nicht zurückschlage.

Hätte ich darauf eine Antwort gewußt, wäre alles leichter gewesen. Aber ich kannte mich selbst nicht wieder, hatte mich noch nie in eine solche Lage hineinmanövriert, hatte ein bitter nötiges Nein noch nie so lange aufgeschoben, hinausgezögert, vertagt, bis es von Stunde zu Stunde schwieriger wurde, den passenden Augenblick zu finden, um es endlich anzubringen, auszustoßen, hinauszuschreien. Jeder weitere Tag, jede weitere gemeinsame Unternehmung mit Friedrich sprach gegen mich. Die Schlinge, so pochte es in meinem Kopf, hatte mir niemand anderer als ich selbst um den Hals gelegt, weil ich diesen Menschen, der mich am Ausgang des Straßburger Bahnhofs scheinbar arglos zu einem gemeinsamen Gang in die Stadt überredet hatte, so lange gewähren ließ, bis mir selbst nicht mehr einleuchten wollte, warum gerade jetzt Schluss sein sollte und nicht bereits gestern oder vorgestern oder vor drei Tagen oder bereits bei den bulgarischen Blechmusikanten. Doch die Dinge hatten sich wie von selbst entwickelt, wie von fremder Hand gelenkt, gleichsam einem Gesetz gehorchend, das am allerwenigsten um meine Zustimmung bekümmert war. Trotzdem gab ich mir allein alle Schuld, demütigte mich als unterwürfiges Nichts, und konnte mich bei meinen unentwegten Selbstanklagen einzig noch mit dem Gedanken beruhigen, daß niemand, der nicht in meiner Haut steckt, beurteilen kann, was bei dieser

Geschichte Ursache und was Wirkung ist, auch wenn er sich – was naheliegt – bemüßigt fühlte, mich im Namen des gesunden Menschenverstands als unbegreiflichen, unentschuldbaren, lebensunfähigen Schwächling abkanzeln zu müssen. Diese Sicht der Dinge wäre schon deshalb fahrlässig, weil ich es noch immer verstanden habe, mich nach sich häufenden Demütigungen auf stille Weise zu rächen und mich gegen alles Widerwärtige durchzusetzen. Meine unsichtbare Waffe, denke ich manchmal, besteht gerade darin, daß andere glauben, ich sei allzu weich und kampfunfähig, während sie nicht ahnen können, daß meine Kräfte noch in einer Selbsterniedrigung wachsen, bei der ich selbst lange Zeit am meisten fürchte, unter die Räder zu kommen.

Auf dem Anrufbeantworter hatte Marie mit versöhnlicher, fast zärtlicher Stimme die Nachricht hinterlassen, ich möge sie bitte nochmals zurückzurufen. Als Friedrich auf dem Sofa zu dösen anfing, schlich ich mich aus dem Haus ins Seminar hinüber, um ungestört mit ihr telefonieren zu können. Aber gleich mit dem ersten Satz erklärte sie, ich möge sie nicht für dumm verkaufen und glauben, man könne sie mit schlecht erfundenen Renovierungsfabeln foppen. »Du hast dich vorhin angehört, als breche dir die Stimme weg, was ist denn los?« wollte sie wissen, worauf erneut ein Schweigen entstand, durch das hindurch ich Maries Schwanken zwischen Wohlwollen und Angriffslust zu verspüren meinte. Ihr windige Geschichten aufzutischen führte zu nichts, da ich mich in einer Not befand, bei der es nicht mehr darauf ankam, wie sie entstanden war, sondern nur noch darum gehen konnte, sie wieder aus der Welt zu schaffen. In groben Zügen mußte ich ihr also die Ereignisse schildern und versuchen, sie so darzustellen, daß ich nicht restlos beschämt dastehe und auf einen Funken Gnade hoffen darf. Aber es wollte sich in meinem Kopf keine einzige Formulierung finden, die nicht bereits einen Selbstvorwurf enthielt. Je länger ich im stillen nach Erklärungen suchte, desto heilloser trat mein Versagen zutage. Jeder Satz mußte gegen mich sprechen und jede schlitternde Begründung, warum es soweit kommen konnte, lächerlich wirken.

»Sag doch etwas!« insistierte Marie leise. In der Stille, die zwischen uns knisterte, war nur mein Schlucken zu hören. Ich bereute es, sie postwendend zurückgerufen zu haben, ohne vorher zu überlegen, worauf ein solches Gespräch hinauslaufen sollte. Würde ich ihr alles, was sich seit ihrer Abreise zugetragen hat, erzählen, könnte sie nur den Kopf schütteln, mich verhöhnen und mir – wie jeder vernünftige Mensch – einzig und allein raten, meinen Eindringling noch in dieser Minute vor die Tür zu setzen. Das alles wußte ich und mußte es von niemandem gesagt bekommen. Daß eine Geschichte über den eigenen Kopf hinweg und gegen den eigenen Willen ein unfaßbares Eigenleben zu entwickeln vermag, das konnte man gewiß niemandem erklären, der von Anfang an alles besser gewußt hätte. »Du bist ja vollkommen am Ende«, flüsterte Marie, ohne daß ich etwas gesagt hatte, wobei mir ein »Nein!« entfuhr, über dessen Entschiedenheit ich selbst staunte, dem sie aber keine Beachtung schenkte. Ohne sich zu verabschieden, bestimmte Marie: »In fünf Minuten bin ich bei dir« und legte auf.

Mir blieb nichts anderes übrig, als sie auf der Straße abzufangen, um Schlimmeres zu verhindern. Im wehenden Rock schoß sie auf dem Rad um die Kurve und fuhr beinahe meinen Nachbarn nieder, der gerade die Papiercontainer vors Haus gestellt hatte und sie nochmals durchwühlte. Starrend blieb er ste-

hen, als sie mich küßte und entsetzt rief: »Wie siehst du aus!?« –
»Ich bin nicht allein, laß uns woanders hingehen«, stammelte
ich, und ihr Grinsen ließ darauf schließen, daß sie eine Frau
in meiner Wohnung vermutete. Dieser Mensch aus Straßburg,
der damals mitten in der Nacht angerufen habe, sei vor einer
Woche unverhofft vor meiner Tür gestanden, behauptete ich,
und er mache keine Anstalten, meine Wohnung wieder zu verlassen, obwohl ich ihm ständig klarzumachen versuchte, arbeiten zu müssen und allein sein zu wollen. Er merke überhaupt
nicht, wie unverschämt er sei, es fehle ihm jedes Takt- und
Distanzgefühl, wie es andere Leute von Natur aus besäßen. Es
sei ein Fehler gewesen, damals ans Telefon zu gehen, anstatt
das Klingeln einfach zu ignorieren, schließlich habe man ahnen
können, daß um diese Zeit kein normaler Mensch mehr anrufe.
»Jetzt bin auch noch ich schuld, daß er seit einer Woche bei dir
ist«, fuhr Marie dazwischen. »Halt keine langen Reden, ich geh
hinauf und regle die Sache, du bist aufgedunsen wie noch nie,
als hättest du dich während meiner kurzen Abwesenheit halb zu
Tode gesoffen.« Mein immer noch glotzender Nachbar konnte
jedes Wort hören, und es schien Marie Freude zu machen, mir
wie einem Kind die Leviten zu lesen. »Gib mir deinen Schlüssel!« befahl sie in immer schärferem Ton, als hätte ich von nun
an nichts mehr mitzureden. Ich packte sie so zornig am Arm,
daß sie aufschrie, mich zurückstieß und auf offener Straße
zu einer symbolischen Ohrfeige ausholte. »Bitte komm mit!«
flehte ich sie leise an. Es muß derart verzweifelt geklungen haben, daß sie vor entsetztem Staunen widerspruchslos folgte.

Bei der Schifflände, an der ich allabendlich mit Friedrich auf
dem Weg nach Kleinbasel hinüber vorbeikam, saßen wir unter
einem schwülen, erstmals seit langer Zeit von tropisch wirkenden Wolken bedeckten Himmel. Unablässig lief mir das Wasser

am ganzen Leib herab, und ich schämte mich, mit einem vollkommen durchnäßten weißen Hemd dazusitzen, das die Farbe meiner Haut angenommen hatte. »Du schwitzt wie ein Alkoholiker und schaust geistesabwesend drein«, bestätigte Marie mir alle paar Minuten. Anfangs konnte ich mir noch aussuchen, ob es mitfühlend oder vorwurfsvoll gemeint war, doch je schweigsamer ich wurde und bloß noch Tränen zu unterdrückten versuchte, desto deutlicher schien Marie sogar mit ihrem Stuhl von mir abzurücken, als gehörten wir zwei nicht zusammen und säßen nur zufällig am gleichen Tisch. »Was ist bloß los mit dir?« schüttelte sie den Kopf, doch was hätte ich ihr noch sagen sollen, nachdem klar war, daß alles, was ich vorzubringen hatte, sich wie eine Beichte ausnehmen würde? Also schwiegen wir einander an. Als ich aber gehen wollte, bot sie mir an, ab morgen zwei, drei Tage lang bei ihr sein zu können, vorausgesetzt, ich würde noch heute mit meinem Besatzer Tacheles reden. Zum Glück war ich nicht von meiner Behauptung abgerückt, dieser Mensch halte sich erst seit einer Woche bei mir auf, so daß die Geschichte auch für Marie noch einen schwachen Rest an Nachvollziehbarkeit besitzen konnte.

Bei meiner Rückkehr blätterte Friedrich in einem lateinischen Sentenzenlexikon, das er aus dem Bücherregal gezogen hatte. Mit scharfrichterlicher Betonung rezitierte er unzusammenhängende Sätze: »Nihil proficitur patientia – omnes eodem cogimur – morituri te salutant.« – »Übersetze!« befahl er mir jovial in einem bösen Lehrerton, und ich spielte mit: »Nichts nützt Geduld – alle müssen wir zum selben Ort – die Sterbensgeweihten grüßen dich.« Seit ein paar Tagen wollte er sich von seiner heiteren Seite zeigen, als sähe er sich genötigt, mich zu unterhalten. »Im Internat mußten wir unsere Patres mit *Gelobt sei Jesus Christus* grüßen, dann haben sie geantwortet: *In Ewig-*

keit Amen. Laß uns das auch so machen! Du darfst den Pater spielen, ich bin der Zögling«, plauderte er drauflos, ohne nachzulassen, imperativisch die Rollen zu verteilen. Nachdem er in den letzten Tagen weit mehr als bisher den Witzling zu geben versuchte, drängte sich mir zum ersten Mal der Eindruck auf, er fühle sich unter Druck, die Stimmung verbessern zu müssen, als nagten an ihm leise Zweifel, ob es wie bisher weitergehen könne. Wochenlang war es ihm egal gewesen, ob ich am Kneipentisch stundenlang gähnte, bis in die Mittagsstunden in den Schlaf flüchtete und jeder meiner Schritte unter seiner Aufsicht stand, während er auf einmal glaubte, eine unbeholfene Anhänglichkeit an den Tag legen zu müssen, die mich noch brüsker vor ihm zurückschrecken ließ als vor seiner robusten, von allen Skrupeln freien Durchsetzungskraft.

Ich behauptete, vor einer halben Stunde im Seminar einen Anruf bekommen zu haben, vor drei Tagen sei ein Kollege aus München gestorben, weshalb ich morgen in aller Früh aufbrechen müsse, um die Beerdigung nicht zu verpassen. »Ich komme mit«, sprang er vom Tisch auf, als gelte es, sofort die Taschen zu packen. Es war nicht einfach, ihn davon zu überzeugen, daß ich in dieser Situation alleine sein möchte. »Gerade dann braucht man einen Freund!« redete er auf mich ein und wollte, daß ich von dem Verstorbenen erzähle. Am liebsten hätte ich ihn angeschrien, er möge es sich nicht noch einmal erlauben, mich als seinen Freund zu bezeichnen.

Weder Friedrich noch ich gingen an diesem Abend in den *Krummen Turm*, obwohl ich ihn beschwor, ohne mich aufzubrechen. Er wollte von meiner Seite nicht weichen und klopfte, nachdem ich mich an den Schreibtisch zurückgezogen hatte, immer wieder an die Tür, um zu fragen, ob er mir ein Glas Wein bringen oder sonst etwas für mich tun könne. Ausgerechnet jetzt, wo ich heimlich frohlockte, glaubte er mich in tiefer Trauer und sorgte sich um mein Befinden. In der Betrübnis, die er mir andichten konnte, durfte ich einen Anflug von Triumph auskosten, als sei mir durch meine Täuschung bereits ein Sieg über ihn gelungen. Wenn eine Weile von der Küche herüber nichts zu hören war, wartete ich schon darauf, daß er wieder seinen Kopf zur Tür hereinsteckt und sich nach meinem Zustand erkundigt. Mit dem Rücken zu ihm, den Kopf nur andeutungsweise ihm zugedreht, durfte ich während meines Abwinkens hinter meiner Schmerzensmiene ein stilles Jauchzen genießen, das ein totgeglaubtes Überlegenheitsgefühl wiederauferstehen ließ. Es schürte den Gedanken, diesen Menschen nicht nur endlich loswerden, sondern dafür büßen lassen zu wollen, daß ich mich seinetwegen so lange vor mir selbst erniedrigt hatte. Oft schon war ich mit der Phantasie eingeschlafen, wie er geknebelt an die feuchte Kellerwand genagelt ist und von mir täglich stundenlang fast zu Tode gequält, aber mit Würmerfraß am Leben erhalten wird, damit er sich, sosehr er auch wimmernd sein Ende herbeisehnen sollte, aus diesem Zustand noch lange nicht verabschieden könnte. Kein einziges Wort sollte er dabei mehr äußern, sich nicht mehr erklären und rechtfertigen, nicht mehr schreien und klagen, sondern nur noch still stöhnen dürfen und tagaus, tagein von Kopf bis Fuß vor Schmerzen zusammenzucken. So wäre die Reihe endlich an mir, den Peiniger zu spielen und ihm alles tausendfach zurückzuzahlen. Mit den knochigen Außenhänden würde ich ihm, wie Pater Cölestin es einst mit ihm gemacht hatte, bei jeder Begrüßung ins Gesicht schlagen, ihm eines Tages mit einer Zange die Brustwarzen ausreißen und ihm mit Stiefeltritten den Unterleib zertrümmern, ohne ein einziges Flehen um Gnade zu erhören. Elendig sollte er vor mir jaulen, ächzen und greinen, doch selbst in seinem erbarmenswertesten Zustand, wenn sein Leib bloß noch aus Fetzen, Blut und Eiter bestehen würde, dürfte er nie und nimmer auf Mitgefühl hoffen, sondern allenfalls damit rechnen, nur so lange geschont zu werden, bis es sich wieder lohnt, ihn von neuem zuzurichten. Wie jener nackte Koloß im Arlesheimer Dom sollte er sich fühlen, dessen Fackel am Erlöschen ist und dem nur die Wahl bleibt, nach vorn oder nach hinten in den Schlund zu stürzen, ohne daß der über ihm schwebende Engel, dessen Augen verbunden sind, ihm noch beistehen könnte.

»Soll ich wirklich nicht mitgehen?« flehte Friedrich mich jedesmal an, wenn er klopfte und mir ein Glas Wein bringen wollte, als beunruhige ihn am allermeisten, daß ich mich sogar dem Trinken verweigere. Am liebsten hätte er ein Gespräch angezettelt, aber nachdem ich auf seine wiederholte Frage, ob ich den Toten gut gekannt habe, immer nur mit einem monotonen »sehr gut sogar« geantwortet hatte, wollte ihm an diesem Abend kein Thema mehr in den Sinn kommen, mit dem er mich ködern zu können hoffte. Wochenlang hatte es ihn wenig bekümmert, was in mir vorgeht, und jetzt, nachdem ich mich hinter einem gespielten Schmerz versteckte, glaubte er, sich in hilflosen Verbindlichkeiten üben zu müssen. Nicht mehr die meinige, sondern seine Stimme hörte sich später beim Gute-Nacht-Sagen verunsichert an, und als ich lange nach Mitternacht nochmals zur Toilette ging, rief er beinahe bedürftig durch die Tür: »Bis morgen!«

Im ersten Morgendämmer verließ ich auf Zehenspitzen das Haus und hinterließ auf dem Küchentisch einen Zettel mit der Nachricht: »Werde aus dringenden Gründen länger unterwegs sein! Wünsche alles Gute für die weitere Reise! Den Schlüssel beim Verlassen des Hauses bitte in den Briefkasten werfen!« In meinem Handgepäck befand sich nur das Nötigste, ein paar Hemden, Socken, Unterwäsche und der Waschbeutel. Obwohl mich seit langem Fluchtgedanken beherrschten, wußte ich in diesem Augenblick nicht, wohin ich gehen sollte. Als existierten in Basel keine anderen Wege, lief ich wie ein Verfolgter stadtauswärts die Rheinpromenade hinab, gegen den Flußlauf der aufgehenden Sonne entgegen. Wie damals, als ich nach dieser Straßburger Nacht mit dem Zug über die Schwarzwaldbrücke in die Stadt einfuhr, fühlte ich mich vom Morgenlicht begrüßt. Noch unberührt vom Tag hatte es auch damals in seiner Reinheit eine Stille ausgestrahlt, die man schon deshalb hinauszögern möchte, weil sie nur so lange anhält, bis der Ballast der Welt wieder erwacht und die ganze Atmosphäre mit seinem Überdruck belastet. Selbst wenn es ein paar Stunden später immer noch makellos leuchtet, scheint dann der Himmel von dem Gerede und Gezerre, dem Rechthaben und Klagen, das von der Erde zu ihm hinaufdringt, beschwert zu sein. Nur jetzt, vor Anbruch der Geschäftigkeit, weiß er noch nichts von den Zerreißproben und Verständigungszwängen, den Überheblichkeiten und Unterwerfungen, den Erniedrigungen und Siegesposen.

Trotz dieses reinen Lichts pochte es ständig in meinem Kopf: »So kommst du nicht weit!« Dieser immergleiche Satz drehte sich wie eine defekte Platte, die in der Rille springt, in meinem Schädel, und kein einziger anderer Gedanke konnte ihn verdrängen. Vergeblich wartete ich darauf, daß sich eine Freude über das Entkommensein einstellt, doch ich fühlte mich bloß bodenlos, als hätte ich den letzten Eigentumsrest, der mir als Rückzug dient, mit meiner Flucht verspielt. Anders als sonst überkam mich beim Gehen nicht jene Ruhe, die mit dem Gefühl einhergeht, in der steten Bewegung an Schwere zu verlieren. Ich war erschöpft, aber nicht müde, aufgewühlt, aber völlig kraftlos und dabei voller Angst, mir werde gleich schwarz vor Augen. Wie in den jüngst erlebten Nächten fing das Herz an zu flattern, und trotz der frischen Morgenluft lief bereits wieder der Schweiß an mir herab. Ein Übelkeitsgefühl preßte sich zwischen Hals und Brust, und der Atem wurde so schwer, daß ich mich an einen Zaun lehnen mußte und mit dem Gedanken spielte, an einer Haustür zu klingeln, sollte dieser Zustand sich verschlimmern.

Weil die asthmatische Beklemmung nicht nachlassen wollte, eilte ich zur Straßenbahnbrücke zurück, stieg am Kunstmuseum in die Tram, fuhr bis zum Bahnhof, zückte am Bankomaten tausend Franken, ohne zu wissen, wozu in diesem Augenblick soviel Geld nötig sein sollte, setzte mich in ein Café, hielt mich an einer Zeitung fest und bekämpfte, aus Angst, beim Rauchen könnte mein Kreislauf vollends zusammenbrechen, meine Gier nach einer Zigarette. Die Tasse führte ich mit beiden Händen zum Mund, weil man mir mein Zittern sonst hätte ansehen können, und zum Kaffee bestellte ich, wie noch nie zu so früher Stunde, einen Cognac, wobei die Kellnerin, so fürchtete ich, in meinem Blick die Scham erkannt haben mußte. Zum Glück beachtete sie einen beim Servieren so gut wie nicht, und auch hinter dem Tresen träumte sie nur gelangweilt zum Fenster hinaus, wenn sie mit ihren Kolleginnen nicht gerade ein paar französische Sätze wechselte. Würde mir tatsächlich schwindlig werden und sollte ich vom Stuhl kippen, müßte sie sich um mich kümmern, dachte ich, was mir mehr als unangenehm gewesen wäre, weil niemand sich Leute im Haus wünscht, die hilflos daliegen und dem Tod nahe sein könnten.

Ich versuchte mir auszumalen, in welcher Sprache wir beide in der Erregung fiebrige Stammelsätze ausstoßen würden, wie sie die Augen schließen oder aufreißen, die Gesichtszüge verzerren, sich mit dem Becken aufbäumen, schreien, stöhnen, wimmern oder sich beinahe lautlos im Bett krümmen würde.

Trotz ihres kurzen Rocks spielte sie beim Gang durch die Tischreihen keineswegs mit ihren Reizen, ganz im Gegenteil wirkte sie wie ein Alabasterwesen, das nichts weniger als lüsterne Blicke auf sich ziehen will. Langeweile, Teilnahmslosigkeit und Unberührbarkeit strahlte sie aus, als sei die Arbeit, die sie hinter sich bringt, nur mit innerer Absenz zu ertragen. Dennoch gingen mir meine Bilder nicht aus dem Kopf, obwohl man sich kaum vorstellen konnte, daß diese Frau überhaupt einmal die Kontrolle über sich aufgeben möchte. Obwohl wir uns, so stellte ich mir vor, wegen unserer unterschiedlichen Welten vermutlich wenig zu sagen haben und in Verlegenheit geraten würden, wenn wir einen gemeinsamen Tag verbringen müßten, begann mich der Gedanke zu beherrschen, sie ansprechen zu müssen. Ich versuchte mich auf die Zeitung zu konzentrieren, blätterte sie mehrfach durch von vorn bis hinten, überflog sogar den Wirtschaftsteil und beobachtete die vereinzelten Geschäftsmänner am Tresen, die allesamt Anzüge und Krawatten trugen und ebenfalls eine Zeitung in der Hand hielten. Jeder zweite Tisch und jeder zweite Barhocker war besetzt, aber außer dem Zischen und Gurgeln der Espressomaschinen und der Zuckergußmusik war fast nichts zu hören, als wollten sich alle hier Versammelten noch eine Weile in sich selbst verschließen, bevor die geschäftige Unruhe einsetzt.

»So kommst du nicht weit«, meldete sich wieder meine springende Gedankenrille zurück, während ich noch einen zweiten und dritten Kaffee trank und beim Bestellen jedesmal fürchtete, es könnte ein Satz aus mir herausplatzen, den ich nicht im geringsten im Griff habe und mit dem ich ihr das Angebot mache, uns nach ihrem Dienstschluß irgendwo zu treffen. Mein Denken, Reden, Agieren, alles drohte ein Eigenleben zu führen, dem keinerlei ordnende Instanz in mir mehr gewachsen zu sein schien. Körperlich sei ich gesund, hatte der Arzt zwar diagnostiziert, doch jenes Vegetative, von dem wenig präzise die Rede war, konnte einem Zustände bescheren, denen man jede Krankheit, der mit einer Operation beizukommen ist, vorziehen würde. Mich beruhigte an diesem Morgen nicht mehr wie damals, als ich ins Spital geeilt war, die Bestätigung, daß Herz und Nieren in Ordnung sind, viel lieber hätte ich mich jetzt mit einem greifbaren Leiden einliefern lassen, als nicht zu wissen, was mit mir in den nächsten Stunden geschieht. Der Cognac wirkte weder entspannend noch benebelnd, er steigerte lediglich den Aberwillen gegen mich selbst, gegen diese lähmende Verkommenheit, die innerhalb kürzester Zeit alles in mir zunichte gemacht hatte, was je an Selbstbewußtsein und Selbsterhaltungswillen so selbstverständlich vorhanden gewesen war, daß mir jeder Gedanke an deren Zerstörung fernlag.

In sicherem Abstand von meiner Wohnung hätte ich durch die Viertel trödeln, in Antiquariaten stöbern, in den Zoo gehen oder gleich nach Mulhouse oder Zürich fahren können, um die Zeit bis zum frühen Abend zu verkürzen. Aber nach einem mehrmaligen Auf und Ab durch die dörfliche, selbst an einem Sommermorgen trist wirkende Geschäftsstraße hinter dem Bahnhofsgelände nahm die Unruhe nicht ab, sondern zu. Am Kiosk kaufte ich eine Handvoll Wochenblätter, kehrte in das Café zurück, verspeiste ohne jeden Hunger mit jedem weiteren Kaffee ein Sandwich und regte mich stundenlang nicht von der

Stelle. Die Kellnerin schien mich nicht einmal wiederzuerkennen und blickte beim Servieren gleichbleibend über mich hinweg, so daß ich sie aus allernächster Nähe schamlos von oben bis unten mustern konnte. Ich wußte nicht, warum sie meine Aufmerksamkeit erregt, schließlich waren weder ihr stupsnasiges Gesicht mit den braun geschminkten Lippen noch die blassen, dürren, schon ein wenig runzeligen, beinahe krank wirkenden Finger anziehend. Die Klimaanlage sorgte für fast kühle Temperaturen, wie ich sie nicht mehr gewohnt war, während drüben am Bahnhof die Taxifahrer ihre Türen offenstehen hatten und in ihren Sitzen schon am Morgen erschöpft wirkten. Von meinem Platz aus war nur ein schmaler Himmelsstreifen zu sehen, dessen wässeriges Blau im Laufe des Vormittags dunstige Schlieren durchwirkten, bis schließlich wie tags zuvor schwüle Wolkengebilde das ungetrübte Licht verdrängten.

Als die Glocken zu Mittag schlugen, kassierte meine Kellnerin mit der Begründung, Feierabend zu haben, und wünschte mir mit einem knappen Lächeln einen schönen Tag. Am Tresen band sie sich ihre Schürze los und verschwand neben dem Kleiderständer hinter einer Tür. Ich lauerte auf der anderen Straßenseite, bis sie das Café verließ, und folgte ihr in einigem Abstand bis in die Stadt hinab, wo sie zuerst eine Apotheke, dann ein Fotogeschäft und schließlich eine Drogerie aufsuchte, in der ich sie über die Regale hinweg observierte. Während sie vor der Kasse in der Schlange stand, wartete ich sie draußen ab und stieg mit ihr in eine Tram, mit der wir hügelan der französischen Grenze zu fuhren und durch ein Quartier kamen, in dem nackte Betonbauten, heruntergekommene Jugendstilhäuser und türkische Gemüseläden ein Gemisch aus Ärmlichkeit und verwelkter Feudalität ergeben. An der Endstation stiegen

wir aus, und offensichtlich hatte die Frau bis zuletzt nicht bemerkt, daß ihr jemand auf den Fersen ist. Selbst beim Einbiegen
in einen Laubenweg, in dem außer unseren Schritten nur das
Rauschen einer Mörtelmaschine zu hören war, wandte sie sich
nicht um. Ich wußte immer noch nicht, was mich an ihr anzieht,
und folgte eher einem blinden Drang, wie ihn auf andere Weise
Mondsüchtige besitzen müssen, nur daß ich hellwach war und
zu meiner Entschuldigung auf keine fremden Mächte verweisen konnte.

Als sie hinter einer Haustür verschwand und ich dadurch
vom Zwang befreit war, ihr hinterhersein zu müssen, schwang
in meiner Enttäuschung auch Erleichterung mit. Wie ich auf
einmal alleine dastand, hatte ich das Gefühl, von ihr zurückge-
lassen worden zu sein, als hätte ich bereits darauf gesetzt, mich
dieser Frau überlassen zu können und von ihr aufgenommen zu
werden, obwohl es in jeder Hinsicht undenkbar war, daß mich
in meinem Zustand jemand hätte auch nur seine Schwelle betreten lassen. Es waren nicht ihre Beine und nicht die Phantasien von vor ein paar Stunden, die mich hündisch hinter einer
Frau herlaufen ließen, welche mir unter anderen Umständen
vermutlich gar nicht aufgefallen wäre, vielmehr trieb mich eine
sanfte Gier, in ihrer Nähe eine Art Halt zu empfinden, was mir
erst bewußt wurde, als sie entschwunden war. Während ich
diese Frau verfolgte, kontrollierte nicht nur ich sie, sondern sie
auch mich, ohne es wissen zu können. Sosehr ich mich seit Wochen danach sehnte, endlich wieder allein zu sein, sowenig
konnte ich jetzt mit mir selbst etwas anfangen. Ich blieb noch
eine Weile vor dem Haus stehen, in dem sie jetzt allenfalls
mich, aber ich nicht mehr sie beobachten konnte, und stapfte
dann auf dem eingeschlagenen Weg die Gasse hinab, die wie
ausgestorben wirkte, obwohl Mittagessensgerüche in der Luft

lagen. Selbst auf einer baumverschatteten, kleineren Haupt-
straße war außer ein paar Kindern und Alten niemand unterwegs, auch Autos fuhren nur wenige vorbei, und bei den
drei, vier Läden konnte man rätseln, ob sie für immer oder nur
wegen der Siesta geschlossen waren. Bürgerhäuser mit abbrök-
kelnden Fassaden wechselten ab mit Wohnkasernen, ein japa-
nisches Restaurant mit verstaubtem Schaufenster wirkte wie
verloren an der Ecke einer Fabrikstraße, der man nicht ansehen
konnte, ob hinter den Backsteingemäuern noch gearbeitet wird
oder die Maschinen längst stillstehen. Auf einem rostigen Balkon ragte eine verlassene Staffelei auf, und auf einer kargen
Grünfläche zwischen zwei Plattenbauten saßen drei Asiatin-
nen, die mit ihren bunten Sonnenschirmen, ihren leuchtenden
Seidenkleidern und ihrem munteren Plappern einen heiteren
Kontrapunkt zu dieser Umgebung bildeten, in der alles Leben
erlahmt schien. In ihrer Nähe setzte ich mich unter eine junge
Kastanie und schlief, während sie unablässig kicherten und sich
beim Erzählen überschlugen, so fest ein, daß ich erst Stunden
später, als die Sonne ihre Glut verloren hatte, vom Rufen und
Hämmern etlicher Bauarbeiter, die dabei waren, zwei Häuser
weiter einen Kran aufzustellen, aufwachte. Den ganzen Nachmittag über hatte ich, den Kopf auf meine Tasche gebettet, im
Schatten gelegen, fern der vertrauten Welt, die gleich nebenan
begann und doch unendlich weit weg schien.

Um Marie rechtzeitig zu treffen, mußte ich mich beeilen.
Ausgeschlafen und trotzdem wie benommen lief ich durch die
Straßen, um auf Tramgleise zu treffen oder einen Taxistand zu
finden, irrte jedoch in einer Gegend, in der sich alles zu ähneln
begann, von Ecke zu Ecke. Weder Kirchtürme noch sonstwel-
che aufragenden Gebäude konnten als Orientierung dienen,
und nachdem ich ein paar Passanten nach dem Weg zur Innen-

stadt gefragte hatte, wußte ich soviel wie vorher. Wie damals nachts in Straßburg mäanderte ich jetzt am hellichten Tag in einem Labyrinth umher, das nirgends einen Ausgang bereithalten wollte. Aus Angst vor Maries Launen fing ich an zu rennen, ohne zu wissen, ob ich mich im Kreis bewege oder durch Zufall auf einen zentralen Platz oder eine Magistrale stoße. Die Trägheit war zwar aus dem Viertel verschwunden, die Läden hatten wieder geöffnet, Kinder und Jogger waren unterwegs, Rentner saßen auf den Bänken, das Leben hatte wieder Einkehr gehalten, aber weder entdeckte ich einen Kiosk noch eine Bus- oder Straßenbahnhaltestelle noch einen Taxistand, im Gegenteil, das Viertel schien zur Hälfte aus Baustellen zu bestehen und von der restlichen Stadt abgehängt.

Als ich viel zu spät am Theatervorplatz ankam, war Marie nirgends zu sehen. Wie meist stürzten sich Skateboarder von den Treppenstufen und zwangen die sommerlichen Stadtbummler, ihnen auszuweichen. Einer von ihnen bedröhnte das Gelände mit seinem Ghettobluster, und an der Theaterfassade lief in digitaler Leuchtschrift unentwegt der Satz entlang: »Wir erholen uns in den Ferien für Sie.« Wie immer gruben im Tinguely-Brunnen die emsigen Wasserarbeiter, die rastlosen Schaufler, Sprüher und Spritzer in stoischer Stetigkeit das flüssige Element um, und mir war, als sei ich seit unvordenklichen Zeiten erstmals wieder an diesen Ort zurückgekehrt, obwohl wir ihn auf dem Weg zu *Mister Wong* täglich beinahe streiften. Ich setzte die Sonnenbrille auf, als könnte sie mich vor Leuten schützen, die mir nicht begegnen sollten, und lauerte zwischen zwei Palmen, um Marie, falls sie denn noch einmal auftauchen sollte, nicht ein zweites Mal zu verpassen.

Eine Bluse über die Schulter geworfen, ohne jede Eile, kam sie die Treppen herabgeschlendert. »Tut mir leid, ist ein bißchen später geworden, ich lade dich dafür zum Essen ein«, strahlte sie mich an, um gleich wieder hinzuzufügen: »Du siehst nicht gut aus.« Ihr Freund sei bereits wieder für eine Weile abgereist, die Abfahrt des Zuges habe sich verzögert, sie hätten sich schon überlegt, nochmals einen gemeinsamen Abend zu verbringen, nachdem die Anschlüsse über der Grenze nicht gewährleistet seien, doch jetzt sei er trotzdem gefahren. Abschiede seien schwer genug, es mache sie nicht leichter, wenn man sie verdopple, quasselte Marie vor sich hin, als wollte sie mir deutlich zu verstehen geben, daß ich zweite Wahl bin und sie ein Opfer für mich bringt. Wir saßen im Freien unter hohen Bäumen, dicht gedrängt zwischen Heerscharen anderer Gäste, umgeben von lauter schnatternden Leuten, die alle aus den Ferien zurück zu sein schienen, wie die von allen Seiten herüberwehenden Länder- und Städtenamen vermuten ließen. Ein lyrischer Atlas aus klingenden Silben – Kreta, Bangkok, Goa, Toledo – erhellte die Tische, an denen Dschungelerkundungen, Mississippi-Dampfschiff-Fahrten und vietnamesische Stranderlebnisse in Geschichten verpackt wurden, die wie stets denen, die nicht dabei waren, das Gefühl vermitteln sollten, das Beste verpaßt zu haben. Marie mußte nochmals betonen, daß meine Tränensäcke wahrlich nicht schön anzusehen seien, aber dann stimmte auch sie in die Feriengesänge mit ein. Ich setzte meine Sonnenbrille, die ich bei der Begrüßung abgenommen hatte, wieder auf, was sie augenblicklich mit einem strafenden Blick quittierte, weshalb ich sie sofort zurück in die Brusttasche steckte. Als sei sie auf diese Weise zufrieden mit mir, nickte sie mir zuversichtlich zu: »Wir werden das schon hinkriegen!«

Ich schwieg, obwohl mich diese mütterlichen Herablassungen immer schon gegen sie aufbringen konnten, aber auf ihr Wohlwollen war ich jetzt tatsächlich angewiesen. »Endlich kann man wieder Wein trinken!« schüttelte sie sich vor Freude, bevor sie — angefangen bei der Landung auf Sumatra bis hin zum Rückflug — atemlos Myriaden von Kleinigkeiten ihrer Reise aufzuzählen begann. Noch das gewöhnlichste Sonnenuntergangsabendessen am Meer und jeder staubige Busbahnhof in der Pampa sollte vom Glück des Unvergleichlichen künden, und die einmal viel zu harten, ein andermal allzu weichen Matratzen in dieser und jener Absteige, diesem und jenem Hotel, dieser und jener Eingeborenenhütte, der drei Tage andauernde Durchfall bei ihr, der eine ganze Woche anhaltende bei ihrem Freund, die Kohletabletten, die nichts nützten, die Antibiotika, die man auf der Straße habe kaufen können, die Gemüse und Salate, die sie danach nicht mehr anrühren wollten, die vielen netten und nervigen Leute aus Genf und Sydney und Trier, denen sie da und dort begegnet seien und die sie manchmal, im Abstand von zwei, drei Wochen, ohne jede Absprache, gleichsam zum Beleg, daß die Welt klein sei und man sich nirgends aus dem Weg gehen könne, an ganz anderen Orten wiedergetroffen hätten, all das schilderte sie so ausführlich, als sollten sich ihre Erinnerungsbilder detailgetreu und in allen Farben in meinen Kopf einbrennen. Während wir uns saure Leber und Rösti auf die Gabeln schaufelten, pries sie die scharfen asiatischen Suppen, die sie bereits zum Frühstück geschlürft hätten, und den Gado-Gado-Salat mit warmer Erdnußsauce, der nirgends so köstlich wie im Tip-Top-Restaurant in Medan sei, und sie vergaß auch nicht, mir mit vollem Mund gestisch vorzuführen, wie die Indonesier sich mit der linken Hand, die sie niemals zum Essen benutzten, den Hintern putzen.

Beeindruckt an diesem Wust aus kleinen und kleinsten Episoden hat mich nur die Geschichte von dem Holländer, der einen Tag vor ihrer Ankunft am *Lake Toba* in einer be-

nachbarten Hütte ermordet worden sei, ohne daß man einen
Verdächtigen hätte festnehmen können, wobei das Gerücht
umgegangen sei, Drogenhändler, die Polizei und andere un-
durchsichtige Gestalten steckten unter einer Decke, was allerdings die Freundin des Toten, die nach zwei Tagen Arrest frei-
gelassen worden sei, nicht davon abgehalten habe, wieder am
Strand zu liegen und mit wildfremden Leuten bis in die Mor-
genstunden zu trinken. Ansonsten sei es, wie gesagt, dort unten
nicht heißer als in Basel gewesen, sogar die stundenlangen
Überlandfahrten in Bussen habe man mühelos durchgestanden,
was auch den saumseligen Liedern zu verdanken sei, die
immerzu liefen und von denen ein einziges oft eine halbe
Stunde dauere, weil die Melodien sich ständig wiederholten,
was einem aber nie auf die Nerven gehe, zumal die Musik zur
Landschaft passe, vor allem zu den endlosen, zur Sonne ge-
krümmten Kautschukwäldern, an deren Stämmen Töpfe hingen, die das Harz auffingen, aber auch zu den Einheimischen,
die einen an jeder Busstation mit Hey und Hallo empfingen,
weil sie einem etwas verkaufen oder mit dem Taxi zu einem
Hotel bringen wollten, was freilich so unerträglich werden
könne, daß man sie nach ein paar Tagen am liebsten anschreien
möchte, einen endlich in Ruhe zu lassen, was man aber besser
unterlasse, weil sie sich ihr Schicksal schließlich nicht hätten
aussuchen können und nicht sie, sondern wir es gewesen seien,
die ihr Leben durcheinandergebracht hätten, indem man ihnen
die fragwürdigen Wohltaten unserer Zivilisation aufgedrängt
habe, mit dieser Paradoxie müsse man als Tourist leben, mit
dieser Mischung aus schlechtem Gewissen und dem Drang, etwas von der Welt sehen zu wollen, wobei zu diesen Widersprüchen auch gehöre, daß man froh sei, sich gelegentlich ein paar
Nächte in der Suite eines holländischen Kolonialhotels von den

Strapazen erholen zu dürfen, die einem das ständige Gewusel auf der Straße bereite, schließlich seien die Indonesier irgendwie allesamt Kinder geblieben, bei vielen wisse man tatsächlich nicht, ob sie fünfzehn oder fünfzig seien, ob sie noch zur Schule gingen oder selbst längst Kinder hätten, darüber könne man beim Anblick ihrer Gesichter nur spekulieren, trotz alledem habe sie mit ihrem Freund bereits geplant, im Frühjahr wieder nach Asien zu fliegen, diesmal nach Kambodscha, in ein Land, das noch beinahe unberührt sei und in dessen Dschungel es uralte buddhistische Tempel gebe und in dem man damit rechnen könne, nicht ständig auf Touristen zu treffen, die einen gleich mit Du anredeten und einen ungefragt mit ihren belanglosen Reiseerlebnissen und Lebensweisheiten belästigten, verglichen mit diesem Pack seien die Einheimischen selbst in ihrer Aufdringlichkeit noch liebenswert, auch wenn sie einen auf der Straße unentwegt fragten: »Where are you going?«, was einen wahnsinnig machen könne, solange man nicht wisse, daß es dort, wenn man nichts Bestimmtes vorhabe, Gepflogenheit sei zu erwidern, man gehe Wind essen.

Marie redete und redete und hörte nicht auf zu reden, von den Millionen Mopeds, die es geraten sein ließen, Gasmasken zu tragen, von Mangrovensümpfen, psychedelischen Pilzen, von Orang-Utans, die sie fast zu Gesicht bekommen hätten, von Wasserbüffeln, die ihnen so nahe gekommen seien, daß man sie beinahe habe anfassen können, von einem Vulkan, der um ein Haar ausgebrochen sei, von Riesenschmetterlingen, so groß wie Fledermäuse, und von Menschenfressern, die es dort entgegen allen anderslautenden Behauptungen nie gegeben habe, wie neuere Forschungen bewiesen hätten.

Es war mir nicht unrecht, mit diesen vielen Geschichten abgelenkt zu werden, obwohl mich an diesem Abend im Grunde nichts weniger als das Leben auf Sumatra interessierte. Nicht nur Maries Erzählungen, auch die Reiseberichte ringsum kamen mir, sofern ich sie stichwortweise aufschnappte, altbekannt vor, als müßte man gar nicht wegfahren, um all das von sich geben zu können. Umringt von so vielen Berichterstattungsgierigen, wollte es mir vorkommen, als lohne es sich gar nicht mehr, die in ariosem Überschwang gepriesenen Orte aufzusuchen, nachdem diese unbändig Begeisterten alles schon mit ihrer Euphorie besetzt hatten. Doch ich hatte andere Sorgen und hätte froh sein können, während der letzten Wochen so weit wie nur möglich weg von Basel gewesen zu sein. »Hörst du mir überhaupt zu?« unterbrach sich Marie des öfteren, je später es geworden war, aber nicht nur meine Zermürbungsgedanken, auch die zunehmende Müdigkeit ließen mich in eine Art Stumpfsinn abgleiten. Ich wollte nur noch weg, keinen Nachtisch mehr essen, nicht mehr dasitzen, nicht mehr den Zuhörer spielen, mich in keiner Weise mehr verhalten müssen.

Beim Grappa kam Marie doch noch auf meine Kalamitäten – wie sie es salopp nannte – zurück. Nach wie vor hielt ich an meiner Sieben-Tage-Version fest, um die Abgründe auf ein annehmbares Maß zu reduzieren und mich vor einem Entsetzensausbruch zu verschonen. Hätte sie erfahren, daß ich seit Wochen der Gefangene meines Gastes bin, wäre ihre Reaktion gar nicht auszudenken gewesen. Sie wollte wissen, wie alles sich abgespielt hat, um verstehen zu können, was die Situation so heikel macht. Ich bastelte an einer Mixtur aus Wahrheit und Lüge und malte ihr die Schwierigkeiten aus, gegen einen Menschen anzukommen, der ein so ungebrochenes Durchsetzungsvermögen besitzt, daß einem im entscheidenden Augenblick vor lauter Verwunderung nicht die geringste Widerrede gelingt. »Er wäre mir erst gar nicht ins Haus gekommen!«

trumpfte sie nicht nur ein einziges Mal so laut auf, daß mein Tischnachbar, ein braungebrannter Sportstyp in blütenweißem Polohemd, anfing uns zuzuhören. Je weniger Marie meine Erklärungen gelten lassen wollte, desto vehementer beharrte ich darauf, daß in diesem Fall keiner, der etwas Derartiges nicht am eigenen Leib erlebt habe, mitreden könne. »Dann können wir's ja lassen! Dann gehst du jetzt heim und verpflegst weiterhin dein Monster! Dann brauchst du mich aber auch nicht mehr mit deinen kläglichen Klagen und erbärmlichen Entschuldigungen zu belästigen! Dann können wir den Abend beenden!« erregte sie sich zum Vergnügen unseres Tischgenossen, der Marie unverfroren anlächelte und mir frech ins Gesicht schaute, als habe er ein Zootier neben sich sitzen. Eifrig hechelte ich weiterhin immer ähnliche Erklärungen daher, um mein Verhalten halbwegs plausibel zu machen, aber es war sinnlos, gegen den gesunden Menschenverstand anzurennen. Sie könne dieses Weil und Obwohl und Trotzdem nicht mehr hören, diese schiefen, jeder Logik entbehrenden Begründungen, zumal sie aus meinem Mund wahrlich absurd klängen, da ich eigentlich, wie sie immer geglaubt habe, schon von Berufs wegen zwischen Ursache und Wirkung unterscheiden können sollte, zeterte sie derart aufgebracht, daß es für unseren gaffenden Zuhörer eine wahre Freude war. Schließlich rief sie, die Hände zusammenschlagend, auch noch laut meinen Namen, meinen Beruf, meinen Titel, wie um mich öffentlich bloßzustellen, auf daß alle, die in unserer Nähe saßen, wissen sollten, mit wem sie es zu tun haben, wenn sie mir auf der Straße oder im Hörsaal begegnen. Ich hätte auf sie einschlagen können, riß mich aber wie bei unseren früheren Restaurantbesuchen verbissen zusammen und wünschte mir, unsere Rollen würden sich bald einmal vertauschen, so daß ich mit denselben Argumenten auf Marie oder sonstjemanden eindreschen und mit strafsüchtiger Überlegenheitsattitüde verkünden dürfte: »Mir könnte das nie passieren!«

Als sei sie froh, angesichts meiner Schwäche sich selbst erhöhen zu können, wollte Marie mit ihrer Predigt gar kein Ende mehr finden, obwohl längst alles gesagt war und die Vorwürfe sich in penetranten Wiederholungen erschöpften. »Ihr seid füreinander wie geschaffen«, betonte sie dutzendfach, »der eine wehrt sich nicht, und der andere weiß nicht, was Rücksicht ist!« Ebensooft fragte sie mich: »Willst du dich etwa so lange bei mir in der Wohnung verstecken, bis dieser Mensch stirbt?« Ihr Gerede wäre halb so schlimm gewesen, wenn es nicht rundum Aufmerksamkeit auf sich gezogen und mein Tischnachbar Marie nicht angestrahlt und ihr beinahe applaudiert hätte. Von Anfang an hatte ich zugestanden, fast alles falsch gemacht zu haben, ohne auf viel Verständnis zu hoffen, doch mit kniefälligen Selbstanklagen wollte ich weder den ganzen Abend verbringen noch die Gesellschaft um uns herum unterhalten. Weil ich es satt hatte, vorgeführt zu werden, drehte ich mich meinem Nachbarn zu, taxierte ihn, wie es Filmhelden tun, bevor sie zuschlagen, ließ nicht ab von ihm, während seine Blicke abwechselnd bei Marie und seiner eigenen Begleiterin Zuflucht suchten, klopfte mit dem Messer gegen mein Glas, wie um eine Rede zu halten, und erklärte, den Hals hochgereckt, über alle Köpfe hinweg: »Es ist schön, um mich herum lauter Lebensmeister sitzen zu sehen, lauter Leute, die sich jeden Morgen im Spiegel vor ihrer eigenen Willenshoheit verneigen! Es freut mich, soviel Gewißheit um mich versammelt zu wissen, soviel Entschiedenheit auf engstem Raum, man wird ganz klein dabei ...« Marie hackte mir ihre Schuhe ins Schienbein, rief zum Ober hinüber, sie wolle zahlen, kramte in ihrer Tasche, als suche sie etwas, zog sich ihr Käppi über, kramte wieder in ihrer Tasche, rief nochmals: »Herr Ober!«, schneuzte sich, riß dem Kellner die Rechnung aus der Hand und verabschiedete sich von ihm mit jener eisigen Freundlichkeit, die besonders herzlich wirken will und die ich noch nie an ihr ausstehen konnte. Ich drückte dem Kellner ein paar Scheine in die Hand, lief ihr nach, hörte hinter mir rufen: »Sie bekommen noch Geld!«, griff Marie am Arm, bekam von ihr einen Stoß in die Rippen, krümmte mich vor Schmerzen, sah sie bereits in die Tram einsteigen, schrie ihr nach: »Warte!« und konnte gerade noch aufspringen, da die Ampel auf Rot gestanden hatte. Sie redete kein Wort mit mir, schaute mich nicht an, tat so, als kennten wir uns nicht. Ich setzte mich auf die Bank hinter ihr, sie ging zur Tür, stieg an der nächsten Haltestelle aus, ich trottete ihr hinterher, entschuldigte mich ständig und warf ihr gleichzeitig vor, sie müsse andauernd recht haben, einen andauernd belehren, andauernd die Souveräne spielen und alles besser wissen. »Es tut mir leid!« warf ich regelmäßig dazwischen, stellte mich ihr in den Weg, wurde weggestoßen, stellte mich ihr wieder in den Weg, wurde wieder weggestoßen, stets die gleiche Prozedur, bis sie mich in einer menschenleeren Seitengasse anschrie: »Dafür, daß du Hilfe brauchst, führst du dich ziemlich unverschämt auf!« Nochmals entschuldigte ich mich, obwohl sie mir widerlich war in diesem Augenblick, doch darauf kam es jetzt nicht an, ich war auf sie angewiesen, zumindest in den nächsten Tagen, vielleicht sogar Wochen, ich wollte bei ihr unterkommen, um wenigstens ein Ersatz-Zuhause zu besitzen, so lange jedenfalls, bis Friedrich Grävenich merken sollte, daß es sich nicht mehr lohnt, auf meine Rückkehr zu warten.

Zum ersten Mal betrat ich ihre neue Wohnung, an deren Gründerzeitfassade ich auf dem Weg zur Bibliothek oft schon

hinaufgeschaut hatte, ohne ahnen zu können, daß man in die
oberen Stockwerke nur mit einem Aufzug gelangt, dessen im
Zeitlupentempo sich öffnende Türhälften den Blick in einen
nahezu kahlen Raum freigeben, der mit seiner Stahl-, Beton-
und Glasarchitektur an Science-fiction-Filme aus den sechzi-
ger Jahren erinnert. Nur ein Metalltisch und zwei verchromte
Stühle standen in der Mitte, von der Decke herab hingen Halo-
gen-Lämpchen, die Fensterfront war mit Rollos abgedunkelt,
in einer Ecke stand ein Papierkorb aus Messing, bei dem man
rätseln konnte, ob er seinen Zweck erfüllt oder als Installati-
onselement dient. Ansonsten herrschte Leere. »Wir lieben's
abstrakt«, reagierte Marie auf meinen erstaunten Blick, als ent-
spräche die nackte Ästhetik ihres Bühnenbildners seit je ihrem
ureigensten Bedürfnis. Sie bot mir keinen Platz an, weshalb
ich aus Verlegenheit an den Fenstern entlangging und auf
die Straße hinabschaute, während sie eine müde dahintröp-
felnde Cocktail-Musik auflegte und zwei Gläser Whiskey einschenkte, obwohl sie wußte, daß ich nur Wein trinke. Mit dem
Betreten des Appartements hatte sie alles Impulsive gegen eine
artifizielle Beherrschtheit eingetauscht, als müßten sich innerhalb dieser Wände ihre Gefühlstemperaturen dem kühlen De-
sign anpassen. Das nackte Interieur mit seinem abgedimmten
blauen Licht hätte als Kulisse für einen Longdrinkspot dienen
können, in dem Marie als unerreichbare Diva eine unentschie-
dene Mischung aus Erotik und Kälte ausstrahlt. Ich nippte am
Whiskey und nickte vielsagend, und so standen wir wie einander Fremde stumm im Raum herum. Ihr neues Heim strahlte
das Gegenteil unserer einst gemeinsamen Mansarde aus, in der
aus Platzmangel jede Ecke ausgefüllt ist, in der – von den
Dachschrägen abgesehen – Bücher und Gemälde die Wände
tapezieren und Maries Nußbaum-Kommode immer noch den

Flur verengt. Aus einem Wandschrank, der erst beim Öffnen als solcher zu erkennen war, zog sie einen Futon, rollte ihn neben dem Tisch aus, legte ein Kissen, ein Laken, eine Decke dazu und verschwand nach nebenan. Beim Gute-Nacht-Gruß hatte sie mich nicht einmal umarmt, als könnte bereits eine flüchtige Berührung oder ein angedeuteter Kuß diese Räume entweihen.

Da lag ich also, durch eine Wand, die wie ein Bollwerk wirkte, von ihr getrennt, gnädig in ihrer Wohnung aufgenommen und doch wie verstoßen. An Schlaf war in einer solchen Umgebung, deren Atmosphäre selbst bei gelöschtem Licht Feindseligkeit ausstrahlte, nicht zu denken. Wie ein Hund kauerte ich auf dem Boden und wäre am liebsten zu mir nach Hause geflüchtet. Ich wußte nicht, was schlimmer ist, das Gefühl, im eigenen Heim nicht sein eigener Herr zu sein, oder in diesem Käfig, dem man nur mit einem mir unbekannten Zahlencode entrinnen konnte, allein gelassen zu werden. Ich stand auf und schlich im Dunkeln herum. Das warme Gelb der Straßenlaternen machte die stille, nur vom Brünseln des Brunnens friedlich belebte Kopfsteinpflastergasse zum Inbild des Friedens. Wie ein Gefangener schaute ich auf die parkenden Autos hinab, die seit jeher diesem Idyll anzugehören schienen. Nichts rührte sich, nur daß im Zimmer nebenan eine Frau lag, die wohl fürchtete, daß mein bloßer Blick in ihr Gemach ihr neues Glück beflecken könnte. Als wir uns am Tinguely-Brunnen getroffen hatten, waren wir Arm in Arm zu einem der leeren Restauranttische unter den Kastanien hinübergeschlendert, aber der Abend hatte uns wie schon lange nicht mehr voneinander entfernt. Unabhängig von dem kleinen Eklat, der unser Essen beendet und das Seine zur erbärmlichen Stimmung beigetragen hatte, konnte ich mich des Eindrucks kaum erwehren, daß Marie mich schlichtweg nicht in ihrer Wohnung haben wollte, ohne es mir offen sagen zu können.

Im Wachliegen kam mir jenes Gemälde in den Sinn, das einst über meinem Bett gehangen und einen Schutzengel gezeigt hatte, der ein Kind, das vor eine Schlange zurückscheut, über einen Steg geleitet. Mit der Vorstellung, ein solcher Engel sei auch jetzt bei mir, hoffte ich ruhiger zu werden. Ich malte mir aus, wie man alles leichter erleben könnte, wenn man sich ein solches Wesen als ständigen unsichtbaren Begleiter an die Seite stellen würde, gleichgültig was die nüchterne Vernunft dazu bemerkt. Hat man ihre Einwände gegen alles Unbeweisbare jahrzehntelang beflissen dahergebetet, kann man es sich, sagte ich mir, bereits wieder leisten, auf Bilder und Mythen zurückzugreifen, bei denen es gar nicht darauf ankommt, ob man an sie glaubt oder nicht. Entscheidend wäre allein, ob sie einem nützen und das, was man ein wenig altertümelnd als Geist und Gemüt bezeichnet, in schöner Weise zu beeinflussen vermöchten. Wenn dieser andere, der als der eigene Engel zu einem gehörte, auf Gedeih und Verderb mit einem wäre und alles Tun und Lassen von höherer Warte aus mit ansähe, könnte man, so sagte ich mir, mit wohlwollenderen Augen auf sich selbst und all das Erbärmliche schauen, in das man sich verstrickt sieht. Bei allem, was einem widerfährt, könnte man dann sogar glauben, daß es einen Sinn besitzt, selbst wenn er einem nicht ersichtlich würde. Mit dieser unwissenden Gewißheit ließen sich auch Dinge bejahen, die man am liebsten ungeschehen machen möchte, und man dürfte darauf vertrauen, daß alles Widrige nur einen Übergang bildet, vergleichbar dem morschen Steg, auf dem der Engel das ängstliche, aber durch seine Anwesenheit beschützte Kind führt. Wie um zu prüfen, ob sie eine Wirkung zeigen, suchte ich wie damals, als ich in meinem Büro im

Schlafsack ebenfalls auf dem Boden gelegen hatte, meine Erinnerungen nach Kindheitsgebeten ab, in denen Engel angerufen werden. Aber außer *Leise rieselt der Schnee*, in dem der Chor der Engel erwacht, wollte mir keines in den Sinn kommen. Über der Frage, ob es mir mit den philosophischen Schriften und Begriffen, die seit langem mein Leben ausmachen, einmal ebenso ergehen könnte wie mit jenen entschwundenen frommen Versen, die viele Jahre zum festen Tagesablauf gehörten, schlief ich ein.

Beim Aufwachen im ersten Morgenlicht mußte ich mich zwingen liegenzubleiben, obwohl ein inneres Beben nach einem endlosen Laufen, Rennen, Schreien, Toben verlangte. Nicht nur weil es mit Friedrich gar nicht anders auszuhalten war, sondern auch aus Angst, sonst keinen Schlaf zu finden, betrank ich mich seit Wochen fast bis zur Bewußtlosigkeit. Oft wußte ich nicht mehr, wie ich ins Bett gekommen war, und am liebsten wäre ich auch gar nicht mehr aufgestanden. Jeder Tag war wie der andere, und solange ich nicht schlief, belästigten mich die immergleichen Gedanken, die jeder rettenden Idee entbehrten und kaum noch zu unterscheiden wußten, was Wahn und was Wirklichkeit ist. Ich fürchtete, auf offener Straße grundlos auflachen zu müssen oder plötzlich loszubrüllen, mich vor die Straßenbahn zu werfen, ohne tot sein zu wollen, in der Kneipe mein Glas an die Wand zu werfen oder mit dem Messer auf Friedrich einzustechen. Schlafen war das einzige, was mich vor alldem schützen konnte, doch der Schlaf gehörte nicht mehr so selbstverständlich zu meinem Alltag wie noch vor vier Wochen. Ich wollte nichts mehr denken, nichts mehr entscheiden, mich nicht mehr zusammenreißen müssen, sondern nur noch liegenbleiben, bis alles vorbei ist. Stattdessen schleppte ich mich mit Schuldgefühlen durch die Tage und wagte kaum, jemandem ins Gesicht zu sehen. Selbst die Jammergestalten im *Krummen Turm* besaßen im Gegensatz zu mir ein vor Robustheit strotzendes Selbstbewußtsein, und es bedurfte inzwischen keines Grandstetter oder Hiroshi mehr, um mich erniedrigt zu fühlen. Von morgens bis abends hätte ich über mich selbst heulen mögen, und es kostete am meisten Mühe, es zu unterlassen. Von heute auf morgen hatte sich alles verändert, ohne daß ich den Gang der Dinge hätte aufhalten können, und es mußte soweit kommen, daß ich mich bei Marie wie ein Hund auf dem Boden wiederfand und mich für diese Aufdringlichkeit sogar zu rechtfertigen hatte. Wie nach einem beklemmenden Aufwachen, wenn man eine Nacht mit einer Zufallsbekanntschaft verbracht hat, begleitete ich Marie zum Frühstücken bloß aus Höflichkeit ins gegenüberliegende Bistro. »Du siehst noch fürchterlicher als gestern aus«, konstatierte sie so trocken, daß Mitleid und Häme sich die Waage hielten. Mir fiel nichts ein, was ich noch hätte sagen können, und ich konnte es kaum erwarten, wieder allein zu sein.

Mittags schaute ich von einem Winzerdorf aufs Rheintal hinab, hinüber auf die Vogesen und zur Burgundischen Pforte hinunter, auf eine Landschaft, die unterhalb der Felsen, auf die der Ort gebaut ist und in denen die Züge verschwinden, einem Urwald gleicht. Im Lebensmittelladen deckte ich mich mit Illustrierten ein und zog mich in meine Pension zurück, um auf dem Bett Kreuzworträtsel zu lösen. Alle halbe Stunde rief ich bei mir zu Hause an, um zu sehen, ob er immer noch ans Telefon geht. Beim Abendessen unter der Pergola war ich von Rentnern umgeben, die über die Hitze klagten, und bevor ich mich wieder in mein Zimmer zurückzog, spazierte ich unter gußeisernen Laternen ein paarmal die Dorfgasse auf und ab, an Steingemäuern, Vorgärten und Häusern vorbei, die mit ihren Efeufassaden, Hecken und Glyzinienranken im mattgelben Licht der Lampen wie im Dornröschenschlaf wirkten. Bei laufendem Fernseher schlief ich nachts ein und beim ersten Vogelgezwitscher wachte ich morgens auf.

Ein Mann am Nachbartisch, der sich als Priester in Zivil herausstellte, hatte während des Abendessens den drei betagten Damen, die bei ihm saßen, in biblischen Bildern die Vöglein des Himmels gepriesen und behauptet, der Beweis für die Güte Gottes sei allein durch die Tatsache erbracht, daß er allen Wesen einen geeigneten Lebensraum zugedacht habe, den Vögeln die Bäume, den Fischen das Wasser, den wilden Tieren die Steppe und den scheuen die Wälder. Seine Zuhörerinnen nickten sanft und gaben eine nach der anderen kleine Erlebnisse mit Hunden, Katzen, Wellensittichen und Papageien zum besten, bis der Priester schließlich vom heiligen Franziskus erzählte, der auf den Feldern die Lerchen aufgefordert habe, mit ihren Gesängen stets freudig den Schöpfer zu rühmen. Von diesem Frieden vermochte ich wenig zu spüren, wenn mich an den drei Tagen, die ich dort verbrachte, viel zu früh der Schlaf verließ und das Lärmen der Amseln von einem Leben erzählte, an dem ich nicht mehr beteiligt war, obwohl es mich von allen Seiten bedrängte. Ich mußte nicht erst aus dem Fenster schauen und auf Basel hinüberblicken, um vor Unruhe zu zittern. Die still daliegende Stadt war wie vergiftet, solange dieser Mensch sich in ihr aufhielt. Ich wollte schlafen und nichts denken müssen, wenigstens in diesen frühen Stunden, die noch nicht dem Tag, aber auch nicht mehr der Nacht gehörten, doch bereits vom Tumult der Vögel beherrscht waren. Als erster und einziger Gast saß ich während des Frühmeßläutens beim Frühstück einem Gemälde gegenüber, das Napoleon mit siegesgewissem Blick hoch zu Roß darstellt, mit wehenden Haaren, einer goldenen Schärpe, einem Schwert in der Rechten, einer Standarte in der Linken, auf einem Pferd, von dem man nur den Rücken erahnt, vermutlich an der Spitze eines Heeres, das ebenfalls unsichtbar bleibt. Jeden Morgen fragte ich mich, warum ausgerechnet diese kriegerische Ikone mit der jugendlichen Mähne, dem im Galopp scharf nach hinten gewandten Blick, dem entschlossenen Mund mit den zusammengepreßten und trotzdem sinnlichen Lippen in einem Frühstücksraum hängt, dessen rustikale Schwere alles andere als martialische Aufbruchslust ausstrahlt. So deplaziert das Bild an diesem Ort wirkte, so heiter konnte es einen stimmen. Es hatte etwas Lächerliches in dieser Umgebung und gleichzeitig drückte es etwas wie Hohn und Spott aus, aber man konnte in ihm auch den Aufruf wahrnehmen, auf der Stelle alles stehen- und liegenzulassen, um unverzüglich einem Sieg entgegenzueilen.

Die Titelseiten der Zeitungen rückten nur noch die in Europa sich ausbreitende Dürre und die Waldbrände ins Zentrum, nachdem in Frankreich die Todesfälle unter alten Leuten überhandgenommen hatten und die Krankenhäuser mit Hitzeopfern überfüllt waren. Die Klimaanlagen, die Ventilatoren und selbst die Spielzeugfächer in den Nippes-Läden, konnte man lesen, waren allerorts ausverkauft, und in manchen Gegenden wurde der Wassernotstand ausgerufen. An der Rezeption lag ein Reiseführer aus, der die gelegentlichen Erdbeben in dieser Gegend mit der Beschaffenheit des Rheingrabens erklärt, in dessen Tiefen zwei immense Gesteinsplatten sich noch so lange aneinanderreiben, bis eines Tages unser Kontinent in zwei Teile brechen und zwischen dem Schwarzwald und den Vogesen das Meer sich öffnen wird. Mit solchen Lektüren und Gedanken saß ich morgens Napoleon gegenüber, bis die ersten Rentner die Treppe herabstapften und ich mich wieder auf mein Zimmer zurückzog, die Rolläden herunterließ und nochmals zu schlafen versuchte, was mir aber nie gelingen wollte. In der Hoffnung, am anderen Ende werde es endlich still bleiben, rief ich weiterhin regelmäßig bei mir zu Hause an, doch jedesmal meldete sich Friedrich noch vor dem zweiten Klingeln so prompt, als sitze er unentwegt neben dem Telefon. Nur an einem einzigen Abend hatte er nicht abgenommen, aber kurz nach Mitternacht war er bereits wieder zu Hause.

Nach drei Tagen fuhr ich mit dem Bus wieder in die Ebene hinab, nachdem ich ein letztes Mal angerufen, diesmal minutenlang nicht aufgelegt, auch nichts gesagt, sondern gewartet hatte, was sich während des Schweigens ergeben würde. Friedrich harrte ebenso aus wie ich, nur daß er ständig mit halb wütender, halb zitternder Stimme fragte: »Wer ist denn da?« Verunsichert und gereizt schien er zu sein, wie ich es nie an ihm erlebt hatte, während in mir sich eine Vernichtungsgier regte, die von schierem Jauchzen kaum zu unterscheiden war. Ohne zu wissen, worauf meine Gewißheit baut, ihn schon beinahe besiegt zu haben, fuhr ich, als sei's ein heimlicher Triumphzug, in Basel ein. Ich wußte, daß er von jetzt an verloren hatte, obwohl ich nicht wußte, warum.

Vor meiner Wohnungstür stand eine mannshohe Palme, auf den beiden Fenstersimsen in der Küche waren Kakteen in allen Größen und Formen nebeneinander aufgereiht, und von der Decke herab hing ein roter Lampion. Eine Frau habe mehrfach angerufen, ohne ihren Namen zu nennen, begrüßte Friedrich mich so freudig wie besorgt, sogar nachts habe sie es versucht, im Grunde zu jeder Tageszeit. Er sei meist zu Hause gewesen und würde vorschlagen, wieder einmal aufs Land hinauszufahren, am besten gleich für mehrere Tage. »Wie war deine Beerdigung?« wollte er wissen und fragte, ob ich auch Benno getroffen und ob es einen Leichenschmaus gegeben habe, immerhin könne man in Bayern Beerdigungen noch richtig feiern, mit Blasmusik und einem Festessen hinterher, zumindest wenn der Tote im Leben etwas hergemacht habe. »Wie du siehst, habe ich die Wohnung hergerichtet«, rühmte er seine Anschaffungen und zeigte auf die läppische Lampe an der Küchendecke. Überhaupt redete er auf mich ein, als habe sich in ihm wieder vieles angestaut. Vor allem ein Taxifahrer spielte dabei eine Rolle, der eine Viertelstunde lang auf den Anrufbeantworter gebrüllt habe, er möge sich vorsehen, Name, Straße, Hausnummer, alles sei ihm bekannt, er wisse Bescheid, er werde ihm alle Knochen brechen, seine letzte Stunde habe geschlagen. Das habe dieser Wildgewordene unablässig geschrien, wenn er nicht gerade bedrohlich geschwiegen habe, um erneut Anlauf zu nehmen, sich erneut hineinzusteigern, erneut wie ein Tier zu brüllen, erneut mit dem Allerschlimmsten zu drohen, wobei längst nicht alles zu verstehen gewesen sei, vermutlich habe es sich um einen Franzosen-Schweizer gehandelt, wir müßten uns vorsehen und dürften vor allem kein Taxi mehr benutzen, weil dieser Wahnsinnige am Steuer sitzen könnte, am besten, wir würden die Stadt für eine Weile verlassen, bis er sich beruhigt und die Sache vergessen habe.

Ich hatte keine Ahnung, wovon Friedrich spricht, bis allmählich herauszuhören war, daß sich in meiner Wohnung etwas mit einer Frau abgespielt haben mußte, das deren Mann oder Freund oder Lude mitbekommen habe. Ob Friedrich aus purer Angst ganz außer sich war oder mir nicht alles erzählen wollte, was sich zugetragen hatte, blieb dabei offen. Am meisten ärgerte mich, daß er den Anruf gelöscht hatte, als gehe es mich nichts an, wenn ein Mordlüsterner mich mit Friedrich verwechseln sollte. Hilflos, wie ich ihn bislang nicht kannte, drängelte Friedrich, noch heute den Zug zu besteigen, egal wohin. Meine Nachfragen, was im einzelnen vorgefallen sei, beantwortete er bruchstückhaft und wirr, aber man konnte sich zusammenreimen, daß er in der Rotlichtgegend, gleich um die Ecke beim *Krummen Turm*, eine Prostituierte kennengelernt, eine Nacht mir ihr in meiner Wohnung verbracht, ihr die Telefonnummer und Adresse gegeben und sie am darauffolgenden Abend wieder erwartet hatte, aber rechtzeitig bemerkt haben mußte, daß nicht sie, sondern ein Mann die Treppe heraufgekommen und erst wieder abgezogen war, nachdem er eine Stunde lang Sturm geklingelt und die Tür fast eingeschlagen hatte.

Nachdem die Geschichte Konturen angenommen und Friedrich das Gefühl hatte, mir genügend angedeutet zu haben, saßen wir stumm in der Küche. Fragend schaute er mich an, doch ich kostete mein Schweigen aus. Manchmal blickte er in den Flur hinaus, wie in Erwartung eines Klingelns. Dann starrte er wieder mich an oder blickte an sich selbst hinab, faltete seine Hände und spielte mit den Daumen, stand auf, ging zwischen Küche und Flur hin und her, setzte sich, suchte erneut meinen Blick, fühlte sich sichtlich unwohl und riß sich offensichtlich zusammen, als sei ihm das Recht abhandengekommen, seinen Launen freien Lauf zu lassen. Je länger die Stille anhielt, desto ruhiger wurde ich, und es kostete mich Mühe, mein inneres Schmunzeln zu verbergen, während der Sekundenzeiger der Uhr wie eine Zeitbombe tickte. Ich wandte Friedrich den Rücken zu und schaute aus dem Fenster in den leeren Himmel hinauf, als gingen mir Gedanken durch den Kopf, die ihn interessieren müßten, aber verschwiegen werden. Lange saßen wir so da, es mochte eine ganze Stunde gewesen sein, während vom Nachbarn herüber, diesmal früher als sonst, die vertrauten Musetteklänge wehten, zum tausendsten Mal *Marieke Marieke, La Valse à mille temps, Il neige sur Liège,* bis Friedrich, solange nebenan die zerkratzte Platte umgedreht wurde, fragte: »Was schlägst du vor?«

»Wir fahren in die Berge«, hörte ich mich sagen und erschrak fast über die Entschiedenheit einer Stimme, die nach unserem zähen Schweigen nicht wie die meine, sondern wie die eines anderen klang, der unsichtbar unter uns sitzen mußte. »In die Berge?« runzelte Friedrich die Stirn. – »Ja, in die Berge! Wir sind in der Schweiz!« – »Bei dieser Hitze!?« Er schüttelte den Kopf, als sei der Vorschlag schlichtweg absurd. »Wir steigen in Liechtenstein in die Höhe und blicken nach drei, vier Stunden auf die Welt hinab.« – »Warum nicht ans Meer, an den Comer See, nach Paris? Ich hasse das Wandern, ich hasse die Berge, ich hasse dieses sinnlose Auf und Ab über Stein und Geröll, ich hasse alle, die mir mit Stock und Gamshut entgegenkommen und wie alte Kameraden aus strammeren Zeiten ›Grüß Gott‹ zurufen, als sei's ein Befehl«, erregte Friedrich sich, als liefere er sich lieber seinem Taxifahrer aus, als einen Schritt in die Höhe zu tun. Es sei selbstmörderisch, bei dieser Hitze im Hochgebirge herumzustapfen, außerdem machten die Alpen ihn so schwermütig wie nichts anderes auf der Welt. Mich wunderte wieder einmal, daß mir Brels *Dans le port d'Amsterdam* und *Adieu l'Émile* immer noch nicht auf die Nerven gehen, obwohl es die immergleichen schlichten Wendungen und Verse sind, die mir mein Nachbar fast jeden Abend beschert. Ganz im Gegenteil wirkte diese traurig angehauchte und zugleich überschwengliche Musik stets ein wenig beseligend auf mich, obwohl mir gewöhnlich solche Lieder nicht nur wenig bedeuten, sondern mich bereits beim zweiten oder dritten Hören anöden. Während Friedrich offensichtlich stumm mit sich selbst haderte, wie seine nur mit Mühe unterdrückte Unruhe zum Ausdruck brachte, versetzten Brels Gesänge mich in eine wohlige Trance, die das Ichgefühl sanft aufzulösen schien. Friedrich war nur noch als ein Schatten anwesend, der nicht mehr stört. Mir war, als säße ich bereits wieder alleine in meiner Wohnung, obwohl seine Koffer noch dastanden und seine Kleider umherlagen und die Kakteen und Palmen von seinem idiotischen Glauben, sich bei mir einrichten zu können, erzählten. Der Tisch, die Stühle, der Kleiderständer mitsamt den Jacken und Mänteln, die Tassen neben der Spüle, der Obstkorb, das Regal mit den Gewürzen und Kräutern, alles sah auf einmal wieder so einladend aus, als sei es die reinste Freude, wie nach einer beschwerlichen Reise in diese Mansarde zurückgekehrt zu sein. Die Hände über dem Bauch gefaltet, blickte Friedrich, wie um sich vom Himmel eine Offenbarung zu erhoffen, zur Decke hinauf. »Ich packe die Sachen«, beschied ich, während er unbeweglich in seiner Haltung verharrte.

Die Wohnung hatte sich während meiner kurzen Abwesenheit in eine noch schlimmere Müllkippe verwandelt. Überall standen überfüllte, als Aschenbecher mißbrauchte Teeschalen herum, die begehbare Küchenfläche hatte sich durch eine weitere Ansammlung leerer Flaschen nochmals verkleinert, der Boden klebte vor Dreck, und es lagen noch mehr aus meinen Regalen gezogene Bücher an allen Enden und Ecken in der Wohnung herum. »Letzte Nacht habe ich von einer Schlange geträumt, die in mein Bett gekrochen kam, während ich schlief«, rief er aus der Küche herüber, als ich im Flur meine Wanderschuhe suchte. »Im Traum bin ich von ihrem Züngeln aufgewacht, mit dem sie meinen Bauch gekitzelt hat, dann bin ich panisch aufgeschreckt und wußte nicht, wo ich bin.« – »Du hast also im Traum geträumt, daß du schläfst und eine Schlange dich weckt, und bist dann tatsächlich aufgewacht«, repetierte ich. Friedrich kam auf mich zu, baute sich so nah vor mir auf, daß ich seinen Bauch spüren konnte, und sagte: »Das habe ich nur für dich erfunden, ich habe noch nie einen Alptraum gehabt.« – »Dein Alptraum ist der Taxifahrer, vor dem wir beide fliehen müssen, weil er nicht weiß, daß ich nicht du bin, und du mich in eine Situation gebracht hast, die keiner sich wünscht«, gab ich zurück. – »Deshalb müssen wir nicht in die Alpen auswandern«, widersetzte er sich. Ich wünschte ihm eine gute Nacht und machte die Tür hinter mir zu.

Seit Wochen war die Zeit stillgestanden wie die gestaute Hitze in den Gassen, aber nicht nur weil wir im Zug saßen, spürte man, daß sich endlich wieder etwas bewegt. »Fremd müßte man sich bleiben können«, philosophierte Friedrich vor sich hin, »so fremd und nah zugleich, wie es mit meiner Afrikanerin in diesen Nächten möglich war, wenn wir stundenlang nebeneinander auf dem Sofa saßen und sie mit ihrem halb automatenhaften, halb angreiferischen ›Tu es bizarre‹ die von den leisen Fernsehgeräuschen grundierte Stille unterbrach, worauf ich sie, ohne eine Antwort zu erwarten, jedesmal fragte, was das zu bedeuten habe, nur um ihr kehliges Lachen zu hören.« Ich schaute ihn an, als müsse die Geschichte weitergehen. Erst nach einer Weile fügte er hinzu: »Dann haben wir beide an unseren Bierdosen geschlürft, uns Zigaretten angesteckt und wieder auf den Fernseher gestarrt.« Er sagte es ein wenig wehmütig vor sich hin, den Blick zum Fenster hinausgewandt, wie nicht ganz von dieser Welt. »Den Rest der Nacht haben wir in dem Bett verbracht, das auch ihr Arbeitsplatz ist«, schloss er das Thema ab, als verabschiede er sich mit dieser Erinnerung endgültig von dieser Frau. So wortkarg, wie es zwischen ihr und ihm zugegangen sein muß, so schweigsam verlief über weite Strecken auch unsere Zugfahrt.

Nur in Zürich, wo wir umsteigen mußten, geriet Friedrich auf dem Perron wie noch nie in Rage, nachdem er vorgeschlagen hatte, seine Freundin aufzusuchen, doch auf meine Zustimmung hin die altbekannten Ausflüchte herbeizitierte, um mich statt dessen zu einem Hotelaufenthalt zu überreden, was ich kategorisch ablehnte. Seit wir uns kannten, erzählte er von seiner Prostituierten, aber je näher wir ihr waren, in desto unerreichbarere Ferne drohte sie zu entschwinden. Weil ich für Diskussionen nicht mehr offen war, fing er vor einem Publikum aus Rucksacktouristen und anderen Reisenden mit einem Mal zu toben an, was mir eigentlich in den Sinn komme, ihn in dieser Hitze zum Wandern zu zwingen, ausgerechnet ihn, der noch nie im Leben, außer in der Schulzeit zwangsweise, den Blödsinn begangen habe, Sport zu treiben, und mit diesem toten Gestein, mit diesen sinnlos aufragenden Granitblöcken, diesen himmelhohen Wüsten habe er noch nie etwas anfangen können, die Natur erzähle ihm nichts, habe ihm noch nie etwas erzählt, er gehöre nicht zu den blökenden Schwärmern, die angesichts dieser Felsmassen zu staunen anfingen, ich solle ihn damit in Ruhe lassen. Friedrich krümmte sich vor Wut, so daß die Leute stehenblieben, um den Rasenden aus sicherem Abstand anzugaffen, während ich ihn, entschieden wie nie, am Arm packte, in einen Waggon zerrte und dort weiterbrüllen ließ, bis der Zug sich in Gang setzte. Als die letzten Häuser und Fabrikhallen von Zürich vorbeiglitten, beruhigte er sich, holte einen Flachmann aus der Tasche, bot mir einen Schluck an und stöhnte: »Ich gebe mich geschlagen.«

In Thalwil bekamen wir Gesellschaft von einem alten Weib, deren spähenden Augen man schon beim Betreten des Abteils ansah, daß sie, zu wem sie sich auch immer setzen sollte, sofort ins Reden geraten würde. Tatsächlich wählte sie sich, obwohl genügend freie Plätze vorhanden waren, uns beide aus, fragte – noch ehe sie saß – nach dem Wohin und Woher, erzählte dann aber unentwegt von sich selbst, von ihrer Zeit in Luzern und ihrem toten Mann, von ihrer Hochzeitsreise nach Rom und davon, daß es mehr blonde Italienerinnen gebe, als man denke, und immer wieder bestätigte sie uns: »Sie sind no jung, do isch's Läbä no schö!«, wobei sie jedesmal hinzusetzte, sie habe, seit ihr Mann tot sei, was morgen auf den Tag genau fünfzehn Jahre her sei, nichts zu klagen, er habe sie jede Nacht gebraucht und danach habe er sie angeschrien, sie sei eine Hure, und nie habe er ihr erlaubt, sich einen Hund anzuschaffen, einen Drecksköter, wie er solche Viecher genannt habe, weshalb sie auf seinen Tod habe warten müssen, um sich einen Bernhardiner anschaffen zu können, der aber auch schon nicht mehr lebe, weshalb sie jetzt zu ihrem Bruder ins Appenzellerische fahre, um sich einen Appenzeller zu holen, schließlich habe sie sich immer schon einen Appenzeller gewünscht, und jetzt, nachdem der Bernhardiner in ihrem Garten begraben liege, könne sie sich diesen Wunsch erfüllen, und seit ihr Mann tot sei, sage niemand mehr zu ihr: »Bist still!« und »Heb's Muul!«

Mitten in ihr Geplapper hinein fragte Friedrich mich: »Hast du dir auch schon vorgestellt, wie es wäre, wenn du bei deiner eigenen Beerdigung zuschauen könntest, wer alles gekommen ist, ob es viele sind und wie viele weinen?« Ich nickte, und damit war auch dieses Thema beendet. »Ich weiß, warum ich damals nach Lothringen gefahren bin!« unterbrach er die Suada der Alten nochmals nach einer Weile, »ich weiß, warum ich die Landschaften, denen das Angeberische, Auftrumpfende fehlt, lieber mag als diese nackten Steinkolosse und niedlichen Täler mit ihren Ansichtskartengassen, warum ich die schlichten Wald- und Wiesengegenden diesen Gipfeln vorziehe, die bloß im Weg stehen und die Sicht versperren und großartig sein wollen, aber einen trübselig machen!« In abgelegenen Weltwinkeln wie Lothringen müsse man nicht ständig denken: Wie schön ist es hier!, dort lasse einen die Natur in Ruhe, was den Vorteil besitze, daß man zwischen sich und dem Draußen keine Kluft empfinde und nicht ständig dem Druck ausgeliefert sei, einen Anblick anders empfinden zu sollen, als einem zumute sei. Die Alte verstummte, saß wie gelähmt da, den Mund offen, die Hände gefaltet, als verstehe sie die Welt nicht mehr, als gelte ihr die Schelte, als sei sie einem Ungeheuer ausgeliefert, das eine Weile nett zugehört hat und plötzlich, ohne jede Vorwarnung, ohne jedes Geifern und Knurren, grundlos und ohne erkennbare Absicht, mir nichts, dir nichts zum Angriff ansetzt. So dringlich Friedrich auf einmal diese Gedanken loswerden mußte, so abrupt zog er sich wieder in sein Schmollen zurück. Bis zur Ankunft in Trübbach, wo wir in den Bus umsteigen mußten, spielte er den Eingeschnappten, während die verängstigte Witwe, wie es Vögel tun, ruckartig ihren Kopf hin- und herbewegte und abwechselnd mich und ihn anblickte. Fast flehentlich suchte sie mein Gesicht nach Zeichen ab, die sie beruhigen oder ihr wenigstens erklären könnten, was hier vor sich geht. Ich hatte beide im Griff, sowohl sie als auch ihn, obwohl ich ganz arglos dasaß, aber durch mein Schweigen, das nur mit Mühe ein inneres Jubilieren verdeckte, Herr der Lage schien.

»Haben wir einen Fotoapparat dabei?« wollte Friedrich wissen.

»Damit man uns wenigstens bewundern kann, wenn wir die sinnlose Unternehmung hinter uns haben.«

»Eines Tages«, prophezeite er, bevor wir in den letzten Bahnhof vor Liechtenstein einfuhren, »eines Tages wird es wie früher sein, man schaut mit Entsetzen auf diese grauen Wände, und es wird einem nur trostlos vorkommen, wie damals, vor den Bergbegeisterungszeiten, als die Leute nichts weniger als auf diese Gipfel steigen wollten. Eines Tages werden die Sessellifte stillstehen und verrostet und verrottet sein, und keiner wird mehr auf Holzlatten über das vom Schnee sanftmütig bedeckte, lebensfeindliche Gestein rasen. Soweit«, ereiferte er sich ein letztes Mal, »soweit, wie es schon einmal war, wird es wieder kommen, und es wird nicht mehr lange dauern. Es bedarf nur einer winzigen Drehung des Blicks und man schaut voller Befremden auf diese erstorbene Welt.« Den Kopf ans Fenster gelehnt, murrte und maulte er vor sich hin, ohne mich direkt zu beschimpfen. Dann schwieg er wieder und schien manchmal vor sich hin zu dämmern, um gelegentlich beim Blick zum Himmel hinauf seinen Groll loszuwerden: »Im übrigen schläft man da oben schlecht, träumt die ganze Nacht, bekommt kaum Luft, und unten in den Tälern fühlt man sich wie gefangen.« So fuhren wir dahin, meist stumm und dabei einander näher denn je. Nach dem Ausbruch in Zürich, so schien es, hatte er keine rechte Kraft mehr, und sein Gebell glich nur noch einem Akt der Resignation.

Während des knappen Aufenthalts in Trübbach bettelte Friedrich, im *Löwengarten*, den man vom Zug aus hatte sehen können, einen letzten Halt einzulegen, um sich vor dem Aufstieg mit einer Brotzeit zu stärken. Es sei schwachsinnig, kurz vor der Ankunft in Vaduz das Saufen anzufangen, schnitt ich ihm das Wort ab und wunderte mich über die Resolutheit, mit der mir solche Sätze auf einmal so selbstverständlich über die Lippen gingen, als hätte ich mich über Nacht in einen anderen verwandelt. Als wir mit dem Bus über die Rheinbrücke fuhren, die einen mit einer schlichten Flagge im anderen Land begrüßt, nörgelte

Friedrich: »Das soll das Fürstentum Liechtenstein sein!?« Es sei eine Insel der Seligen, habe er immer gedacht, ein von den Alpen beschütztes Traumland, das sich aus einem märchenhaften Mittelalter ins Heute hinübergerettet habe, schüttelte er angesichts der ersten Häuser von Vaduz den Kopf. Und als wir aus dem Bus ausstiegen, meinte er: »Da ist ja Mannheim schöner.«

Von neuem drängelte er, zuerst vespern zu gehen, bevor wir uns an den Aufstieg machten, und nach dem üblichen Gezeter beharrte er sogar darauf, heute noch auszuruhen, sich die Gegend anzuschauen und erst morgen aufzubrechen. Ich bugsierte ihn in den Postbus nach Triesenberg, der fahrbereit an der gegenüberliegenden Haltestelle stand. So stur, wie ich sein könne, kenne er mich gar nicht, man frage sich, welcher Teufel mich reite, und noch mehr sei ihm ein Rätsel, warum er sich diese Schikanen gefallen lasse, zeterte Friedrich, während wir uns den Berg hinaufschlängelten und erste Wolken hinter den Bergen hervorquollen. Ein junger Schwarzer in rotem Jogginganzug und ein dickes, älteres, dem Bilderbuch der Klischees entsprungenes amerikanisches Ehepaar mit weißen Käppis, Hawaiihemden und kurzen Hosen saßen außer uns und dem Fahrer als einzige in dem Bus. Beim Auspacken meiner Bergstiefel bestand Friedrich darauf, ohne auszusteigen sofort ins Tal zurückzufahren, um sich geeignetes Schuhwerk zu kaufen. »Deine Halbschuhe genügen bei unserer Route vollkommen«, beteuerte ich und bot ihm einen Tausch an, aber erst ein Schluck aus der Rotweinflasche, die ich bei mir hatte, machte ihn wieder gefügig. An der Endstation angelangt, mußte ich sie ihm wegnehmen, um der Gefahr zu entgehen, wegen erster Ermüdungserscheinungen bereits eine Pause einlegen zu müssen.

Vor einem hotelähnlichen Gebäude, das ein Schild als *Internationale Akademie für Philosophie im Fürstentum Liechtenstein* ausweist, stiegen wir aus. Die drei anderen Fahrgäste strebten diesem Anwesen zu, wir beide machten uns bergaufwärts auf den Weg. Weil Friedrich um nichts in der Welt davon abzubringen war, nach wenigen Schritten, gleich bei der ersten Bank, ein Sandwich auszupacken und sich nochmals einen Schluck Wein zu gönnen, lief ich über einen Wiesenhang zu der Akademie hinab. Das Pförtnerhäuschen war unbesetzt und in der Eingangshalle niemand anzutreffen, so daß ich unbehelligt die Buchrücken der Folianten studieren konnte, die zu beiden Seiten des Flurs hinter verriegelten Vitrinen ausgestellt sind. Vor allem die Schriften der Kirchenväter Augustinus, Hieronymus, Chrysostomus, Albertus Magnus und diejenigen des Aquinaten scheinen dort oben den Geist zu prägen. Grandstetter, der zu einem frömmelnden Philosophieren neigt, sollte man hierher ins Exil schicken, dachte ich, schließlich zwingt auch er jedem Gedanken, der in Abgründe blickt, eine erbauliche Wendung auf, was ihn dafür prädestiniert, als unbarmherziger Retter des Sinns gegen jeden zu wüten, der es mit dem Unwägbaren hält. Dem ersten Anschein nach schien dieses Institut ein Tummelplatz für Weltanschauungsschwadroneure zu sein, die gerne mit glasigen Augen denken und zwischen allem, was im Leben auseinanderdriftet, ein geheimes Band der Harmonie entdecken. Ich war froh, niemandem zu begegnen. Anstatt möglichst schnell hinter den Felsen zu verschwinden, war es unvorsichtig genug, hier herumzuschleichen und ausgerechnet jetzt der Neugier nachzugeben, was sich hinter dem Namen dieser Einrichtung verbirgt.

Friedrich fuchtelte von seiner Bank aus mit den Armen, ohne daß man ahnen konnte, was es bedeuten sollte, bis er aufstand und mir, die Hände zum Trichter geformt, zurief, ich möge warten, er komme zu mir herunter, es sei sinnlos, bei diesem Wetter aufzubrechen, er sei doch nicht lebensmüde. Tatsächlich zog sich, seit wir hier waren, der Himmel zunehmend zu und ein Wind kam auf, der schon die Leute drunten auf den Straßen zu den Bergen hinaufblicken ließ, als sei nichts Gutes zu erwarten. Konnte man während der letzten Zugstrecke bereits einzelne Wolkenfetzen über den Gipfeln entdecken, die so schnell, wie sie kamen, wieder verschwanden, verdichteten sich die grauen Schwaden, kurz bevor wir uns aufmachten und die letzten Reste der menschlichen Welt, die Wiesen und Gehege, hinter uns ließen. Je trotziger Friedrich zur Umkehr drängte, desto inständiger flehte ich ihn an, wenigstens eine kurze Weile durchzuhalten, immer mit dem Versprechen, wir könnten jederzeit eine Hütte anpeilen, und schließlich werde uns am Ende der erhebende Blick über die Welt für alle Mühen entschädigen. Zwischen Aufbegehren und Ergebung schwankend, schienen ihn im ganzen die Mühen des Widerstands zu überfordern. Unlustig stapfte er hinter mir her, von Anfang an schwitzend und keuchend, und zum allerersten Mal tat er mir etwas zu Gefallen, das heißt, es war gar kein Entgegenkommen, sondern vermutlich eher sein Gefühl, sich nicht gegen mich wehren zu können, seit ich erstmals entschieden aufgetreten war und die Bergwanderung ohne sein Einverständnis auf den Plan gesetzt hatte.

Friedrichs Groll gegen meine Sturheit war dank der knappen halben Flasche Wein, die er inzwischen hinter sich hatte, dumpf geworden. »Jederzeit erreichen wir mühelos eine Hütte, in der wir übernachten können«, log ich ihn an, um weiterer Debatten aus dem Weg zu gehen. Wir zogen an leeren winterlichen Futterplätzen und an Weiden vorbei, die mit Huflattich, Kornblumen, Silberwurz und allerlei gelben und violetten Alpengewächsen gemustert waren. Anfangs stakste in gerin-

gem Abstand, frech und freundlich und kehlig palavernd, eine
Dohle mit grünlich schimmerndem Gefieder und korallenro-
ten Füßen neben uns her, und sie flog erst davon, als wir in das
erste Waldstück einbogen. Über federnde Tannenböden hinweg glich unsere Wanderung lange nur einem Spaziergang, bei
dem man einzig an den Schleifen merkte, daß es in die Höhe
geht. Erst als die Trampelpfade von knorrigen Wurzeln durchfurcht wurden, man ins Stolpern geraten konnte und das Rauschen im Wald sich anhörte, als woge unweit, auf gleicher
Höhe, ein aufgepeitschtes Meer, begann es beschwerlicher zu
werden. Aus dem Tal wehten, von den Böen verzerrt, Kuh-
glockenklänge zu uns herauf, während von den Schafen, die in
der Nähe der Akademie grasten, bald nichts mehr zu hören
war. Der föhnig warme und dennoch kräftige Wind ließ die
Baumkronen tanzen und wirbelte Föhrenzapfen umher, und
auf den Lichtungen wehte uns Felssand in die Augen. Mit jedem Mal, wenn wir aus einem Waldstück hinaustraten, schien
die Baumgrenze sich nach oben verschoben zu haben. Das Ge-
hölz, das Gras, die Bergblumen an den Wegrändern wollten
nicht enden, obwohl das nackte Gestein greifbar nah war und
jede Kurve, deren Fortgang wir nicht einsehen konnten, das
kahle Massiv versprach.

Unterhalb der Schneegipfel kreisten zwei Greifvögel, als ein
Grollen einzusetzen begann, das von einem unsichtbaren Gewitter oder einem Erdrutsch herrühren konnte. Daß Friedrich
just in diesem Augenblick sich nicht mehr wehrte, da jeder vernünftige Mensch mir die weitere Gefolgschaft verweigert hätte,
wunderte mich am allermeisten. Offensichtlich existierte in
ihm ein erstaunlicher Unterwerfungstrieb, der unverzüglich
funktionierte, wenn man nur entschlossen genug auftrat. Wie
leicht, mußte ich mir jetzt sagen, hätte ich ihn bereits in Straß-

burg abwimmeln können, wäre mir diese Erfahrung zur Verfügung gestanden. Statt dessen war ich von Stunde zu Stunde willenloser geworden, obwohl eine gegenläufige Stimme in mir mit jedem Tag mehr zu einer Entscheidung drängte, die umso unvorstellbarer wurde, je länger ich mich diesem Menschen gegenüber verstellte. Um endlich wieder Gnade mit mir selbst üben zu können, durfte es ihm gegenüber keine mehr geben. Die vergangenen Wochen wären zu vermeiden gewesen, wäre mir von Anfang an ein anderes Auftreten gelungen, hielt ich mir vor, doch einem solchen Wenn und Aber wollte ich mich jetzt, wo das Ziel greifbar vor Augen lag, nicht mehr ausliefern, zumal eine Umkehr nur hätte dazu führen können, daß alles sich wieder wie bisher verhielte. Zum ersten Mal in meinem Leben wollte ich eine Entscheidung, die diesen Namen zutiefst verdient, mit allen Konsequenzen zu Ende bringen und nicht wie schon so oft auf günstige Umstände setzen, die sich, wie ich inzwischen erleben mußte, keineswegs von selbst ergeben, auch wenn mir mein bisheriges Vertrauen in den Gang der Dinge das Gegenteil suggerieren wollte. Dabei verdankte sich das meiste, was sich im nachhinein als Entscheidung ausgab, einem Abwarten des günstigen Augenblicks. Im Grunde war mir immer nur der Zufall gewogen, auf den mein Instinkt verläßlich reagiert hat.

Auf einmal blieb Friedrich stehen und fragte mich: »Warum bist du nicht nach Amerika geflogen?« Nur zweimal hatte er in den letzten Wochen diesen Punkt zur Sprache gebracht, als habe er mir eine Schonfrist gewähren wollen. Die falsche Telefonnummer, die falsche Adresse, die augenblicks herbeigezauberte Behauptung, drei Monate außerhalb Europas zu sein, all diese Täuschungsmanöver riefen nach Aufklärung, zumal ich mich mit solchen Lügen selbst bloßgestellt hatte. Lange glaubte ich, er spare dieses Thema aus, um mich mit seinem Schweigen zu quälen und heimlich den Triumph auszukosten, mich als miserablen Feigling zu wissen, der nicht einmal mit offenem Visier kämpfen kann, wenn es darum geht, seine eigene Lebenssphäre zu schützen. Zwar war ich Friedrich keine Rechenschaft schuldig, doch was spielte das für eine Rolle, wenn man als jämmerliche Figur dasteht, die sich mit immer neuen Lügen in immer erbärmlichere Widersprüche verstrickt. Von Anfang an wußte Friedrich, daß ich ihn abwimmeln will, und er wußte auch, daß es mir umso weniger gelingt, je kläglicher ich es anstelle. Doch jetzt, auf dem Weg in die Höhe, erklärte ich schlicht, solche Reisepläne seien mir unbekannt, als habe dieses Telefongespräch nie stattgefunden. Friedrich hakte nicht nach, und schweigend gingen wir weiter.

Sturmböen peitschten in immer neuen Stößen durch die Föhren, um nach einem heulenden Aufbegehren wieder in schierer Windstille zu münden, die nur der Sammlung neuer Kräfte diente. Friedrich schleppte sich hinter mir her, ohne je noch einmal aufzubegehren, als wollte er mit seinem stummen Gehorsam zum Ausdruck bringen, daß es ausschließlich meine Schuld sei, sollte uns beiden etwas zustoßen. Sogar sein Stöhnen begann er zu unterdrücken, daß heißt, es war zwar noch zu vernehmen, doch nicht mehr als unmißverständlicher Vorwurf, sondern bloß als leise Klage, die von einem gebrochenen Willen kündete. Die Sonne kämpfte mit den Wolken, deren Schatten an den Felswänden vorbeizogen, die Bäume schüttelten sich, und während der Windstille schien das Grollen hinter den Bergen nicht mehr enden zu wollen. Weiterhin spielte ich den Begeisterten, als sei es eine Lust, sich nach oben zu kämpfen, während die Elemente zu toben beginnen und einen dabei wie nichts anderes beleben. Als wir an einer Weggabelung in-

nehielten, rühmte ich die würzige, nach Rinden und Tannenna-
deln duftende Luft und behauptete, nur bei einem solchen Wetter entfalteten sich alle Gerüche und der Himmel werde sich,
wenn er sich wieder aufhelle, in allen nur erdenklichen Farben
zeigen. Als sei dieser wilde Bergtag wie kein anderer zum Wandern gemacht, wies ich auf den Wasserfall am gegenüberliegenden Massiv hin, dessen Wucht etwas von einer Wut kund-
tat, die sich noch im Unheil ihrer selbst erfreut.

Wie nirgends sonst in der Musik gebe es bei Schubert die
überraschendsten Lichtwechsel, ein ständiges unverhofftes
Schillern, wie es beispielhaft die *Wandererfantasie* vorführe,
fing Friedrich wie aus dem Nichts zu erklären an, als knüpfe
er unmittelbar an seinen Straßburger Monolog an. Schuberts
ruckartige Tonartenwechsel versetzten einen im Nu in die
Schwebe, so daß man sich wie losgelöst fühle, was einen süch-
tig nach dieser Musik machen könne, die sich weniger auf die
Entfaltung irgendwelcher Themen, sondern auf dieses überraschende Changieren konzentriere, weshalb man selten das Gefühl habe, von einem Ort zum nächsten, von einem Anfang zu
einer Klimax und schließlich zu einem Ende zu gelangen, sondern in Räumen zu gleiten, welche die Zeit vergessen ließen.
Bei Schubert gelange im Grunde kaum einmal ein Werk zu
einem Schluß, im Gegenteil, ein jedes könnte endlos so fortge-
hen, wie es begonnen habe, manchmal spüre man bei diesem
Komponisten geradezu die Not, kein Ende zu finden, so daß
man den Eindruck gewinne, die bloße Willkür, aber keinerlei
organische Notwendigkeit führe an einer beliebigen Stelle
zum Abbruch. Als wollte er seine Straßburger Rede revidieren,
rühmte er jetzt an dieser Musik die inmitten der Rastlosigkeit
zur Ruhe kommenden Passagen, diese treibenden Inseln der
Stille, wie er formulierte, die sanftmütigen Episoden, auf die

man während der aufwühlenden Wegstrecken immerzu warte und für die man dankbarer als bei anderen Komponisten sei, weil sie nicht als Übergänge dienten, sondern Erschöpfungszustände zum Ausdruck brächten, die nie von langer Dauer seien, sondern sich selbst überwänden, um sich vor einer allzu müden Befriedung zu schützen, weshalb Schubert sie meist nicht mit langsam voranschreitenden, allmählich sich steigernden, immer stärker werdenden Wellenbewegungen, sondern harschen Fortissimo-Schlägen vor dem Ausklang in die Stille des Nichts bewahre.

Ich staunte, daß Friedrich ausgerechnet jetzt, als wir uns der Baumgrenze näherten und kaum noch über Wurzelwerk, sondern vor allem über kantige Steine staksten, die *Wandererfantasie* rühmte, von der er in Straßburg behauptet hatte, sie habe ihn dazu bewogen, nie mehr öffentlich aufzutreten und in die lothringische Einöde zu flüchten. »Es gibt dich gar nicht an der Mannheimer Musikhochschule«, behauptete ich, und Friedrich antwortete: »Nein, es gibt mich dort nicht mehr, wie du siehst.« – »Es hat dich dort nie gegeben«, herrschte ich ihn an. »Warum kommst du mir damit gerade jetzt?« wollte er wissen, aber ich marschierte stramm voran und rief ihm zu, das sei nicht wichtig. Ich fürchtete bereits, mit meinen inquisitorischen Anwandlungen Gefahr zu laufen, noch eine Nähe zwischen uns herzustellen, die meinem Ziel nur abträglich sein konnte. Jede Aussprache, jedes Geständnis, jede Beichte, dachte ich, könnte die Ferne zwischen mir und ihm verringern und meinen Entschluß lähmen.

Von da an ging Friedrich auf dem immer schmaler werdenden, zum Teil nur aus Geröll bestehenden, kaum mehr als Weg erkennbaren Pfad vor mir her, wie um mir vorzuführen, daß nichts ihn mehr davon abhalten könne, meinen Willen zu befolgen, bis die erste Berghütte erreicht ist. Das einzige, was ich noch zu hören bekam, war das Geschimpfe über meine Behauptung, seine Schuhe taugten ohne weiteres für unsere Wanderung. Mir gefiel der Gedanke, ich könnte mich durch das bevorstehende Ereignis von mir selbst, meinen letzten Skrupeln und Gewissensbissen erlösen, ähnlich wie es Friedrich bezüglich seines ersten Bordellbesuchs geschildert hatte, nur daß es bei meinem Unterfangen um andere Dimensionen gehen sollte. Die naheliegende Angst, mir damit eine Schuld aufzuladen, die mich nie mehr loslassen, die mich niederdrücken, die mich an den Rand des Irrewerdens bringen könnte, verkehrte sich, während ich hinter ihm herging, sogar in die Gier, diesem Ereignis so schnell wie möglich näher zu kommen, um bald zu wissen, wie es sich anfühlt, eine allumfassende Entscheidung nicht nur gefällt, sondern in die Tat umgesetzt zu haben. Von außen gesehen mußte es absurd erscheinen, wie wir bei zunehmender Bewölkung, statt umzukehren, den Weg in die Höhe suchten. Kein Vogel war mehr zu sehen, kein Gezwitscher und Rufen zu hören, und manchmal ruhte der Wind so lange, daß man glauben mochte, das violett getönte Licht, in das die Berge getaucht waren, zittere leise wie in der berüchtigten Stille vor dem Sturm. In den Augenblicken, da wir uns an der nackten Wand entlangtasteten und wenige Tritte daneben ein Abgrund klaffte, verfluchte ich mich und meinen Wahn, uns beiden nicht den geringsten Aufschub gegönnt zu haben. Doch als wir im Bus gesessen waren, fürchtete ich, jeder nur erdenkliche Zwischenfall, und sei es eine ungünstige Witterung, könnte das Ganze für immer zum Scheitern verurteilen, weil Friedrich vermutlich kein zweites Mal zu dieser Unternehmung zu bewegen wäre. Jedes abwägende Hin und Her, hatte ich geargwöhnt, könnte das Ende für einen Plan bedeuten, der einer so schnellen Verwirklichung bedurfte, wie er gefaßt worden war, und bei dem bis zuletzt offenbleiben sollte, ob er überhaupt ausgeführt werden mußte oder wie von selbst gelang, ohne daß ich etwas dazutun müßte. Friedrich wirkte in seiner Stummheit auf eine Weise konzentriert, in der Ruhe und Angst nicht voneinander zu unterscheiden waren. Er murrte, er fluchte, er stöhnte nicht mehr und schien in seinem Schweigen nur noch für sich selbst zu bestehen, als sei er mit dem Berg allein.

So wie sein Mitteilungsdrang in Straßburg etwas Manisches hatte und sein Geschwätz im *Krummen Turm* oft nur banal war, so bekam sein Schweigen auf der letzten Wegstrecke etwas Undurchdringliches. Nicht mehr ich zog mich jetzt, wie es in den letzten Wochen der Fall war, in mich selbst zurück, sondern er führte mir nun vor, wie gebieterisch eine solche Verschlossenheit wirken kann. Seine Art der Rebellion gegen meinen Irrsinn, ausgerechnet bei diesem Wetter auf schmalen Geröllpfaden unterwegs sein zu müssen, bestand, seit er sich nicht mehr wehrte, in trotziger Unterwerfung. Nie hatte ich mich ihm gegenüber weniger unehrlich gefühlt, nie weniger verstellt, nie weniger falsch als auf unserem Weg in die Höhe. Ich mußte keine Vorsicht mehr walten lassen und verzieh ihm im stillen alles, was er mit meinem Leben angerichtet hatte. Unser Anstieg, unser Schweigen, unsere gemeinsamen Blicke ins Tal hinab und auf die anderen Berge hinüber, all das schien wie ein Spiel zu sein, das weniger meiner als seiner Erlösung diente. Der zwei Stunden zuvor noch leere, inzwischen düster dräuende, zunehmend von Gewölk beherrschte Himmel, die vom Sturm geschüttelten Tannen, die Ruhe der Schneegipfel, der weit drunten zu einem dünnen, grauen Streifen geronnene Fluß, all das strahlte eine Gleichgültigkeit aus, die das Gefühl verstärkte, sich in Räumen zu bewegen, in denen die Gesetze jener Welt, aus der wir kamen, nicht mehr gelten. Hätte uns jemand beobachtet, müßten wir ihm wie zwei Verirrte vorgekommen sein, die sich zur Unzeit in dieser Steinwüste nach oben kämpfen. Unsere Augen schmerzten vom aufgepeitschten Sand, und das ferne Grollen ließ Eile angeraten sein. Solange die Kuppen der *Drei Schwestern* zu sehen seien, versicherte ich Friedrich, sei nichts verloren. Aber er murrte nicht mehr und fragte nicht mehr, wie lange es noch dauern werde, sondern stapfte gleichmütig voran, als sei etwas in ihm in Gang gekommen, das sich um Sinn und Ziel unseres Tuns nicht mehr kümmert.

Über uns türmte sich eine Moränenlandschaft auf, aus deren Schiefergrau ein einzelner, zwergenhafter, zerzauster, gegen Wind und Wetter widerständiger Baum abstach, der dort oben einzig und allein zu beweisen schien, daß man unter Bedingungen ausharren kann, die niemand für lebensmöglich hält. Der Wind blieb jetzt immer länger aus und schien zuweilen ganz verschwunden zu sein, um schließlich umso wütender zurückzukehren. In seiner Unberechenbarkeit drohte er uns von der Felswand wegzufegen, und bei dem violetten Flirren vor den Augen war nicht mehr gewiß, ob es vom Licht herrührte oder die Berge selbst in unmerkliche Bewegung zu geraten schienen. Ganz leise bat ich Friedrich, gerade so, daß er es noch hören konnte, zu schauen, wie hinter dem Felsvorsprung der Pfad sich entwickelt. Vielleicht wollte ich ihm damit sogar das Gefühl geben, daß inzwischen er der Mutigere von uns beiden ist. Ursprünglich wollte ich weit höher hinauf, doch die Schotterhalde unter unseren Füßen erstreckte sich in eine Tiefe, bei der nichts mehr zu retten war. Sie sah wie das Relikt eines einst bewaldeten Abhangs aus, der sich bei einem Erdrutsch in eine Naturruine verwandelt hatte. Friedrich hielt sich am Fels fest und versuchte um die Ecke zu blicken. Und dann war es geschehen. Ein

Schreien, das verzerrt durch die Luft hallte, Geräusch von Geröll, das Ende des Schreiens, immer noch Geräusch von Geröll, immer weniger, nur noch einzelne Steine, Kieselrauschen, Stille. Langsam vorbeiziehende Wolkenschatten, das Tal in unbewegter Ferne, ein leichter, warmer Wind, ein Rufen wie von einem Vogel, das auch von einem kleinen Kind hätte sein können, sonst nur das Knirschen der Steine, die unter meinen Füßen bei der geringsten Bewegung verrutschen.

Ich weiß nicht, wie lange ich hinabgeschaut habe. Vielleicht habe ich mich nach wenigen Augenblicken wieder auf den Weg zurück ins Tal hinab gemacht. Vielleicht stand ich wie versteinert da und habe nicht gemerkt, wie die Zeit vergeht. Vielleicht habe ich nur gewartet, bis ich mir sicher sein konnte, kein Rufen mehr zu hören. Vor allem habe ich darüber gestaunt, wie schnell alles gehen kann, ohne daß die Welt sich verändert, ohne daß die Felsen ins Wanken geraten, ohne daß sich das Gesicht der Sonne verwandelt, ohne daß in mir alles zu beben beginnt. Ich stand da und war gleichzeitig ein anderer. Einer, der in unerwarteter Gefaßtheit – wie jemand, der in einem Film mitspielt, dessen Zuschauer er im selben Augenblick ist – sich nicht sicher ist, ob er irgend etwas empfindet oder nur an Gefühle denkt, von denen er meint, daß sie sich in einer solchen Situation einstellen sollten, ohne daß sie sich wirklich zeigen wollen. Existierte ein Zustand, den ich dort oben empfand, gliche er dem Gefühl einer körperlichen Aushöhlung, einer nicht unangenehmen Leere, als habe man lange nichts gegessen, ohne Hunger zu verspüren.

Dabei muß mir bereits dort oben die wohlige Vorstellung in den Sinn gekommen sein, bald drunten in einer heimeligen Gaststube zu sitzen. Allein mit mir selbst, allein unter Leuten,

allein mit einer Geschichte, die ich nie jemandem erzählen
werde, allenfalls in veränderter Gestalt, als sei sie nicht mir,
sondern einem anderen widerfahren, von dem ich gehört oder
über den ich gelesen habe, so daß niemand je wird ahnen können, daß ich selbst es bin, der ein Geheimnis in sich trägt, das
mir bis an mein Ende allein gehören wird. Dabei brauchte ich
nicht einmal zu fürchten, daß diese Geschichte mir überhaupt
jemand glaubt und mir zutraut, bis zum Äußersten gegangen zu
sein. Je besser mich die Leute zu kennen meinen, für desto er-
fundener würden sie meine Beichte halten und nur schmunzeln,
wenn ich beteuerte, daß alles wahr ist. Trotzdem würde ich,
sollte ich sie einmal preisgeben, nicht nur Kleinigkeiten ver-
ändern, die Orte, die Gespräche, die Personen, obwohl es mir
schwerfiele, das Straßburger Lokal, meine Basler Mansarde,
den Rhein und die Berge gegen Gegenden eintauschen zu müssen, die ich kaum kenne oder die mir wenig bedeuten, und für
Friedrich jemanden erfinden zu müssen, der nicht wirklich jener Friedrich ist, der von Schubert schwärmen und gleichzeitig
dessen Musik als den Anfang all jener Irritationen, wie sie sich
in der heutigen musikalischen Sprache ausdrücken, zu verwer-
fen imstande war. Auch möchte ich ihn gegen keine Gestalt eintauschen, der durch Herkunft und Beruf etwas weniger Rätsel-
haftes anhaftet. Hätte ich Friedrich nicht wirklich gekannt und
hätte er nicht ein Spiel mit mir getrieben, das von Anfang an
zu weit gegangen war, und wäre er nicht selbst längst an allen
möglichen Rändern gestanden, ohne noch ein Ziel vor Augen
zu haben, würde ich nie in der Lage gewesen sein, ihn auf diese
Weise zu verabschieden. Vielleicht, so dachte ich schon lange
vor unserer Wanderung, sei ihm am ehesten dadurch geholfen,
daß er sich nicht mehr selbst helfen muß. Doch am allerwenigsten fiele es mir leicht, mich selbst gegen jemanden einzutau-

schen, der keine Marie, keinen Grandstetter und keinen Hiroshi kennt, der nicht jahrelang jeden Satz von Spinoza hin und her gewendet, ihn mit seinen Studenten von allen Seiten beleuchtet und dieses Denken in seiner gleichermaßen hoffnungs- wie furchtfernen Diesseitigkeit vom ersten Lesen an als befreiend empfunden hat, weil mit ihm ein Horizont sich öffnet, hinter dem sich kein weiterer Horizont mehr versteckt, und weil mit ihm sich jede Frage nach dem Sinn erübrigt, da das Leben selbst und nichts anderes der Sinn ist.

Noch bevor es geschah, glaubte ich bereits zu spüren, daß ich unangreifbarer denn je geworden bin. Alles wird bleiben, wie es war: Ich werde meine Vorlesungen halten, in meiner Mansarde abends bei offenem Fenster Jacques Brel hören, mit Marie gelegentlich essen gehen, bei meinen Studenten als sympathischer Professor gelten und bei niemandem den Argwohn erregen, hinter meinem unkompliziert wirkenden Wesen könnte sich eine ganz andere Welt verbergen. Dennoch wird alles sich ändern, und es wird auch im Umgang mit allen anderen zum Tragen kommen, selbst wenn es niemand bemerkt. Die Ursachen werden nie Gegenstand eines Gesprächs sein können, da all das für die meisten jenseits des Denkbaren liegt, obwohl es den Horizont des Menschenmöglichen keineswegs überschreitet, sondern ihn geradezu ausmißt. Verwirrend war nur, daß einem alles so leicht fallen konnte und beinahe wie ein Spiel vorkommen wollte. Im entscheidenden Moment mußte ich mich zwingen, Friedrich nicht anzugrinsen, ihm auf die Schulter zu klopfen und loszulachen. Wie in Trance galt es, ein Werk zu vollenden, bei dem Erlösung und Entsetzen so sehr eins werden sollten, daß einem die Frage nach Gut und Böse nur noch wie ein kleinmütiger, ans Lächerliche grenzender Begriffsklimbim vorkom-

men wollte. Noch nie hatte ich mich Friedrich so verbunden gefühlt, verbunden wie noch nie einem anderen Menschen, und je
näher das Ereignis rückte, desto mächtiger erlebte ich diese
Nähe, ohne daß sie auch nur einen einzigen Augenblick den Gedanken ausgelöst hätte, mir es noch einmal anders zu überlegen.
Mir war danach, soviel wie möglich von ihm zu erfahren und ihn
zum Reden zu drängen, als wollte ich ihm seine Erinnerungen
abnehmen und aufbewahren, damit sie nicht verlorengehen und
durch mich in der Welt bleiben. So hätte er sich von seinen La-
sten befreien, sie mir überlassen und in Frieden gehen können.
Ich wollte ihn nach seinem Vater fragen, von dem er einmal erwähnt hatte, ihn erst kurz vor dessen Tod flüchtig kennengelert
zu haben. Ich wollte nach seiner Mutter und seiner Schwester
fragen, die in seinen Geschichten keine Rolle gespielt hatten. Ich
wollte von ihm die Adresse der Afrikanerin erbitten, um sie vielleicht einmal aufzusuchen. Ich wollte nochmals möglichst genau
die Vorgänge in der letzten Nacht bei Pater Cölestin geschildert
bekommen. Vor allem aber wollte ich wissen, wie Friedrich tatsächlich sein Leben verbracht hat, ganz ungeschminkt und ohne
daß er hätte fürchten müssen, dafür verachtet zu werden, gleichgültig was dabei zutage getreten wäre. Aber ich wußte, daß es
leichter für mich sein würde, nichts mehr anzutasten und es bei
meinen Erlebnissen mit ihm zu belassen. Neben allem Furchtba-
ren hatte ich noch nie einen Menschen so innig von Scarlattis
Musik, ihrem andalusischen Licht, ihrem morgenhellen Leuch-
ten, ihren friedensseligen Kantilenen, ihren maurischen Fioritu-
ren und harschen Rhythmen schwärmen hören.

Trotzdem wollte mir in bezug auf Friedrich zum ersten Mal ein
Gefühl nicht gelingen, das sich sonst stets einstellt, wenn ich
mir einen Menschen, der Angst und Aberwillen hervorruft, als

frisch geborenes, unendlicher Hilfe bedürftiges Kind vorstelle. Mit diesem Bild vor Augen empfinde ich noch angesichts der widerlichsten Gestalten einen Anflug von Erbarmen. Friedrich dagegen war weder grob noch roh, und es gab nicht einmal einen Grund, ihn zu fürchten. Aber beim Gang auf den Berg malte ich mir aus, wie ihn selbst sein Schutzengel, sollte er denn einen besitzen, längst aufgegeben hat. Ich selbst fühlte mich sogar als dieser Engel, dem die Geduld ausgegangen ist und der weiß, wie dieser Tag endet.

Beim Hinabsteigen löste sich, nachdem die blauen Schlünde zwischen den Wolkenschüben wie im Zeitraffer größer und größer geworden waren, das Himmelsgebräu schließlich im Nu auf, und das erwartete Gewitter blieb aus. Der Sturm wollte nicht kommen, und die abflauenden Windwogen streiften nur noch sanft die Baumkronen. Trotz des milden Abendlichts kühlte die Luft spürbar ab, und ich zog mir den vor dem Aufstieg um die Hüften gebundenen Pullover über das verschwitzte Hemd. Obwohl es ostwärts schon zu dunkeln begann, erhellte sich das Gebirge noch einmal, und über den Felsen ging für Augenblicke erneut die bereits im Verschwinden geglaubte Sonne auf. Wie benebelt, wie taub, wie in eine dumpfe Unberührbarkeit gehüllt, eilte ich den Weg hinab, in eine von allem Außen wie abgetrennte, höhlenartige Stille abgetaucht, in der das gleichförmige, mit jedem Schritt sich wiederholende Kiesgeräusch, das Rascheln der Gräser und Blätter und die den Abend einleitenden Vogelrufe, das Tschilpen der Spatzen und die kühnen Intervallsprünge der Amseln wie aus weiter Ferne von der blinden, beruhigenden Notwendigkeit der Natur kündeten. Von unten herauf tönten Glocken, die nach und nach einsetzten, sich anfangs noch unterschieden und schließlich zu einem

einzigen Klang verschmolzen, der jedoch, von hier oben empfunden, das Tal nicht auszufüllen vermochte, sondern seltsam
allein blieb, als fehle es ihm an Kraft. Auf dem Vorplatz der
Akademie ging jener junge Schwarze, der mit dem Jogginganzug im Bus gesessen hatte und jetzt einen dunklen Anzug trug,
in Gedanken versunken auf und ab, wie ein Meditierender, der
die Welt um sich herum aus seiner Wahrnehmung ausschließt.
Daß ich für ihn nicht zu existieren schien, war mir recht, so
kann er sich, sollte es soweit kommen, auch keine Gedanken darüber machen, warum wir zu zweit in den Bergen ver-
schwunden waren und ich jetzt alleine zurückkehre.

Von dem theologischen Philosophenhaus aus führt ein von
Obstbäumen und Gebüsch gesäumter Kiesweg in die Stadt
hinab. Von jetzt an, so hoffe ich, gewinnt die Zeit wieder ihren
üblichen Gang zurück, und ich gehöre wieder mir. Das Gewe-
sene war vielleicht nur ein Alptraum, aus dem ich gleich aufwa-
che und in die alte Wirklichkeit zurückfalle. Als was immer es
sich auch herausstellen möge, im Grunde war es nicht meine
Geschichte, sondern etwas, das seine eigene Notwendigkeit besaß und kein Eingreifen von außen zuließ. Es spielte sich gemäß
seinen eigenen Gesetzen ab, die mir aufgezwungen worden
sind. Nicht zum ersten Mal in diesen Tagen geht mir eine Brief-
stelle Spinozas durch den Kopf, die lautet: »Wer klar einsähe,
daß er auf dem Weg des Verbrechens besser sein Leben und
Wesen genießen könnte als auf dem Weg der Tugend, wäre
dumm, wenn er es nicht täte.«

Wäre er noch in der Lage, befragt zu werden, vermöchte selbst
Friedrich nicht zu beurteilen, ob es ein Unfall war oder nicht.
Die Dinge werden in der Schwebe bleiben, wie immer man sie

zu drehen und zu wenden sucht. Das bescheidene Lichtermeer von Vaduz unter mir, überlege ich, ob es nicht klüger wäre, das Unglück der Polizei zu melden. Doch die Abwesenheit jeden panischen Gefühls macht es mir leicht, Liechtenstein ohne jedes Aufsehen heute abend wieder zu verlassen. Auch möchte ich mich durch Polizeiverhöre nicht noch einmal über alle Maßen mit einem Menschen beschäftigen müssen, der jetzt endlich aus meinem Leben getreten ist.

Während die Gipfel ins Abendglühen tauchen, will jenes Zittern, auf das ich warte, immer noch nicht aufkommen. Solange nur die Phantasie regierte, konnte ich mir eine solche Gefaßtheit niemals vorstellen. Selbst jetzt ist die Wirklichkeit schlichter als ihre imaginäre Vorwegnahme. Von Heiterkeit zu reden wäre übertrieben, aber etwas beinahe Beschwingtes läßt mich wie selig den letzten Hügel hinabbrennen, obwohl der Verstand mir zuflüstert, daß Schwierigkeiten auf mich warten könnten, die noch lange nicht überstanden sind.

Am besten, er wäre von Felsbrocken zugedeckt, denke ich immerzu, und damit aus der Welt geschafft. Aber vielleicht ist er noch am Leben, liegt scheintot mitten auf der Schotterhalde und ruft wimmernd um Hilfe, kann sogar aufstehen und bereits wieder gehen und mir drunten im Dorf entgegenkommen. Doch selbst dann existierte keinerlei Beweis. Begegnete er mir, würde ich behaupten, auf dem Weg zur Polizei zu sein, und unbändige Freude über das unverhoffte Wiedersehen vortäuschen.

Ich könnte Fichtner in diesem eigentümlichen Institut eine Stelle zu verschaffen versuchen, die er voller Hohn über alles weltanschauliche Erbaulichkeitsgeschwätz, welches in der Philosophie nichts zu suchen habe, ablehnen würde. Es ist ein dämlicher Gedanke, der mich nicht losläßt.

»Morgen fällt aus!« Über diesen Satz an dem Apotheken-Gemäuer hatte Friedrich fast täglich gelacht. Sein Lachen im Ohr, gefällt mir der Satz immer mehr.

Vögel und Kojoten sollten ihn fressen, bevor ihn Menschen entdecken, auf daß nur Kleiderfetzen übrigbleiben, die vom Regen weggespült werden, und er durch diesen Zersetzungsprozeß wieder in jene Natur eingeht, die er gestört hat.

Die Vorstellung, er liege zwischen zwei Felsblöcken, erscheint mir als Friedensbild. So ist er von seiner nomadischen Unruhe und dem Zwang erlöst, andere in seine Ziellosigkeit hineinziehen zu müssen. Damit wäre eine Ordnung wiederhergestellt, die er, ohne es vermutlich gewollt zu haben, zu zerrütten begonnen hat.

Um sein Zerstörungswerk zu beenden, hätte ich kein Gericht, keinen Staatsanwalt, keine Polizei anrufen können, ohne mich lächerlich gemacht zu haben. Nach außen hin mußte sein Besuch, der längst keiner mehr war, sondern sich in eine Besetzung verwandelt hatte, harmlos wirken. Nicht er, sondern ich wäre zum Gespräch geworden. Man hätte über mich gespottet. Erst jetzt, nach vollbrachter Tat, würde man, wenn ich vor einem Richter stünde, Verständnis für meine Lage aufbringen.

Oft genug hatte Marie mir vorgehalten, noch nicht erwachsen zu sein, solange ich jede Eskapade beichten muß. Hinter meinem Verlangen, durch ihren Zorn freigesprochen zu werden, verberge sich die Lust, ihr weh zu tun. Auf solche Rituale könne die Welt gerne verzichten. Vielleicht ist es aber auch der Horror davor, mit seinen Taten allein zu sein, wenn man sie nicht offen ausspricht und damit in alle Winde zerstreut.

Bald wird ein Sommer zu Ende gehen, wie man ihn sich nur wünschen konnte: Allenfalls Federwolken betupften gelegentlich den meist fleckenlosen Himmel, Schwimmer ließen sich den Rhein hinabtreiben, und die Leute schienen eher zu tänzeln als zu gehen. Jetzt kann ich wieder durch die Gassen, über den Markt, über die Brücke nach Kleinbasel hinüber schlendern, auf einer Bank am Rhein sitzen und den Kähnen, den Frauen, den Joggern nachschauen, als sei es der Inbegriff des Glücks, mit sich allein inmitten unter Leuten zu sein.